走远

张伟 著

知识产权出版社
全国百佳图书出版单位

图书在版编目（CIP）数据

走远 / 张伟著. —— 北京：知识产权出版社,2019.6
ISBN978-7-5130-6094-3

Ⅰ.①走… Ⅱ.①张… Ⅲ.①散文集-中国-当代Ⅳ.①I267

中国版本图书馆CIP数据核字（2019）第027211号

内容提要：

本书收录了作者近几年的散文、随笔，以细腻的笔触记录了生活中的所见所感，包括祖孙两代的深厚感情，在南京、北京等地游览的所见所闻，在境外游览的所见所感几部分内容。

责任编辑：阴海燕　　　　　　　　　　　　　责任印制：孙婷婷
版式设计：杨 蓍

走远
ZOUYUAN

张 伟 著

出版发行：**知识产权出版社**有限责任公司	网　　址：http://www.ipph.cn
电　　话：010-82004826	http://www.laichushu.com
社　　址：北京市海淀区气象路50号院	邮　　编：100081
责编电话：010-82000860转8693	责编邮箱：laichushu@cnipr.com
发行电话：010-82000860转8101	发行传真：010-82000893
印　　刷：北京虎彩文化传播有限公司	经　　销：各大网上书店、新华书店及相关专业书店
开　　本：710mm×1000mm 1/16	印　　张：15.75
版　　次：2019年6月第1版	印　　次：2019年6月第1次印刷
字　　数：224千字	定　　价：58.00元

ISBN 978-7-5130-6094-3

目　录

走　远

心　痛

国庆节前夕，家里来电话，说奶奶近来身体不好，卧床不起。我非常担心，奶奶今年虚岁90岁，已经不起任何疾病的侵袭。我提前买上火车票，回家看奶奶。

到家后，天已经黑了。父母跟我简要说了说奶奶的病情：她已经5个月行动不便了，一直说右小腿疼。到医院检查，显示贫血，肝功能、肾功能等指标正常，拍片也没有问题。前几天，刚输了2次血，未见明显好转。小腿还是疼，不能起床，吃饭要喂，大便要搀着去上。

我去奶奶床边看她，她躺在床上，闭着眼，瘦削的脸上刻着道道皱纹，满头的白发有点凌乱，呼吸有些微弱。我大声叫"奶奶"。奶奶这些年耳朵有些背，我们要大声说话，她才能听到。奶奶听出了我的声音，微弱地叫着我的乳名。奶奶的视力不好，是年轻时得眼病造成的，看不清人。所以，虽然耳背，但还得靠声音辨别来人是谁。

我坐在奶奶身旁，与她说话。

奶奶声音微弱地说："不是来电话说你明天上午回来吗？怎么这么晚回来了？"

我提高了声音回答："我想您了，等不及。下午5点多下了火车，就赶回来了。"

奶奶说："我腿疼得厉害，起不了床，靠你爹你娘伺候我，把他们累坏了。"

我说："伺候您是应该的。您的腿哪儿疼？找医生看的结果怎么样？"

003

奶奶说:"前几天去住院了,没检查出来,就是腿疼得受不了。"

我说:"我们再想想办法。"

奶奶伸出手,轻轻地拉了拉被子。我看到奶奶的手和胳膊瘦多了。手上一点儿肉也没有,骨头清晰可见,皮肤紧紧贴在骨头上。胳膊也是皮包着骨头,皮肤松松的,没有多少肉。只有脸没看出多大变化来,还是那个样子,非常苍老、非常瘦削。从春节分别到现在,仅仅半年多时间,奶奶瘦了这么多,我感到难以接受。那时,奶奶虽然也不胖,但是,手上、胳膊上还是有一些肌肉的。现在,却变成了这个样子。我说不清楚是疾病的原因,还是岁月的原因,或者二者都有。我深深地感到,疾病无情,岁月也无情,把人折磨成这个样子,太让人难过了。但是,除了难过之外,又能有什么办法呢?

我与奶奶说了一会儿话,她累了,我走出屋子,让她休息。

每次回家来,看到日渐苍老的奶奶和父母,我既感到高兴,又感到忧伤。高兴的是她们身体健康,生活快乐,能与我们长久相伴,一家人团聚在一起,其乐融融;忧伤的是他们又长了一岁,身体更衰老了,疾病也时不时找上门来,能与我们相伴、团聚的时间更少了,离开我们的日子更近了。

这次回来,看到风烛残年的奶奶,我忍不住一阵阵心痛。家里人告诉我,送奶奶住院时,有位医生说,奶奶这种情况,是身体衰老引起的器官功能退化,看似病,实际不是病。人到了这个年纪,各种器官都老化了,想治也治不了。在岁月面前,人人平等,人人都要走这一步。家里每个人都非常悲痛。

我听到这里,禁不住悲伤得不能自已。我在心中问自己,人老了,都要这样吗?能有什么办法阻止衰老的脚步?理性告诉我,都要这样,没有什么办法能够阻止衰老的脚步。话虽这样说,理也是这个理,可是,这种事来到自己身上,心里还是禁不住难过,忍不住悲伤。我还是想,还是奢望能够有什么办法来救奶奶。

我跟家里人商量,能不能再找医生看一看,让医生尽力治一治。

即使治不好,减轻一下痛苦也行啊。家里人说,找了,医生能用的办法都用上了,又输液又吃药,最后没办法了,还输了个血试试。正常情况下,输了血,身体会好一些。但是,奶奶虽然输了血,却没有明显好转。现在,确实没有什么办法了,只能眼睁睁地看着奶奶被病魔慢慢折磨,慢慢带走。

人生最大的痛苦莫过于看到亲人要离开这个世界,自己却束手无策。无奈,无能,无力,无助。痛苦不堪却又无可奈何。

我们始终没有想出好办法,只能先用止痛药给奶奶减轻一下腿疼。我把弟弟带来的止痛药给奶奶吃了一片。一个多小时后,我去奶奶屋里,发现她坐起来了。

我问奶奶:"您怎么坐起来了?"

奶奶说:"感觉不疼了,就起来坐坐。"

看来,止痛药效果还行,明天看情况再服用。只要不影响奶奶吃饭,就可以连续用。

第二天早饭后,我又来到奶奶床前。

奶奶颤巍巍地说:"昨天一宿腿没疼。"

我说:"昨天给你吃的药有效果了。"

奶奶说:"想吃东西。刚才有人来看我,没好意思说吃饭。"

看到奶奶想吃东西,我们非常高兴。母亲赶紧端来饭,喂奶奶吃。

我想,奶奶能吃饭了,说不准就会恢复过来。我的头脑中不禁充满了幻想。

过了一段时间,奶奶要上厕所。她坚持自己穿衣服,费劲地穿上衣服,慢慢挪到床边。在我们平常看来不是动作的动作,她也要费上力气,一点一点地去做。奶奶离开床,我从旁边架着她。她的腿不疼了,但是没有力气,支撑不住身体。每挪一步,都非常吃力。

没想到,过了一天,奶奶的腿又开始疼了,吃止痛药也不管用了,吃饭也退回到老样子。我的幻想破灭了。奶奶恢复不过来了。

在与家里人想尽了各种办法之后,我只能无奈地接受这个残酷的现实。奶奶的大限到了。我的心好痛。这个时候,我对自然规律、客观规律的感受特别深刻。那些不再是很抽象的、纯理论的、哲学层面的东西,不再离我们那么远,我切身感受到了它们的无情,它们的强大。人只能利用规律,却不能改变规律。人在规律面前是多么的弱小,多么的无奈。

2015年10月

说　话

前不久,奶奶病了。我觉得情况不好,利用国庆节假期回家探望。

回到家的第二天早晨,我到奶奶跟前,问她想吃点啥。

奶奶说:"昨天晚上吃的多了,胃里好像没消化,难受了一宿,一点儿不饿,不吃了。"

我说:"好吧,不吃就不吃吧,等慢慢消化了再吃。"

我坐在奶奶床前陪她说话。我工作单位离家远,很少有时间陪奶奶说话。了解了奶奶的病情后,我预感到,能够陪她说话的机会不多了,所以,这次回家,我哪儿也不去,只在家陪奶奶。

奶奶声音很微弱地说:"前几天,你姑姑把你小舅爷(我奶奶的弟弟)带来看我。他也84岁了,身体不好,出不了门。我好几年没见他了。他一叫我姐姐,我说,你咋来了? 他说,来看看我。我们说了好大一会儿话,吃完饭,又把他送回去了。"

我一边听着,一边大声地回答着奶奶的话。

奶奶说:"你姑姑来过好几回了。你大娘跟我说,你姑姑哭啊,哭我病得厉害。我不放心她啊。我要是走了,你们可要记得去看她啊。"

我连连答应着,心里又酸楚又难过。我凑到奶奶的耳朵边上,大声说:"您的病会好起来,咱才90岁,怎么也得活过100岁啊。"

奶奶听到了,微微露出一点笑意,没说话。

歇了一会儿,奶奶说:"腿疼得厉害,走不了路,也贴了膏药,也吃了药,还打了针,就是不管用。"

我说:"再想想办法。医生说,腿疼是年龄大了以后,骨质疏松引起的,没有什么好办法。止痛药不能吃太多,怕胃受不了。如果吃不下东西,更不行。"

奶奶说:"我刚才觉得胃好受了一些,吃的东西消化下去了,嘴里发干,想吃点甜东西。"

我赶紧取一块糖放到她嘴里。

奶奶说:"总是吃药,吃够了,什么药都不想吃了。"

我说:"不吃药,病好不了。咱不乱吃药就行。"

奶奶说:"昨天吃的东西不够烂糊,吃得有些急,所以胃里才难受,一直不消化。"

我说:"再做饭时,一定做得烂糊一些,吃的时候慢一些,不要急。"

奶奶的牙齿掉得只剩一颗了,吃东西全靠这一颗牙和牙龈。早些年,让奶奶镶牙,她说镶牙不舒服,就一直没镶。

中午,做了奶奶喜欢吃的西红柿鸡蛋汤,她吃了不少。

下午,奶奶叫我们,说要解大手。我帮奶奶穿上衣服,扶她站起来。奶奶的腿没有劲,我架着她两侧腋窝,扶她向前走。奶奶要她的拐杖,我把拐杖递给她。就这样,我从背后架着奶奶,奶奶自己挂着拐杖,挪到厕所里。从卧室到厕所只有几米远,却费了不少力气。上完厕所,奶奶回到屋里,躺下休息。

奶奶睡了一会儿,醒来告诉我:"昨天、今天,觉得腿疼得轻了。"

我说:"会好的,过几天就不疼了。"

第二天,吃完早饭,我依旧坐在奶奶床前,陪她说话。我要利用好在家的每一天,陪奶奶好好说说话。

奶奶声音还是那样微弱,慢慢地说:"从上次摔了一跤,就一直腿疼。"

我问奶奶:"怎么个疼法?"

奶奶说:"不敢碰,一碰皮肤,就疼。"

我担心是骨头受伤,但医院拍片显示,骨头没事,而且腿也没有肿起来。

奶奶说起别的话题,问我:"谁在家呢?"

我说:"只有我在,我爹娘去地里了,今天上午耙地,下午播种。"

奶奶说:"今年麦子产量不高,棒子还行。"

我应着她的话:"是。"

奶奶说:"到医院里检查这检查那,太累了,受不了,以后不看了。"

我说:"看病,该看还得看,有病不看怎么行?"

奶奶说:"看了,检查了,吃药、打针,还是不好。"

我说:"慢慢会好的。"

中午,给奶奶盛了鸡肉,切成小块,慢慢喂她吃。

我问奶奶:"腿疼怎么样了?"

奶奶说:"轻些了,还能动一动。"

过了一会儿,我剥了一个葡萄给奶奶吃。奶奶说,没有葡萄味。我想再剥一个,她说,怕凉,不吃了。我切开一个苹果,面面的,挺软的,就切下一小片,放到奶奶嘴里。奶奶慢慢嚼着。

假期只有七天。假期结束,我就要离开了。看到奶奶的身体状况,我知道,以后可能没有机会陪奶奶说话了。这次国庆节,可能是我与奶奶的最后一段时光。

陪伴是一种爱,说话也是一种爱。我总算陪奶奶过了一个完整的假期,总算陪奶奶好好地说了一次话。令我遗憾的是,这时间太少。

2015年10月

你走吧

　　90高龄的奶奶病倒了。国庆节放七天假,我回家探望。

　　这次放假,我什么地方也没去,辞掉了一切邀请,推掉了各种场合,专心致志地在家里陪奶奶。我有一种不好的预感,觉得奶奶这次生病凶多吉少,很难再恢复过来。如果不陪在她身边,尽尽自己的孝心,陪她好好说说话,以后,可能就没有机会了。那将会是我终生的遗憾,成为我心中永远的痛。所以,无论如何,我都要好好陪陪她。

　　自我到北京工作以来,已经十几年了,我每年只能回家一两次,每次五六天。这五六天也被各种场合占去一多半,真正在家的时间很少。奶奶整天念叨着我回来,我回来后,却忽视了奶奶的爱,天天去这个场合那个场合,没有完完整整地用几天时间陪奶奶说说话,聊聊天。这次,我待在家里,哪里也没去,奶奶觉得有些奇怪。

　　回家的第四天下午,我坐在奶奶床边。奶奶声音微弱地说了句话。我凑过去听。

　　奶奶说:"你来了四天了,还有三天就走了。"

　　我说:"还有三天半。"

　　奶奶没再说话,我心里很不是滋味。我知道,奶奶希望我一直陪在她身边。看着沉默的奶奶,我想,我为什么要到那么远的地方去工作呢?这时候,我不禁羡慕起那些在家乡工作的同学朋友来。他们真幸福,老人生病时,能够长时间陪在老人身边。至少,可以经常回来看看。可是,他们也羡慕我能到北京去工作。到底哪种选择是对的,我也说不清。

　　第五天,早饭后,我坐在奶奶床前,陪她说说话。

奶奶颤巍巍地说:"你还有两天就要走了。"很明显,奶奶说话很吃力,但是她头脑非常清晰。她在一天一天地数着与我团聚的日子。此前,我从未想到过,团聚的日子对于我和奶奶来说竟是这么少,这么珍贵。

我提高了音量,说:"是。"我怕奶奶听不清楚。

奶奶稍微停顿了一下,说:"没想到还能见到你。"我知道,奶奶的心里是很清楚自己的状况的。

我明白奶奶的意思,但是,我不能也不愿意顺着奶奶的话说。我强作镇定地说:"过几天,您的病就好了,又能起来了。"

奶奶轻轻地摇了摇头,说:"我觉得这次病与以前不一样,可能不好。"

我说:"不会的。过几天,养养身子,会好起来的。"我给奶奶鼓劲。

奶奶面带悲伤地说:"这次能见到你,就行了。"

我赶紧跟上一句,说:"到春节我就又回来了。"

奶奶停了一会儿,慢慢地说:"不想再受罪了。"

我说:"您的腿不疼了,吃点好的,身体会好的。"

我与奶奶这么聊着。奶奶累了就歇一会儿,休息一下,再聊。后来,奶奶不说话了,可能她想睡一会儿。我静静地坐在奶奶的床边,默默地陪着她。望着奶奶苍老的面庞和满头的白发,我的脑海中不断浮现出儿时奶奶的种种慈爱,心里既快乐又悲伤。岁月就这样悄悄溜走了,一转眼,40年过去了。儿时的幸福时光是那么的短暂,又是那么的让人难忘。

中午饭后,奶奶又睡了一觉。醒来,我坐在她床边,继续陪她说话。

奶奶轻声说:"我吃过不少好东西了,享了福了。"

我说:"您还想吃什么,我让他们去买。"

奶奶说:"不想吃了,什么也不想吃了。"

奶奶不停地用手打扫被子,说被子脏了。奶奶眼神不好,看不见东西。我站到跟前,帮她打扫一番。其实,被子挺干净,没有脏。奶奶一辈子爱干净,一天不打扫,就觉得好像有脏东西。

奶奶说:"一个姿势躺着太累,换换位置。"我走上前,想帮她翻身,奶奶不让。她自己慢慢翻过身来,脸朝里侧躺下了。

第六天,弟弟妹妹们一起回来看望奶奶。看到奶奶的样子,他们不停地流泪。弟弟妹妹们住得不远,经常回来看奶奶。这次是因为我回来,他们才一起来的。吃过午饭后,大家先后离开回去了。

我到奶奶床前,告诉奶奶,他们都走了。

奶奶没有听清楚,又问了一句:"都走了?"

我说:"是。"

过了一会儿,奶奶问我:"你姑姑这几天没来?"

我说:"姑姑正忙着秋收,种麦子。忙过来就来看你。"

奶奶换了一个话题,说:"腿走不了路了,不中用了。"

我说:"吃上东西会好的。"

晚上,母亲包了水饺。奶奶吃了三个水饺和一个鸡蛋。

晚饭后,我来到奶奶床前,告诉奶奶,我明天一早要回北京了。

奶奶慢慢地说:"你去睡吧。这次回来,在家待了六七天,不少啊。再过三四个月才能回来。"

我说:"是,过春节就回来了。"

奶奶补充了一句,说:"你再回来就没有我了。"

我听到这话,眼泪夺眶而出。我强忍住悲痛,对奶奶说:"您会好好的,又不是不能吃饭,到过年回来,来看您。"

奶奶说:"你去睡吧。"

我说:"好的。"

回到屋里,躺在床上,泪水禁不住涌出,久久不能入睡。

凌晨4点,闹钟响了。我起来洗漱,父母起来给我下饺子。妹妹送我去济南乘车。

我去奶奶屋里向她告别。我叫了几声"奶奶",奶奶醒过来。

我说:"奶奶,我要走了,到济南坐车,回北京了。"

奶奶说:"你吃饭了吗?"

我说:"吃了。"

奶奶说:"你走吧。"奶奶没再说别的。我知道,奶奶不想让我看到她流泪,不想让我在外面牵挂她。所以,她忍住悲伤,没有说话。

我说:"我走了,奶奶。"

我忍住自己的眼泪,看了看奶奶苍老的脸庞和满头的白发,走出了奶奶的屋子。

在这一刻,我心里蓦然产生了生离死别的感觉。我默默地祈祷,希望春节回来奶奶还好好的。

可以再跟我们告别,说一句"你走吧"。

2015 年 10 月

走
远

走　远

2015 年 11 月 19 日晚,我接到家里的电话,说奶奶不行了。我立即向单位请假,连夜赶回山东老家。

凌晨 1 点半左右,到达老家。大街上静悄悄的,没有一个人。我走在门前熟悉的道路上,只看到家里亮着昏暗的灯光。我快步如飞,到了家中。推开屋门一看,屋中放着一张简易床,床上盖着绣花的被子,奶奶躺着上面,一家人穿着孝服坐在周围。此情此景,已不需要多言,我禁不住失声痛哭。奶奶已经走了。

我坐在小马扎上,靠近奶奶的床边,给奶奶守灵。这时,我仍然幻想,奶奶说不定能活过来。我掀开盖在奶奶脸上的黄纸,看到了那熟悉的面容。奶奶闭着眼,合着嘴,表情平静安详,好像睡着了一样。怕打扰了奶奶,我又轻轻把纸盖上。过一会儿,我把手伸到奶奶的被子下面,去握住奶奶那苍老的手。她的手已经冰凉,皮肤软软的,瘦得皮包骨头。那是我多么熟悉的手啊!我牵着奶奶的手长大,在奶奶的手上睡着,奶奶用这双手给我包饺子、擀面条……我的眼泪止不住地流。奶奶的手没有了往日的温度,奶奶的脉搏没有了跳动。

过了不久,我又掀开盖在奶奶脸上的黄纸,奶奶还是那个样子,一动不动。我又摸奶奶的手,还是那样冰凉。我又是一阵哭。过了一段时间,我又看一遍奶奶的脸,摸一遍奶奶的手,反反复复的,我终于确信,奶奶的确是去世了,是离开我们了。奶奶陪我走过了 43 年,尽管我不愿相信,尽管我仍然幻想着奶奶能活过来,但是事实的确如此,奶奶离开我,走了。

我一遍一遍看奶奶的脸,一遍一遍摸奶奶的手,最初是幻想奶奶能够活过来,后来变成了想多看奶奶几眼,在脑海中留下奶奶那慈祥的面容。

天亮了,亲戚们、街坊邻居们来送别奶奶。11点多,我们按照村里的习俗,举行出殡仪式。一时间,哭声四起,悲痛的气氛充满了家里的每一个角落。

负责殡葬的人把奶奶抬出了家门。我想上前再看一眼奶奶,被拦住了。从这一刻起,我再也见不着疼我爱我的奶奶了。奶奶的遗体送去火化了。我跟在人群的后面,目送出殡车辆走远,目送奶奶走远。这一刻,我深深理解了"人没了"这句话的真实含义。人没了,就是人从这个世界上消失了,再也见不着了。能看到的,只是人的照片,人的衣物,人的视频。但是,人却永远见不着了。

下午2点多,叔叔抱着一个白色夹杂着绿色花纹的骨灰盒回来了。我想接一下,叔叔说不用。我们去村北边的墓地安葬奶奶。亲戚们又发出一阵阵悲痛的哭声。我边走边哭,跟着家人给奶奶圆坟,几次跪下磕头。今年春节的时候,我与弟弟给奶奶磕头拜年,奶奶还说不用磕了,我们坚持磕了。因为我们知道,说不定什么时候,再磕头奶奶就看不到了,趁着奶奶还能看到,就要磕头。果然,现在就应验了。

我不停地哭着,眼泪止不住地流。我始终转不过弯来,很难把叔叔抱着的这个盒子与奶奶联系起来。奶奶去了另一个地方,我们再也见不着的地方。这个盒子就代表奶奶吗?就是奶奶吗?我还是难以想象。可是,它就是奶奶的骨灰,奶奶已经化作一缕青烟,上天了。此时此刻,我好像有点明白为什么有人把人去世叫作上天堂、去极乐世界了。这是活着的人的一种美好愿望,是活着的人怀念去世的人的一种念想。虽然人们都知道这只是一个愿望,但人们宁愿相信这是真的。

我永远见不到我的奶奶了。永别竟是这样一种场景。以前说永别,只是看别人家,自己感受不到这里面的凄凉、悲痛。现在,事情轮到自己身上了。这种感觉是这么的撕心裂肺。其实,奶奶与我的永别,是在10月7日,我与奶奶告别回京上班的时候。回想起那时奶奶跟我说的话,终于明白,那是奶奶在跟我告别。这次回去,奶奶已经走了。我见到的是奶奶的遗体,对我来说,最后一次看到奶奶的遗体,是我与奶奶的永别。奶奶从这个世界上消失了,走了。以后再看奶奶,只能从照片中、从我录的奶奶的视频中去看了。那些照片,那些视频,成了奶奶留在这个世界上的唯一痕迹。村北的坟头,成了我们怀念奶奶的唯一寄托。

我始终觉得奶奶没走,还在老家东屋里坐着。到东屋去看,只有那空荡荡的土炕静静地待在那里,奶奶生前存放衣服的那个老式的黑色木箱子在一旁陪伴着,奶奶的衣服整整齐齐地放在箱子里。物犹在,人却不在。奶奶走了,真的走了,我不断地告诉自己。

晚上,我躺在床上,想起奶奶疼我爱我的往事,想起与奶奶在一起的快乐时光,不禁泪如雨下。奶奶经常讲我小时候的事情。我大约六七岁时的一个晚上,依偎在奶奶的膝前,问奶奶,天上亮晶晶、一闪一闪的是什么?奶奶说,傻孩子,那是星星。我小时候贪睡,天刚黑就睡觉,一直到那时才第一次见星星。我上初中时,在乡政府驻地住宿,周三下午回家带干粮。一进门就叫奶奶,她立刻把下好的饺子端上来,不多不少,正好一碗半,刚够我一个人吃的。弟弟在一边眼巴巴地看着,当时我也不知道让给弟弟吃。弟弟说,奶奶偏心眼。奶奶说,你在家有好东西吃,你哥哥吃不到,就让他吃吧。

奶奶疼我爱我的事情许多许多,我回忆着一个个片段,泪水浸湿了枕头。

奶奶走了,永远地走了。我想她、爱她、怀念她,直到永远。

2015年11月

思　念

　　奶奶去世快一年了。按说，随着时间的推移，人的思念应该慢慢消退。可是，我的思念却不见消退的迹象，就像那永不停歇的江水，连绵不断，奔腾不息。

　　有一天晚上，我躺在床上，刚闭上眼睛不久，眼前就出现了奶奶的身影。是奶奶怕我着凉，来给我盖被子了。奶奶慢慢走过来，轻轻地把被子给我盖到身上。她边盖边说："睡觉前要把被子盖好，要不然会着凉的。你一个人在外面，要自己照顾好自己啊。"我睁开眼，才知道什么也没有发生。我小时候在家睡觉特别是午睡时，因为天热，不愿意盖被子，睡着以后，就容易着凉，奶奶总是在我睡着时悄悄给我盖上被子。奶奶走了，我又产生了幻觉。

　　我睡着了，进入了梦乡。我梦到，小时候放学回来，奶奶正在院子里做手擀面。奶奶把面擀成薄薄的一张大饼，麻利地折叠起来，用刀飞快地切成细条。面切得整整齐齐，刀切在面板上发出有规律的"咯咯"声。奶奶说："你去好好学习吧，把作业完成好。当学生，完成作业是最重要的。等面做好了，我叫你来吃。"

　　有一个白天，我忙完工作，坐下来休息。一闭上眼，奶奶那慈祥的面容就出现在我的脑海里，非常清晰，非常亲切，好像就在我的眼前。我听到奶奶关切地问我："孙儿啊，你工作挺累吧？要注意休息，别累着自己。记得抽空回来看我啊。"我一睁开眼，奶奶就不见了。我知道，这是我的幻觉，还是忍不住流下了眼泪。

　　再次闭上眼，奶奶又出现了。奶奶一手扶着墙，一手拿着小马扎，动作缓慢地从屋里挪到院子中间的阴凉处。奶奶坐下来，静静地，一言不发，一手缓缓地摇着扇子。奶奶不愿意吹电扇。她说，电扇风大，吹到身上感觉凉，受不了。所以，她手中总是拿着一把扇子。

奶奶孤独地度过了好多年，那些年奶奶的老朋友们都相继去世了。她们在世时，奶奶经常出去串门，找她们说说话，聊聊天。后来，奶奶没地方去了，只能独自一个人坐在家里等家里人回来。父母农忙时节要下地干活，即使不是农忙时节，也经常有这事那事的，没有人能经常与奶奶聊天。奶奶就盼着我们回去能跟她说说话。奶奶就这样在孤独与寂寞中盼啊盼，好不容易盼到春节，我们几个拖家带口地回家了，奶奶非常高兴。但高兴只有五六天时间，我们就又离开家回各自的工作岗位了。奶奶带着无限的挂念，又开始盼下一年春节的团聚。

如今，奶奶走了，不用盼星星盼月亮似的盼着我们春节回家了，也不用独自默默忍受难言的孤独与寂寞了。对奶奶来说，这未尝不是一种解脱。

我曾经有一种认识，觉得能够给予亲人一些物质的东西，比如食物、衣服或者金钱等，就是对亲人最好的关心关爱。现在，经过了奶奶离世这件事，我觉得我错了。物质的东西，亲人是需要，但是，这不是主要的，主要的是精神的东西。在保障物质的前提下，陪伴在亲人旁边，说说话，聊聊天，更能让亲人感到慰藉。就奶奶来说，她内心的孤独与寂寞是最令她难以忍受的。吃什么穿什么，相比较而言，反而是次要的。

我好后悔，为什么没有多拿出一些时间陪伴奶奶，平常感觉不到这一点，总觉得有的是时间，等下次吧，等下次吧，时间就在这一次次的推移中溜走了。等奶奶走了才醒悟过来，可是，已经晚了。奶奶走了，我就是再有时间，也永远无法弥补这人生的缺憾了。我深深地体会到，给予亲人的陪伴与关爱，一定要趁早，千万不要觉得有的是机会。机会是有，但是，机会不多，只给有心人预备着。

昨夜，我再次从梦中醒来，泪水浸湿了枕头。我又想奶奶了。

我记不清这是第几次因想念奶奶而从梦中醒来。我经常如此，是因为我爱的太深、爱的太切。我非常清醒地知道，奶奶离世，是无法改变的事实。无论如何想念，奶奶也不会回来了。

生死两茫茫，奶奶，你在那边可好？夜来乘梦回到家乡，喊一声"奶奶"，奶奶正坐在院中，斑白的头发，慈祥的面庞。我走上前去抓奶奶的手，奶奶忽然不见了，只留下小马扎，空荡荡的。我着急，心慌，大声叫："奶奶，奶奶，孙儿回来了，来跟你唠家常了。"找来找去找不到，忍不住号啕痛哭一场。哭声惊醒梦中人，才知道刚才梦中回到了故乡。

奶奶啊，你让我好想，好想……

2016年10月

石榴熟了

光阴似箭。转眼间,奶奶去世已经一年了。按农历计算,到十月初八正好一周年。在这个日子来到之前,有一天夜里,梦到奶奶对我说,想我了。梦中的奶奶,还是穿着开身的大棉袄,戴着妹妹给她买的天鹅绒的帽子,坐在老家屋门口的马扎上,面带慈祥的笑容。她说,孙儿呀,你回来吧,我赶紧答应着,一面说一面哭。哭着哭着,突然醒了,才知是一个梦。

我打电话给小妹妹,说了梦到奶奶的事。小妹妹说等到奶奶忌日那天,她去上坟,跟奶奶说一声,告诉她我过春节时回来再给她上坟。奶奶在天有灵会知道的。我说好吧。

奶奶,等到今年春节放假时,我回去给您上坟,给您说一说家里的事。

这一年来,家里的变化不小。我爹和我娘身体都挺好,没有生病。他们把种的承包地都租出去让别人种了。他们快70岁了,体力不行了。我们几个人给他们一些生活费,就够他们平时开销的。您的地,人家村里已经收回去,分给别人种了。

我姑姑的身体也好转了,脑血栓后恢复得不错,走路也行了。不仅生活能自理,还能到田里去干点活。您最放心不下她,嘱咐我别忘了她。您放心吧,我牢牢记着您说的话,没有忘了她,每年春节,我都去看她。

大妹妹一家都搬到县城去住了。他们在县城买了房子,每天早上开车到乡镇去上班,晚上开车再回县城。大妹妹的孩子——您的重外孙女,考上了咱们的县一中,学习成绩不错,考大学应该不成问题。

小妹妹一家日子紧点，与以前一样，也还可以。小妹妹在工厂上班，工作苦一些、累一些，收入不高。您的重外孙正在读初中，学习成绩不算很好。小妹妹现在正抓他的学习，争取明年也能考一个好高中。

弟弟在您离开我们之前结了婚，让您了却了最后一桩心事。目前，弟弟两口子都有正式工作，生活比较稳定。您尽管放心好了。

最后，我说一说我的情况。我和您的孙媳妇、重孙女身体都挺好。每天像往常一样上下班。您的重孙女上大学了，您离开我们之前的那个暑假，已经告诉过您了。她现在基本上每周回家一次，上的大学离家近，就有这一点好处。去年您去世的时候，她们两个没有回去。去年春节，我带着她们两个去您的坟上给您磕头了。您生前跟我说，闺女们不磕头，所以，您一直没让您的重孙女给您磕过头。这次，到您的坟上，都得磕。

我上班的地方离住处不算远，每天骑着电动车上班，路上需要40分钟左右。我曾有一个想法，想接您到北京来看看，看看天安门，看看故宫，看看我上班的地方。但是，您说您看不见，来了也白来。我说，您来一趟，即使看不到，感受一下也好，您还是没有同意。现在，这个想法成了我永远的梦想。

奶奶，您的弟弟——我那位小舅爷，现在还挺好的。他已经八十五六岁了，身体这个样子，已经算不错了。您生前，他来到家里，跟您见了最后一面，你们姐弟俩抱头痛哭。我知道，你们都是八九十岁的人了，这一辈子过得不容易，虽然年轻时曾经有过一些吵吵闹闹，临别之前，也都已经原谅对方了。

奶奶，您在天上，见到您生前的好朋友、好妹妹——我那柱奶奶了吧？虽然您比她大十岁，但是，她比您却早走了七八年。您的眼睛不好，生前出不了远门，只能到她家里坐一坐，说说话，解解闷。每当做了好吃的，柱奶奶还给您端过来一碗。有柱奶奶，您还不闷。

柱奶奶走了以后,您一个人,没有说话的朋友,多么孤独多么苦闷啊!我们只能逢年过节时回家陪您说说话。我爹娘忙活地里的庄稼,也不能经常陪着您。再说,不是同龄人,说话说不到一块,给您解不了多少闷。您去了天堂,见到柱奶奶,终于不再孤独苦闷了。

奶奶,您永远地离开我们了,不仅我们悲伤,咱们家中的石榴树也很悲伤。您在世时,这棵您亲手种下的石榴树枝繁叶茂、硕果累累。每年结果时,您都小心地把石榴摘下来,保存起来,等我春节回家时给我吃。您说,我从小就喜欢吃石榴,就给我留下了。您总是这么偏心,总是心里想着我。这棵石榴树每年结的果真不少,有几十枚。可是,今年,您走了,石榴树悲伤不已。前些日子,我回老家一趟,看到石榴树今年只结了三个石榴。听家里人说,今年开花时,花就不多,所以结果也少。石榴树也想您呢。我站在老家院子里,看到石榴树犹在,而您已不在,睹物思人,我心中非常难过。

奶奶,您一个人在那边,可要好好照顾自己啊。噢,您不是一个人,有您的父母与兄弟姐妹们,您与他们团聚了。您也与您的好朋友、好妹妹柱奶奶聚在一起,能够聊天、谈心了。你们互相照应着,不再孤独、不再寂寞了吧?家里人都很牵挂您,都很想念您。如果您想我了,就到我梦里吧。我在梦中就又能与您相见了,又能够陪您说说话了。我期待着。

转眼,春节到了,我回到老家,按照家里的风俗,到墓地里给奶奶上坟。我跪在奶奶的坟前,把我想说的这些话与奶奶说了说。奶奶肯定听到了。

2017年2月

回忆

地　瓜

　　每年秋冬时节,我经常碰见骑三轮车的商贩,走街串巷卖烤地瓜。三轮车上载一铁桶制作的火炉,里面糊着厚厚的泥巴,炉内的炭火烧得很旺,红红的。商贩一边烤着地瓜一边叫卖。那炉子上面排着半圈烤好的地瓜,散发着诱人的香味,直接刺激人们的鼻黏膜,引得人们不停地咽口水。许多人经不住诱惑,来到三轮车旁买上一块地瓜尝一尝。当然,也有人是吃饭时间没有吃饭,感觉饿了,吃一块地瓜安抚一下咕咕叫的胃。我不喜欢吃地瓜,即使又香又甜的烤地瓜,也是如此。但是,我对地瓜有一种特别的情感。地瓜与我的童年紧紧联系在一起,每当看到地瓜,我就会想起那一幕幕的往事。

　　我小时候,正值改革开放之初。记得家里刚分了自留地不久,春天一到,就忙着种地瓜。在田里种地瓜之前,先在自家院子里建一个小型温室育苗。等到地瓜长出秧苗,生了根,时节也到了,就可以到大田里插秧。家里人手不够,农时又不能耽误,我虽然是个小孩子,也得帮着大人干活。春天基本上没有雨,田里又没有灌溉系统,插秧时,需要人工挑水浇灌,这就需要用扁担挑水。扁担上铁链的长短、桶的大小,都是按大人的身高设计制作的,我个子矮,扁担挑在肩上,两个桶离不了地,挂桶的铁链太长了。这也难不倒我,我把铁链在扁担上绕一圈,一头顺时针绕,另一头逆时针绕,再挂个两个桶,就可以挑起来了。如果两头不是向相反方向绕,而是同方向绕,挑起来的扁担就会在肩膀上转动,不稳定。我挑着两个空桶,颤颤巍巍来到井边,井很深,父亲不让我靠近,怕我不小心掉下去,他用桶把水从井中提上来,再倒在我的桶中。我本来想让父亲给我倒两个大半桶,父亲说,你挑不动。结果,父亲把一桶水分开,倒在我的两个桶中。我挑起两个桶，兴冲冲地往自己家的田里走去。这挑水是有技巧的，人走起路来，身子是一上一下有规律地晃动的，两个桶也要随着身子的晃动，一上一下有规律地晃动。身体的晃动与扁担、桶的晃动要结为一体，这样走起来才能平稳、省力。我以前没挑过水，不知道这些，身体的晃动与扁担、桶的晃动不同步，没走几步，就有水从桶中澎出来。母亲走过来，告诉我怎么挑，我算是学会了一招。我家的田离井不算远，有一百多米。我按照母亲教的方法，挑起水桶一颤一颤地向前走。走了没有五十米，我就觉得担着扁担的肩膀有些疼，很快就疼得受不了了。我只好停下来，换另一个肩膀挑，勉强把水挑到田里。两个肩膀生疼。母亲递给我一个铁瓢，我把桶里的水用瓢舀出来，浇灌到田里已经挖好的小坑中，一个小坑一瓢水。浇完后，趁着地湿，赶紧把地瓜秧苗插到泥中，用土盖好。这样，就可以保证秧苗成活了。我浇完自己挑的水，又去挑下一趟。一趟一趟，我的肩膀磨破了皮，疼得厉害，再后来，不仅肩膀疼，而且累得不行，走不动了。我才干了这么点活，就受不了了，父母他们，还有其他的农民，长年累月地干活，有的农活比这活还要累，他们怎么办？做农民，真不容易啊。

在我们的辛勤培育下，地瓜长势很好，秧苗非常旺盛，丰收在望，大家心里都很高兴。那时，虽然粮食已经够吃了，但小麦还很少，面粉不能常吃。为了改善伙食，乡亲们想了一个办法，就是采摘一些地瓜秧的嫩叶，加上少许面粉，混合在一起做成糠糕。由于瓜秧的叶子比较嫩，味道有点甜，做成的糠糕很受欢迎。如果再配上大蒜泥，简直就是山珍海味啊。

到了丰收季节，家家户户都堆满了地瓜。地瓜非常多，又不能长久保存，那时没有冷库，也没有收地瓜搞深加工的，大家就把地瓜用刀切成一片一片的，挂在绳子上，晒成地瓜干，贮存起来当粮食吃。当时晚上没有电，家家点着煤油灯热火朝天地切地瓜。我记得当时家里拴了许多绳子，把院子都挂满了。我们家天天吃地瓜，煮的、蒸的、烤的、生的,换着方式吃,每一种方式都吃过多少遍。最常见的方式是,把地瓜干磨成粉,蒸地瓜面窝窝头。这地瓜面窝窝头,刚蒸出来时,颜色深红深红的,拿在手里软软的黏黏的,吃在嘴里甜甜的,配上自家在大缸里腌制的水萝卜咸菜,味道还不错。等到冷却下来,第二顿再放在锅里熥热后就变了。不仅颜色变成了紫黑的,而且拿在手里也不软软黏黏的了,变得像牛皮一样硬,很筋道,咬起来特别费劲,嚼起来就更不用说。由于天天吃地瓜,吃得我见了地瓜就恶心,饿得实在受不了了,我才会吃一块地瓜,或啃一个地瓜面窝窝头。所以,直到现在,我对地瓜没有一点食欲。

后来,家里都改种小麦、玉米了,地瓜就很少种了,慢慢地,我们吃上了雪白的馒头,生活水平明显提高了。吃馒头时间长了,为了换换口味,家里曾经种过味道发甜的红瓤地瓜,只种了短短的一垄。在地瓜刚刚长成时,被路人偷偷地挖去不少,大概是这种地瓜的秧有点与众不同,人们一眼就能辨别出来,最后收获时,没剩下多少。再以后,家里就没再种地瓜了。

现在人们吃地瓜,也是为了换个口味,没有几个人把地瓜当成正经八百的食物。

我的童年,让我时时想起;我的地瓜,让我久久难忘。

2017年1月

桃

　　《红楼梦》中，曹雪芹借林黛玉之手写了一首《桃花行》："桃花帘外东风软，桃花帘内晨妆懒；帘外桃花帘内人，人与桃花隔不远；东风有意揭帘栊，花欲窥人帘不卷。桃花帘外开仍旧，帘中人比黄花瘦……"。这首诗凄苦缠绵，令人感动得禁不住要落下泪来。桃花，因其美丽芬芳，成为自古以来文人雅士笔下的永久话题。咏桃花的诗作还有很多，但是写桃的诗歌文章却不多。相比美丽娇艳的桃花，我更喜欢桃这种天赐的美味。当然，不是不喜欢桃花，而是因为大家都去赞美桃花，却把桃这种仙果忽略了。

　　又一年六月来临，各式各样的水果陆陆续续摆满了市场，那些个大色美的桃子，着实诱人。每逢周末，我到附近的露天菜市场买菜时，左挑右选，总会买上几斤桃回家，敞开肚皮吃，尽情地享受这大自然的美味。桃花可以供观赏，桃子则可以解馋。

　　虽然现在农业发达，冬天也可见到夏天才能成熟的水果在超市出售，但是味道不行，远不如应季的水果好吃，当然价格也更贵。我不喜欢吃这种反季的水果，而是喜欢应季的水果，除了味道好之外，价格也确实便宜。哪一种水果到某个季节成熟了，就猛吃一通，把这美味好好地体验彻底了。

　　现在桃子成熟了，我就每周都买，市场上的桃子品种，全部尝一遍。至于叫什么名字，是久保还是朵子蜜，我说不上来，大约分两种类型，一种是汁多的，一种是非常脆的。山东的肥城桃，就属于个大汁多的。我有一位朋友，老家是肥城的。前几年，他老家来人，送给他一些肥城桃，我有幸品尝了一番，味道确实不一般，一咬一包蜜水，那汁儿，啧啧，不是吃，而是喝了。吃的时候，一定要接一个垃圾袋,要不然,那汁儿流得到处都是。另一种桃,个头也挺大,绿色中泛着红,吃起来嘎嘣脆。我特喜欢那种脆的感觉,一咬"嘎嘣"一声,又脆又甜。这种桃没有汁儿,吃起来尽管放心。我两种桃子都买一些,吃了这种吃那种,心里这个美呀。

吃完桃子,洗洗手,擦擦嘴,坐下来,在感叹桃子物美价廉的同时,常常想起以前的事。

我小时候,想吃个桃子是很难的。一是当时农业不发达,桃的产量很少;二是家里生活困难,没有钱买。

记得当时还是生产队的时候,村里有一处桃园,属大队所有。记不清是哪一年了,大队里分桃,就是把桃园里结的桃,分给各生产队,各生产队再分给各位社员。我家里分了大大小小六个桃,我和弟弟妹妹们高兴地抬着柳条编成的小筐,欢呼雀跃地把桃子领回了家。我们家一共七口人,奶奶与父母,加上我们兄弟姐妹四人。一共只有六个桃,怎么分?我们四个孩子都馋得直流口水,盼着能分一个。但是,我们都知道,大的给奶奶,当时有一张宣传年画上也是这么写的。我们挑了一个大的给奶奶。奶奶说,她以前吃过桃,这次她就不吃了,给我们吃。父亲说,他不喜欢吃,我们一人一个就行了。母亲也说,她不吃了,让我们一人一个。就这样,让来让去。当时我很不懂事,总是盼着快点分给自己一个,好解解馋。大人们商量来商量去,最后,还是父母两人吃了一个,我们和奶奶一人一个。我把分给自己的桃子捧在手里,仔仔细细地打量了一番,闻了又闻,拿起来轻轻啃了一口,那味道,真甜!然后,一小口一小口吃下去。每咬一口,蜜汁儿混着口水慢慢流过舌头,流过喉咙,流过食道,之后才到达胃里。我不知道为什么那时的桃那样甜,吃完之后,我把桃核放在嘴里,啃来啃去,转来转去,转到一点没味了,实在没东西了,才依依不舍地扔掉。

这是我唯一记得的一次分桃,之后就实行联产承包了。桃园分给了个人,经营了几年以后,桃树被砍掉了,桃园变成了棉花地。在那之前,是否分过桃,怎么分的,我一点儿也没有印象。

还有一件事,发生在桃园被分给个人以后桃树被砍掉之前,我到现在还记得清清楚楚。那时,我刚上小学。桃园与学校相邻,我课间休息时看到有人用麦子换桃吃。桃不大,大约有核桃般大小,但非常诱人。我凑上去看见人家拿着桃,口水直往肚子里咽。回到家,我偷偷溜到储藏粮食的屋里,往自己衣服口袋里装麦子。第二天,我带着藏好的麦子上学去,到了学校,先跑到桃园换桃吃。那时,也不知道桃多少钱一斤,麦子多少钱一斤,我把口袋里的麦子全倒出来给人家,人家抓了一把核桃般大小的小桃给我。我接过来,用树叶子擦擦桃毛,就咔嚓咔嚓地一通大嚼,三下五除二,就都吃光了。有了初次成功的经验之后,过了几天,我又想吃桃了,就故伎重施。当我再次到屋里装麦子时,母亲跟了进来,就这样,我偷麦子换桃的事被父母发现了,父母问清了缘由,把我训斥了一顿。从那以后,我再也不敢了。我懂得了,桃纵然再好吃,也不能用这种方式去获得。那时候,刚刚承包到户,家里才有了不多的存粮,父母舍不得用麦子去换桃。过了几年,麦子连续丰收,家里存粮多了,不用我们跟父母要,他们就会用麦子换些水果给我们吃,当然也包括桃。

时光荏苒,一晃这么多过去了,每当敞开腮帮子吃桃时,总是想起这些童年的往事,想起那时的生活。

桃,承载着多少过往的回忆。

2017年6月

夜空依旧

夏天的晚上，饭后散步。

我走出住所，走出小区，来到马路旁边的空旷之处。热浪滚滚，汗水连连，车辆川流不息，霓虹灯不停闪烁，喇叭声刺耳鸣叫，音响声高低起伏。在这喧嚣的闹市中，我举头仰望天空，没觉得有雾，也没觉得有霾，可是，怎么不见星星？月亮挂在天上，露出一张惨白的脸，好像是受了惊吓。

我驻足良久，陷入沉思。我想起了远在山东的老家，想起了小时候看星星的情景。也是一个夏天的晚上，晴空万里，繁星点点，一条银河像带子一样悬在头顶，星星一闪一闪的，亮亮的，像是在笑，又像是在跳。我坐在老家的庭院中，在浩瀚的星空下，一边看星星眨眼，一边与弟弟妹妹一起，听奶奶讲生产队里上坡干活的故事，听奶奶说老奶奶、老姥娘的陈年往事。

那浩瀚的星空与奶奶慈祥的面容，一直牢牢地镶嵌在我的脑海中，成为我对童年的美好回忆。

我的童年还有一件趣事与星星有关，父母经常谈起。那是我六七岁时夏天的某一晚上，父母到田里干活，回来很晚，晚饭就做得很晚，吃过晚饭后，天已经黑了，星星布满了天空。我抬头望着浩瀚的星空，那美丽的银河，那灿烂的天空，那无数亮晶晶的星星，让我感到无比好奇。

我从小特别能睡觉，每天睡觉时天还没黑，星星还没出来，每天早晨醒来时，天亮了，星星也看不见了。我一直到那时，从没见过星星。

记得当时，我瞪大眼睛，盯着天空看了好久，怎么看也看不明

031

白,就去问奶奶:"奶奶,天上一眨一眨的小白点是什么?"

奶奶笑了:"傻孩子,那是星星啊!"

我自言自语地重复着:"星星,星星……"

我又问:"星星是什么?"

奶奶说:"星星是神仙住的地方,在天上,离地面好远好远。人死了,就会到天上去,到星星上去。"

父母听了我的问话,禁不住笑了。

那是我第一次看见星星。

这段趣事成为父母和奶奶的谈资,时不时,他们就会提起来说一遍。如今,奶奶去世了,这一段趣事成了对奶奶的永久怀念。

我站在北京街头,望着广袤的夜空,寻找着寥落的星星。奶奶说,星星是神仙住的地方。奶奶去世后,一定是到了天上,去了神仙住的地方。奶奶去了哪颗星星?

不知是何缘故,我在北京很少见到星星,可能是城市里的高楼大厦挡住了视线,可能是乌云盖住了天空,也可能是浓雾把人与天空隔开了。我与星星有一种久未谋面的感觉,要看星星,恐怕要到城外的田野去看了,或者回到山东老家的农村去看。

我抬着头,仔细搜索着灰蒙蒙的夜空,希望天公作美,能打开一条缝隙,让我看到那些让人牵挂的星星,但夜空依然迷茫,不见一点星光。此时此刻,奶奶在天上干什么呢? 她好吗?

我想起了郑智化的那首歌曲《星星点灯》,那个曾经在满天的星光下做梦的少年,希望"星星点灯照亮我的家门,让迷失的孩子找到来时的路,星星点灯照亮我的前程,用一点光温暖孩子的心……"

我曾经在满天的星光下做过自己的青春梦,现在想想,觉得自己真幸运,生活在高楼大厦中的少年,想在满天的星光下做一个自己的梦也难。那满天的星光到哪里去寻觅? 现在的我虽然也与他们一样,很难见到星星,但毕竟我曾经见过那浩瀚的银河、那灿烂的群星,毕竟见过真的,不像有些少年,只能从电影电视中才能见到,从别人的描述中才能知道。

其实,星星还在那里,银河还在那里,它们没有离开,它们没有走远,是高楼大厦挡住了它们,是层层雾霾遮住了它们。走出高楼大厦,人们就会看到它们;走出层层雾霾,人们就会与它们重逢。

夜空依旧,星星会照亮每一位少年的家门,星星会照亮每一位少年的前程。

2017年6月

煎　熬

　　虽然知道高考才结束几天，不可能这么快就有消息，但作为家长，我还是非常着急，盼望着早一点出来成绩。今年北京市高考填报志愿首次实行考后大平行，大家心里都没有谱，不知道到底会是什么样子。

　　想想高三这一年，家长们一直非常焦虑，备受煎熬。第一次月考，第一次期中考试，第二次月考，第一次期末考试……考得好了，盼着下一次考得更好，名次前进一下；考得不好了，盼着下一次赶上来，名次要保住，一直到一模，再到二模，最后到高考，家长们的心就这么时时处在煎熬中。现在高考结束了，就盼着出成绩。成绩出来前，大家心里焦虑的是，要是成绩不好可怎么办？要是成绩理想一些，该报什么志愿？这平行志愿，到底是什么东西？听人家说，平行志愿是同一个志愿有六个高校可以填报，填报方法是：前两个冲一冲，中间两个稳一稳，后面两个保一保，尤其是最后一个志愿，一定要保住底，即使出现意外情况，也要保证能够录取。当然，这是根据自己的高考成绩和六所高校以往的录取分数线作出的估计。到底怎样才行？我心里没有底。

　　终于到了高考成绩发布的这一天。吃过午饭，我没有像往常一样去中山公园遛弯，而是回到办公室等着，等候12点的到来。

　　什么叫煎熬？此时的心情最恰当的表述就是煎熬。

　　终于到了12点，刷新早已打开的北京教育考试院网站，登录考生分数查询，可怎么也登不上去，我以为是电脑的原因，就跑到另一个办公室的电脑去上网，也是登录不上去。这时，我才明白，是北京市大部分考生和家长都在上网查询分数，网络太拥挤，上不去了。

11点多的时候,手机收到一条新浪网站的新闻,北京教育考试院公布了北京市2015年本科一批、二批、三批录取控制线,北京市文史类一本分数线是579分。我一看,心里一沉,此前的乐观情绪一下子没有了,分数线这么高,女儿考的分不会很高,原先想的上名校的希望不大了。越是这样想,越想早点知道孩子的分数。

这时,我忽然想起,可以拨12580热线查询。于是,我立即拿起电话,拨通了,输入准考证号和考生号后,电话告知了分数。我打开北京教育考试院网站,看到网站公布的北京市2015年1分段考生分数分布表,打印出一份。一对照,就找出了女儿在全市的排名。

为了不影响别人上班,我走出办公室,在走廊里给家里打电话。妻说,女儿已回来了,正在查分数,上网上不去,正着急呢。我说,不用查了,我已经查出来了。然后,我告诉她们查到的分数。此时,我的心情既激动兴奋,又忐忑不安。一是名次比较靠前,在全市1000名以内;二是孩子的分数不算高的,只高出一本线56分。虽然名次不如一模、二模靠前,但是也不算很差。考试就是这样,总有发挥好或不好的时候。

接下来是填报高考志愿。又是一番不分昼夜地研究与讨论。我挑出学校和专业,征求孩子的意见。我想让孩子报经济类的专业,孩子不喜欢。没办法,最后还是接受了孩子的意见。志愿网上填报完毕后,我静静地想了想,的确没有问题,放下心来。

再往后,就是等着录取了。我们家长们,又开始了漫长的等待,又开始了新的煎熬。

等待录取的心情是多么忐忑不安。头一年实行大平行,到底学校是什么样的排名,学校录取的名次和分数是多少,都没有数。志愿是报上了,就一定能录取吗?心里也没有数。一个学校就录取十几人或者二三十人,每一分都有三四十人,大家的差距非常小,可能差一分,就会去不同的学校。而且,今年许多名校减少了在北京的录取名额,更让录取变得难以预料。再者,即使能去报考的学校,能不能去自己选择的专业呢？尤其是能不能去第一专业，这也是最担心的。如果六个专业都去不了，服从调剂，会调到什么专业去？如果调到自己非常不想去的专业可怎么办，孩子们报完志愿好像没事了，我们家长心里可七上八下的。

虽然知道牵挂没有用，焦虑也没有用，可是，仍然牵挂，仍然焦虑。这也给我们平淡的生活添加了一些别样的味道。是甜味，是苦味，是酸味，是辣味，是咸味，说不清楚，反正就是煎熬得令人心慌，令人不安。

终于，本科一批开始录取了。我接到教育面对面RBC的微信，上面公布了22所高校的本科一批录取最低分数线。女儿一位同学的妈妈来微信说，已经查到孩子被一所大学录取了，问我查到录取结果没有？我上网查，还是没有录取消息。我根据女儿的分数，打电话到女儿报的第四志愿那所大学的招生办询问。招生办的同志核对一下姓名和准考证号后说，已经被他们学校录取。由于录取工作还没结束，所以网上还没有公布。

这个结果，虽然有些意外，也在情理之中。有一点比较满意的是，录取的专业是我们选择的第一专业，女儿喜欢这个专业。能够上一个自己喜欢的专业是不容易的。如果上一个自己不喜欢的专业，学习会非常枯燥乏味，而且要学四年，会让人非常心烦。

过了两天，邮政特快专递把录取通知书送到家里。高考，终于尘埃落定。

我终于不用再焦虑高考的事情了，终于不再受高考的煎熬了。煎熬的滋味真不好受。

2015年7月

高考琐事

女儿是 2015 年参加高考的,时间已经过了两年,我还是能清楚记得高考那两天发生的一些琐事。

6月7日是高考第一天。头一天晚上,女儿躺下休息后起来了两次,因为紧张睡不着觉。楼下有两条流浪狗不停地叫唤,女儿更睡不着了。没有办法,只好下楼叫上物业保安,把狗赶到别的地方,女儿才睡着了。

早晨 7 点,叫女儿起床。吃过早饭,我骑电动车带女儿去考点参加高考。为了女儿高考,我专门休了两天假。行至四路通时,不知是谁在路面上撒了一地玻璃渣子。这种情况三天两头出现,地点不定,目的应该是扎轮胎。我小心地避开,急着赶路。8 点多一点儿,到达白广路,离考点已经不远了,我径直骑到一家宾馆门口,把车放下,与女儿一起进宾馆办理住宿登记。为了让女儿中午休息好、吃好,我专门预订了考点附近的宾馆。服务员登记身份证号,我询问中午是否有自助餐,服务员回答,有,每位 40 元。我交上押金,领了房卡,与女儿进房间休息。女儿抓紧最后一点时间复习语文。

8 点半,我们前往考点参加考试。到达考点门口时,看到一大群家长围在那里,目送自己的孩子进考场。一名城管对我说,你们快点吧,考生都进考场了。女儿马上紧走几步,进了考场。我掏出手机,发现一个陌生的号码刚才给我打过电话,我马上拨回去,接电话的是女儿高中的一位老师。老师说,刚才没有看到孩子进考场,赶紧打电话询问,别耽误了考试。我说,孩子已经进去了。老师说,我看到她了。我连声说谢谢。刚挂了电话,妻来电话,原来老师把电话打到她那儿了。我说,孩子已经进考场了,放心吧。

9点,考试正式开始。考点门口的家长纷纷离去。我没有走,而是在门口等着,旁边有几位家长也在等着。有几辆警车停在考点门口,警察和辅警在值勤,保护高考的安全和秩序。校园保安在一旁不停地招呼着考点门口的人,请大家保持安静。一会儿,酒店的几位工作人员过来,免费给家长们发矿泉水,同时作酒店推介工作。新京报的两位工作人员在免费发新京报,同时提供免费饮水。在场的家长们与他们边聊天边等着。

11点左右,家长们前前后后赶来,人越聚越多,等着接孩子回家。半小时后,语文考试结束,考生们鱼贯而出。我看到女儿出来,立即带她去宾馆。在宾馆的餐厅等待十几分钟后,自助餐准备好了,我与女儿一起用餐。有两个凉菜:拌白菜心、火腿肠;四个热菜:土豆丝、豆腐红烧肉、白菜炒豆皮、炖草鱼;一个汤:南瓜米汤;外加一份蛋糕,一份圣女果。味道不错,荤素搭配也合适。

我与女儿用完餐,回到房间休息。女儿要小睡一会儿,我也躺下眯一会儿。我不问考得怎么样,不是不关心,而是不想影响孩子下面的考试。孩子出考场后说了几句,觉得作文写得不好,我赶紧打断她的话,说考完这门,就不管了,考什么样,就什么样,马上准备下一门考试。让孩子把注意力转到下一门的考试上来。如果一直在考虑前一门考得怎么不好,不仅于事无补,还会情绪低落,影响下面的考试。所以,我就不提已考过的事,只提下面的考试。

下午1点半,闹钟响了,叫女儿起来稍稍清醒一下,复习下午的数学。由于有了上午的教训,下午我们没有耽搁时间,2点一刻就出发去考场,准时到达考点门口等着。时间一到,女儿带着考试用具即刻进了考场。

3点,开始考数学。我在校门口附近找了一个小凳子坐着,边看免费的报纸边等着。一小时后,天空下了几滴雨,我赶紧用雨披把电动车盖上,自己打着雨伞等着。雨下了不一会儿,就停了。刚好,女儿两位同学的妈妈过来等孩子。我们边聊天边等着考试结束。

很快，到了5点，数学考试结束。我们各自去迎自己的孩子。我接上女儿回家。女儿说，下午的数学最后一个大题的最后一问没有解出来。我说，没关系，不去考虑了，马上准备下一门。回到家，妻做了丰盛的饭菜，我们风卷残云，吃个干净。饭后，女儿抓紧复习，备战第二天的考试。

6月8日是高考第二天，我清楚记得当时天气非常晴朗。我们早晨7点45分出门，赶赴考点。走到洋桥大厦时，路面上又出现了抛撒的玻璃渣子，心里很是生气，但也没有办法，只能小心避过，快速赶路。一路上，我非常担心出现这些玻璃渣子扎了轮胎，误了考试。还好，一路顺利，按时到达考点门口。

考生们已经开始进考点考试，女儿也跟着进去了。家长们纷纷离去。今天考点门口停着四辆警车、一辆城管车，派出所、交通队、城管都来为高考保驾护航。

太阳当空照，天热得厉害。我看到校门口西侧搭起了两个简易凉棚，里面摆着十几把椅子，工作人员说，他们是工会的，组织志愿者为高考的家长提供免费服务。我坐在凉棚下的椅子上，工作人员送来一瓶矿泉水。过了一会儿，来了两位干部模样的人坐下，与我们几位家长聊天。有一位家长说，她孩子是学京剧的，考艺术类院校。大家聊着聊着，家长时而有离开的，时而有新来的。考试快结束时，我起身离开，到校门口转了转，家长们已经陆续赶来准备接孩子了。我碰到了女儿一位同学的妈妈，昨天见过的。她说，昨天下午的数学题简单，孩子提前半小时就做完了。我想起女儿的话，最后一个大题有三问，最后一问没做出来，心里真着急，但再着急也不能告诉孩子，否则会影响孩子下面的考试。没办法，考试就是这样。

11点半，考试结束。女儿出来告诉我说，上午的文综非常难，老师让准备的东西都没考到。我说，难都难，不是你一个人觉得难，不用管它,准备下午最后一门英语。我们回到宾馆吃午餐。还是四个凉菜、四个热菜。一开始上了两个热菜,我们就开始吃了,快吃饱了,又上来两个热菜。水果是西瓜,汤是花生汤,主食是肉饼、花卷和米饭。

吃完饭,上楼休息。女儿打开电视,看了十几分钟的央视英语频道,熟悉一下听力,然后休息一个小时。闹钟响后,叫女儿起来。女儿洗脸、梳头,收拾妥当,又找出一份英语试题看了看。下午2点,接到妻的短信,告诉我她已到考点门口。准备下楼时,我告诉女儿:"你妈来了,在考点门口等着,为你鼓劲。"女儿说:"我妈来更紧张了。"我说:"紧张什么,前面几门都考完了,还紧张什么? 英语我们很有信心。"

我们到达考点门口,看到妻在等着。简单说了几句话,女儿就进考点了。我看到,女儿的高中班主任也在门口,与学生们挨个打招呼。为防止出现学生不能及时参加考试的情况,学校安排老师来盯着,以便及时联系家长。昨天,就是老师给我打的电话。

下午3点,考试开始。我把妻送到741路枣林前街站,让她乘车回家,自己回到宾馆,看一会儿电视。服务员来敲门,说要打扫卫生。我说不用了,一会儿就退房了。服务员说,她们4点半下班,退房要早点退。我说4点一刻退。到了时间,我收拾好东西,去一楼大厅办理退房手续,然后到考点门口等着。不知什么时候起,天阴上来了,乌云密布。

考试快结束时,家长们陆陆续续都过来了。几位辅警已在收拾交通指示牌,两辆红色的奥迪开来,车上印着可口可乐公司的字样,来为考生和家长免费发可口可乐。这时,天下起雨来,雨点来得挺快挺大,等候的家长们纷纷打开雨伞。

5点整,考试结束,考生们冒着雨依次走出校门。我接上女儿,穿上雨披冒雨回家。我没问考得怎么样。已经考完了,问也是这样,不问也是这样,所以,就不问了。当我们走到四路通时,发现路面是干的,一点雨也没下。女儿说,满大街的人,就你一个人穿雨衣。原来,老天爷只在考场那边下了雨,这边一个雨点也没下。我放松地笑了笑。

高考在紧张而忙碌的气氛中过去了。我很庆幸,孩子的高考非常顺利,没有出现什么意外情况。不管结果怎么样,只要正常发挥出水平就可以了。作为家长,能够陪伴孩子参加高考,与孩子携手走过她人生最重要的一道关口,是非常幸福快乐的事情。尽管忙得晕头转向的,心里却是非常高兴。

我是一位父亲,不善于表达对孩子的爱,从没说过"我爱你"之类的话。但是,我把对孩子的爱融入实际行动中,融入高考的琐事中,让孩子能切身体会到我发自心底的爱。这就是父爱,默默无闻,又是这样浑厚凝重。

2017年7月

英语口试

　　今年,女儿要参加高考,有一些大学要求英语口试成绩合格才能报考,为此,需要提前报名参加英语口试。为了到报志愿时能够有比较大的选择范围,女儿报了名,按照要求准备参加英语口试。

　　根据考试部门的安排,下周六,女儿在北京语言大学进行英语口试。我虽然在北京工作生活十几年了,却不知道北京语言大学在什么地方。平常没有事,我也不喜欢到处溜达。现在,要到北京语言大学去考试了,我需要提前去一趟,熟悉熟悉路况。这是我在北京工作生活多年的经验。在北京,要想去某个地方办事,必须提前走一遭,算一下路途上的时间。当然,必须把堵车的时间也计算在内。北京的堵车,厉害得很,一堵堵上半个小时甚至一个小时,也是很平常的事。如果你按正常时间正常距离走,十有八九会误事。所以,必须有所准备。不过,如果乘坐地铁的话,会比较准时,虽然地铁拥挤不堪。乘坐地铁就有这一点好处,基本上不会误事。我出门时最喜欢选择地铁。

　　这一周末,我就要先走一遭,计算一下路途上的时间,根据这些时间,计算一下出门时间、吃饭时间、起床时间。起得早了,休息时间不够,起得晚了,会耽误考试。因此,必须精打细算。我乘地铁去了语言大学。一路顺利,到达语言大学。我不时地看手表,计算时间。从进地铁起,先乘10号线,到下一站角门西下车。换乘地铁4号线,到西直门下车,再换乘13号线,到五道口站下车。出地铁站向东,走了500多米,到达北京语言大学,一共用去1小时5分钟。然后原路返回,用时也是1小时5分钟。这样,我就心中有数了。

　　转眼间,周六到了。早晨5点45分起床,叫醒女儿一起吃早饭。

然后,骑电动车带女儿到角门东地铁口,妻骑自行车也到角门东地铁口。我与女儿一起乘地铁去语言大学参加英语口试,妻把自行车放在车棚中,骑电动车回家。电动车放在地铁口不安全,如果不小心,就会被偷。我回来时,骑自行车回家就可以了。

我与女儿由角门东站上车,按照我们事先查好的路线赶路。到达语言大学时,正好早晨7点半。按考试通知要求,参加口试的同学须于7点半到8点半之间报到。我与女儿沿着学校指示的路线,到逸夫楼前集合,准备报到。到达时,已经有100多人在前面排队了。大家熙熙攘攘,与熟悉的同学朋友打招呼、聊天。准备参加口试的学生排成的队伍与家长之间隔着一条警戒线。女儿加入到排队的学生中间。考试通知单和身份证交给女儿,报到时需要使用。我在隔离区的外面站着,同许多同学的家长一起等待。

8点,英语口试正式开始,女儿进入逸夫楼候考。我们这些家长按照学校保安的说明,到逸夫楼的东南门等候。学生们考完后,会从东南门出来。我到达时,许多家长早已等在那里。接下来是漫长的等待。没有认识的人,我只能一个人在一旁静静地等着。有些家长来得早,把能坐的地方都坐满了。我来得晚,没地方可坐,只能站着。时间不长,我就觉得腿发酸,腰发软,脚发疼。不过,即使如此,也得挺着。

考完的同学一个接一个出来了,个个脸上都洋溢着自豪与胜利的微笑。他们的家长赶紧迎上去,问孩子们考得怎么样。孩子们都说考得挺好。我在一旁听着,心里渐渐能够沉住气了。毕竟,这是一次水平考试,不是竞争考试,不需要排名次,没有名额限制。只要学生能达到要求的水平就可以了。

9点半左右,女儿高高兴兴地出来了。我赶紧走过去,问女儿考得怎么样。女儿说,挺顺利的。老师有两个,特别和蔼,问了几个问题,自己都听懂了,也都答上了。老师说,顺利通过。接着,女儿说,她碰上了自己的两个同班同学,她们也来参加英语口试,现在,她要去找她的同班同学。

看到女儿与同学在一起,我就放心了。我与女儿分手后,自己乘地铁回家。

晚饭后,正在家中看电视,天下起了雨,挺大的。女儿来电话,说已经回来了,让我去地铁口接她一下。9点多,我穿上雨衣,骑电动车到地铁站接女儿。女儿一出地铁口,我把雨衣递给她,让她穿上。雨下得很快、很密,我幸亏戴着墨镜,虽然光线有些暗,但眼镜把雨点遮住了,打不到眼睛上。

骑车带女儿回家。

忙忙碌碌的一天就这样过去了。我陪着孩子考试,虽然辛苦,却感觉非常充实。我是一个平凡的父亲,我们是一个平凡的家庭。为了孩子,我这个父亲能够做的,都做到了;我做不到的,我也会尽力。天下父母莫不如此。

2015年4月

开学那天

今天是女儿开学的日子。我们家在北京,女儿考的大学也在北京,开学时,不用急匆匆地从外地赶过来。

早晨,我们通过滴滴软件叫来一辆出租车。我与女儿拉上行李箱,乘车去学校报道。刚走了没多远,出租车就被堵在路上了。等了二十分钟左右,才缓缓地通过拥堵地带。

下车后我与女儿拉着行李箱、背着行李包走入校内。人非常多,都是来送孩子上学的家长和学生。我们顺着指示牌指示的方向,先到操场办理报到手续。女儿进去报到,我在出口处等着。女儿交上档案,领了一卡通、农行借记卡等东西后出来。我们按照要求,到1号学生公寓前办理各种事项。女儿排队等着激活一卡通,我先乘电梯上楼,把行李送到宿舍内。电梯口人挤人,人挨人,非常繁忙。我排了十几分钟的队,总算挤上了电梯。

拿着女儿给的房间号,来到女儿的宿舍。门锁着,敲门没人开。问路过的同学,如何开门,这位同学说,新生肯定不住这个房间,这个房间是南侧的,里面住的是别的年级的学生。新生应该住北侧的房间,同样一个房间号,有南侧(S)和北侧(N)之分。我沿着楼道往前走,转过两个拐角,找到了位于北侧的那个房间号。门关着,还是打不开。我问隔壁的同学,她们也是女儿一个专业的。她们告诉我,要用一卡通才能开门。女儿的一卡通正在办理激活手续,不在我手里。我把行李箱放在她们的房间,请她们代看一下,然后下楼去找女儿。

从西侧电梯下楼来到公寓南门,女儿已经办理完一卡通激活手续,正在电梯前排队。我与女儿又一起上楼,来到她的宿舍,用一卡通开了门。屋里有四张床,每张床分上下两层,可以供八位学生居住。有一个下铺上已经放了行李,应该是一位同学早已到了,放下行李,出去了。女儿看了看,选了靠近窗户的一个下铺,与已经早到的同学面对面。我拿出卫生纸,擦了一下床和桌子上面的灰尘,把女儿的物品放在上面。这时,又有一位同学和家长进来了。这位同学是浙江的。她选了女儿上面的床位。

放下行李,我与女儿去楼下看卧具。公寓旁边有三四家卖卧具的。新来的同学和家长围了一圈,挑来选去。老板一手拿着钞票,一手提着卧具袋,忙得不亦乐乎。我们看中了五百多元一套的,买了一套,同时又买了一个床垫,总共花了六百多元。我提着卧具袋,女儿抱着床垫,一起上楼,回到宿舍。浙江的同学已经把行李、衣物摆放好了。我把女儿的床铺铺好,套上被套,铺上床垫、床单,吊上蚊帐,找到电源,把买好的电源插座插好。

这时,妻下班后来到学校,帮女儿收拾。打开女儿的行李箱,把衣服和日常物品一一取出,放入衣柜内。行李箱放在床底下。

时近中午,我们下楼到食堂吃饭。女儿的一卡通已经预存五十元,可以用来买饭。我们在几个窗口看了看,买了三份饭,我要了一份黄豆芽粉条加一两米饭;妻要了一份米线;女儿要了一份面。我的饭,味道还行,尝了尝米线和面,也可以。我想起自己读研究生时另一所高校的饭菜,感觉比那所学校的好多了。而且,不仅味道不错,价格也非常便宜。

吃完饭,妻去排队,等着激活女儿的农行卡。这张卡很重要,交学费需要用,日常花销也需要用。最重要的是,这张卡与一卡通捆绑在一起。我与女儿去买脸盆、晒衣杆、锁和垃圾桶。商店里人不多,我们很快就买上了,没用排队。买完这些日常用品后,与妻一起等。激活手续办理的非常慢,银行的工作人员忙得满头大汗。我们等了一个多小时才轮到。

女儿办理重置密码后,我们回到宿舍,放下东西,坐下来想了想,报到的所有程序是不是都走完了,有没有遗漏的东西,确认没有遗漏后,我们就乘地铁回家了。女儿不愿意马上就住在学校里。学校离家只有二十多公里,乘地铁一个小时左右就到了。我们早晨来学校时没有乘地铁,是因为带的行李较多,乘地铁不方便。女儿明天正式开学,那时乘地铁过来,也来得及。在北京上学有这样一个好处,离家很近,想回家时,不到一个小时就可以到家了。

回到家后,女儿说,刚刚上锁的衣柜的钥匙找不到了。我们立即找背包和自己的口袋,全翻了一遍,还是没找到。我心急火燎地埋怨了女儿几句,但是再急也没用,丢了就是丢了。我告诉女儿,明天到校后自己想办法处理吧。

我依稀记起父亲当年送我上大学的情景,就像今天一样。20年后,轮到我送女儿上学了。时间过得真快,整整一代人了。我深深地体会到,做父亲真不容易。

2015年9月

回首往事

孩子艰难挤过了人生道路上一座非常重要的独木桥,成为大学生了,我也终于可以歇一口气,非常轻松地上班了。

回首看看孩子上学的12年,我不禁感慨她的不易,孩子付出了多少艰辛,流下了多少眼泪,放弃了多少欢乐时光,牺牲了多少休息时间,多少个日夜伏案苦读,多少个教室留下身影,补习班报了一个又一个,同步班上了一期又一期,参考书读了一册又一册,作业簿用了一本又一本……

坐在家里的沙发上,我回想过去的12年,许多往事像放电影一样涌上心头,好像昨天刚发生的一样。

2003年,孩子刚上小学时,我正在北京读研究生。妻子一个人在山东老家带着孩子,既要伺候孩子的生活,又要抓孩子的学习。孩子刚上学,上课时不知道听讲,经常回头与小同学说话,老师批评了好多次。妻挺着急,责备孩子,但孩子小,不知道怎么回事。按年龄计算,孩子还不够上学年龄,生长发育与大部分同学相比晚了半年。她理解不了这些事。实际上,孩子一直以为与在幼儿园上学时一样呢。我也挺着急,但是,远在千里之外,使不上劲。好在,到了一年级下半年,孩子懂事了,知道上课时要遵守纪律了,老师也不再批评了。

孩子的学习成绩还可以。妻子抓得挺紧,让孩子养成了自己独立完成作业的习惯。遇到不会做的作业题,妻子带孩子到单位去请教自己的同事。同事中间有几位大学毕业生,他们无私地给孩子讲解,帮孩子完成作业。我不在跟前,孩子的学习没有耽误。我从心里感激他们。妻子那时在医院工作,经常需要值夜班。家里没人照看孩子,妻子就把孩子带到医院,与孩子一起吃住在值班室。孩子从小就生活在医院里,与许多医生护士都很熟悉。我一想起这些,鼻子就酸酸的。

到了2007年,我终于办好了户口迁移手续,孩子可以来北京上学了。我在老家办了转学手续,到北京找学校接收。转学真不容易。我托人找了几个学校,带孩子参加了学校的考试。最后,还是通过单位的介绍,找到一所小学的分校,人家同意接收。交完赞助费,孩子终于顺顺当当地上学了。

刚上了半年学,快到寒假时,孩子出了交通事故,被一辆出租车碰倒了。我当时接到电话,脑袋嗡的一声。我赶到事故现场,孩子已经被送到附近的一所医院了。医生说,左上臂骨折,需要马上手术。我没同意,而是找了一辆救护车,把孩子送到一家大型的部队医院。在那里,给孩子做了手术。孩子住院期间正好是寒假,没耽误很多上课时间。第二年春季,骨头愈合,拆线,但是留下了一道长长的伤疤。

两年后,小学升初中。北京市是不考试的,当时实行"推优"。简单地说,就是学校认为你的孩子是优秀的,就录取了,学校认为你的孩子不够优秀,就不录取。如果参加过各种竞赛,得了奖,就算是优秀的一种,好多学校会优先考虑。还有一种叫"蹲坑",就是孩子从一二年级开始报名参加某初中的课外培训班,一直到小学毕业。这期间,培训班会进行若干次考试,根据成绩进行排名。排名前几十位的学生,这所学校就直接录取了。有些家长为了提高孩子的录取概率,就给孩子报了几所学校的课外培训班,这所学校不行,另一所学校可能还有机会。粗略算一下,一个区内,几种优秀加起来不过百八十号人,孩子却有几千人,大部分孩子是没有上好初中的机会的。我的孩子是转学过来的,没有参加什么竞赛,也没有参加"蹲坑",所以上初中时,这所学校不收,那所学校不收,把我急得够呛。最后,终于靠单位的关系,孩子被一所区重点初中录取。如果没有单位的关系，孩子就会上最普通的初中，以后考高中就更难了。为了上这个重点初中，我几乎跑断了腿，磨破了嘴皮子，能想到的办法都用上了。

初中毕业，上高中，需要全市统一考试。这时候，就相对容易了。体育成绩计入总分。我陪着孩子参加体育考试。孩子虽然尽力了，但是没有得到满分，而是被扣了两分。结果，最后的中考分数出来后，孩子超出某重点高中一分。

从小学开始，直到初中、高中，除了假期以外，每天都要接送孩子。早晨起床时，由于睡眠时间不足，孩子总是困得不行，磨磨蹭蹭的，出门都比较晚。出门后，急急忙忙送孩子到学校。到了学校，往往早自习已经开始。孩子迟到了，老师会批评的，而且也会耽误功课。有时候，电动车在半路上坏了，只好临时拦下一辆出租车，紧急送孩子上学。下午放学后，需要接孩子。学校放学时间比较早，那时我们还没有下班，只能请假去接孩子。一次两次请假还可以，天天请假，不用单位领导说，我自己都觉得不好意思了，不过也只能如此。领导也知道我们接送孩子不容易。

孩子上了初中以后，为了提高学习成绩，我们征得孩子的同意后，给她报了补习班。补习班分假期班和周末班，假期班是寒暑假期间上课，这意味着孩子几乎没有假期。周末班是周末上课，这意味着每个周末孩子除了完成学校布置的作业，还要去上课，完成补习班布置的作业。一年到头，没有休息的时间。孩子辛苦，家长也辛苦。到了初中二年级结束，我看孩子累得不行，就停了一学期的补习班。没想到，这一停"出事"了，孩子的学习成绩大幅下滑。初二第二学期期末时，孩子的成绩是年级三十名左右，初三第一学期期末考试，一直降到一百五十名左右。我着急了，孩子也着急了。初三寒假一开始，我立即给孩子报上了补习班，而且各科都报了。经过一个寒假的恶补，下学期一模考试时，孩子的成绩回升到年级五十多名。直到中考，孩子的成绩都很稳定，一直保持在五十多名。

虽然没有再下降,但是,再也没有回升到原来的水平。

上了高中后,我吸取了初中的教训,从高一一开始,就给孩子报上了补习班,而且一直到高考结束,再也没有停止过,既包括假期班,也包括周末班。孩子虽然很累,但是也愿意上补习班。因为,提高成绩是最主要的。当然,补习班的费用也是相当可观的,一年下来,需要好几万元。上完高中,一辆汽车的钱没有了。我有一个看法不知道对不对,就是孩子的高考成绩是用钱和汗水累积起来的。

如今,高考结束了。孩子就要走出家庭步入大学这个小社会,孩子就要离开父母飞向未来的天空。作为父母,我们真舍不得;作为父母,我们又必须舍得。

回首过去的12年,孩子的青春在奋斗中度过,孩子的年华在求索中流淌。多么美丽的12年,虽近在咫尺,但已远在天边。我很庆幸,我陪着孩子度过了人生这一段最美丽的时光。孩子乐,父母乐;孩子忧,父母忧;孩子生病,父母着急;孩子委屈,父母安慰;孩子离开家,父母盼回来;孩子出远门,父母心牵挂……

当你老了的时候,你回首看看,人生有多少12年,哪个12年最值得回味。

2015年7月

第一份工作

　　女儿已经读大一了。到了第二学期，她征求我们的意见，说放暑假后，要去一所教育培训机构打工，担任助教，问我们同意不同意。我们非常高兴地同意了。这是女儿的第一份工作，我们没有理由不支持她。

　　距放假还有两个多月女儿就报了名，时间不长，那家培训机构发来通知，要求下个周末去参加面试。为了面试成功，女儿准备了自己的简历，设计了几种版式，还上网了解了一些培训机构的情况，可谓是做好了充分准备。通知上说，面试8点半开始，要求参加面试的人员8点以前到达。女儿早晨很早就起床了，准备提前到达，给面

试的老师们一个好印象。可是，没想到的是，路上遇到了堵车，加上开出租车的司机师傅又不熟悉路，耽误了时间，到达培训机构时已经快9点了。那时，面试早就开始了，女儿急忙把耽误时间的事情向面试老师解释了一番。老师们没有责怪她，同意她参加面试。女儿顺利地进行了面试。但是，女儿觉得，这次肯定不行了，耽误了这么长时间。我告诉女儿，以后你就有经验了，在北京办事，一定要留出充足的时间，把可能堵车的情况考虑在内。另外，还要提前到面试地点走一趟，看看路怎么走，以备不时之需。

　　没想到，过了一周，女儿来电话说面试通过了。她被分在了离家比较近的一个校区。再过一个多月，就要参加上岗前培训。我们听到这个消息，为女儿感到高兴。

　　转眼，培训时间到了。女儿到培训机构上课，接受培训。回来后，女儿告诉我们，老师们讲得非常认真仔细，讲了像她这样没有工作经验的学生们如何准备教学方案，如何准备教具，如何通知上课

的孩子们和家长,如何向家长反馈孩子们上课的情况,等等。同时,要求她们准备好笔记本电脑和数据转换线,以便连接教室中的投影仪。

暑假开始了。女儿就要上岗了。前一天晚上,女儿开始为第二天的第一次工作做准备。先是给自己负责的暑期班第二期的所有学员家长发短信,通知学员明天开始上课。短信不能群发,只能给每位家长各发一次。如果收不到对方的回复,就要打电话联系,一定要联系到对方才行。女儿发完短信,发现有的短信发不出去,有的只发出几行字。女儿问我怎么回事?我告诉她短信有字数限制,多了不行,女儿只好又重发了一遍。短信发出不久,陆陆续续收到了全部学员家长的回信,没有出现不回复的现象。此外,培训机构让事先准备的电脑和数据转换线早就准备好了。笔记本电脑是自己的,去年刚上大学时就买了。数据转换线是一周前从网上买的,前几天,快递把数据转换线送来了,放在桌上没动。晚上拆开包装,准备使用前试一试。打开一看,接口不对,太大了,明显是买错了型号,明天没法用了。女儿急哭了。我也急得没法,拿着数据线,翻来覆去地想办法。忽然想到,这个数据线的小接口可以与三星手机的数据线联结起来,就拿出来一试,果然合适。如此一来,问题就解决了。前前后后忙活了一晚上,总算把各种准备工作做完了。最后收拾好书包,把证件复印件、银行卡、钱包、笔与笔记本等带上。

第一天工作来临。我们都各自上班去了,女儿自己定了闹钟,到点起床,背上昨晚收拾好的书包,出去找个地方吃了一口饭,去上班。由于培训机构下午1点开始上课,要求助教们中午12点到达,女儿的早饭和午饭就合并在一起吃了,晚饭则需要在培训机构吃,因为晚上还有课。不要以为培训机构提供晚饭,不是的,是有几家卖盒饭的在晚饭时间会去培训机构卖盒饭,自己想吃什么,自己掏钱买。

晚上8点40分下课,女儿下班回来。我问女儿,第一天的工作感觉怎么样？数据线用上行不行？女儿说，上课开始前比较忙，一会儿忙这一会儿忙那，等到上课开始以后，就没有多少事了。学员们都到了，没有迟到的。大家都挺遵守纪律的，不需要去管。数据线根本没用。好多班的投影仪都没法用，播放不了开学须知，老师们商量了一下，干脆就说一说。女儿回答完我的问题，又赶紧忙着发短信，向家长报告每位学员的上课情况，这是培训机构要求的。她的手机反应比较慢，短信不好发，急得不断用手拍打手机。可是，再急也没有办法，手机信号不好，只能耐心地等。

上班第二天，女儿就熟悉了整个工作流程，开始麻利地做事了。第三天，女儿学会了总结工作规律，根据实际情况，开始制定表格，安排工作。一晃九天过去了，女儿的第一份工作结束了。女儿已经从新手变成老手。

第一份工作让女儿遇到了许多困难。这些困难，不去干工作是遇不到的。现在遇到了，以后解决起来就得心应手，困难就不再是困难。人的成长总是伴随着困难的。遇到的困难越多，成长得越快。我高兴地看到，女儿在不断克服这些困难中渐渐成长。

其实，工作并不难，难的是开始的第一次。那时，所有的事情都是新的，茫然不知所措。等到工作开始，进入角色后，你就会发现，工作不过如此。只要你尽心尽力地去干，就一定能够干好。

2016年7月

生　活

地铁上的文明

我来北京工作已经十多年。由于平时上下班都是骑电动车,乘坐地铁较少,特别是上下班高峰期,乘坐地铁更少,所以,我对地铁上的拥挤状况感受不深。即使有时候乘坐地铁,也不在上下班高峰期,地铁上乘客不算多,经常有空座可以坐下。我印象中总以为地铁比较宽敞、舒适。

最近,我的电动车坏了。我乘坐地铁上班,扎扎实实领教了地铁高峰时的拥挤。首先排队过安检,刷卡,然后到站台候车。每一个车厢入口处都排着长长的两队人,每排六七个,有的甚至更多,我排在其中一排的后面。不一会儿,来了一辆列车,看样子,车上已经非常拥挤,一点空间也没留下。我们这一排,排在前面的乘客上去四个就挤不上去了,只好等下一辆。上下班高峰时,地铁运转快,间隔小,前一辆刚走,后一辆马上就到了。这辆车上也非常拥挤,只上去我们三个人就满了。后面的人继续排队等下一辆。这次排队挺有次序,出乎我的意料。记得2013年时,也是因为电动车坏了,乘地铁上班。那时,候车的人们用劲地向车上挤。车上的人用劲地向外挤,要不然下不了车。一位年轻的女士夹在中间,挤到了前面的一个小伙子。小伙子扭过头,动手就打,嘴里还骂着难听的话。大家都看着,没人吭一声。直到小伙子挤上地铁离开了,才算结束。

我站在地铁上,与周围的人紧紧挤靠在一起,没有一点剩余空间。车开动了,人群随着车的惯性一阵剧烈摇晃后,趋于平静。我扭一扭头,环顾四周,看了一下车厢中的乘客。大家都在忙自己的事。许多人在看手机,播放的什么画面,只有临近的人能看到,我看不到。许多人戴着耳机,闭着眼,有的还摇头晃脑,好像在听歌。还有一些人眼睛盯着前方，目不斜视，不知道在想什么。座位上坐的几位可能没睡醒，互相倚靠着打起盹来。站着的人背靠着背，或脸对着脸，如果有一位大一点喘气，对方肯定能感觉到气流从脸上滑过。这是在冬天，大家穿的厚一些，相互之间身体的触碰感不明显。如果在夏天，那种肌肤的触碰感就会很明显。

列车正走着，我忽然闻到一股熟悉的韭菜味。有位乘客早晨起来没来得及吃饭，手里捧着几个韭菜包子在狼吞虎咽。我虽然也喜欢吃韭菜包子，但是，闻着别人吃包子的那股韭菜味，还是觉得不舒服。不知周围的乘客有没有不喜欢韭菜味的，即使不喜欢，也得忍着。下一站，乘客下去一些，又上来一些。车厢里还是挤得满满的。我挪了挪地方，离车门近一些，还有一站就要下车换乘了。这时，一股臭味飘来，不知是哪位乘客放了一个哑屁，虽然没有声音，但臭味挺大。人这么挤，躲也没处躲，空气流动又不快，只好屏住气忍着。周围的乘客们也都神情木然地忙着自己的事，好像没闻到臭味一样。正屏气呢，后面一位乘客问我，"下车吗？"他要下车，想与我换一换。我说，"我也下，不用换了。"我就向车门跟前一步一步地挪。

到站，下车换乘。我随着人流向另一个站台移动。车站为了疏散人流，用栏杆隔出了一条小路，到前方很远处又拐了一个弯拐回来。我们只好多走这一段"冤枉路"。进入另一个站台时，人群更拥挤了。人太多，通道太窄，大家脚挨着脚，肩并着肩，密密麻麻地向站台慢慢移动。这时，如果有人不小心摔一跤，估计会起不来，人群会踩着他的。我在心里祈祷，千万别出什么情况，万一有紧急状况，不知道会挤成什么样子。

到了站台，又排队，上车。这次没那么挤，空间稍微大点了。一位年轻人还起身为一位老人让了一个座。老人道谢后坐下。我正为空间的宽松感到高兴呢，灵敏的鼻子却嗅到了一股刺鼻的气味。这股味儿是一位穿着工作服的同志身上发出来的，应该是全身出了汗后，没有洗澡。味儿还挺足，直往鼻子中钻。我只好向远处挪动，避开汗臭味的范围。

列车行进间，忽然传来一阵歌声。回头一看，一位三十多岁的中年妇女，一只手拿着一个乞讨的牌子，上面写着出了什么灾难，一只手拿着麦克风，边走边唱。前边一个五六岁的小姑娘，穿得破破烂烂的，手里拿着一个讨钱用的盒子。前些年，这种乞讨在地铁上非常多，以残疾人为主。后来，地铁票价调整后，加上有关部门的治理，这种情况已经很少了。没想到，这次又碰上了。每当碰上这种乞讨，就感觉是对自己心灵的一种折磨。给她钱吧，自己又知道她是骗子，明知受骗还上当。不给钱吧，看着眼前这个几岁大的小姑娘，真让人心酸。幸亏她们没到我跟前停下，直接走过去了。小女孩怯生生地拿着盒子，递到一位位乘客面前。乘客们都表情呆滞，没有反应。至少，在我的视线范围内，没有人给她们一块钱。我不知道，这个小姑娘心里是怎么想的，她会对社会有什么看法？

到站了，下车。

2017年1月7日

曾经的心跳

早些时候,看到朋友每天拿着手机盯着股票的走势,我有些不理解。股市那么吸引人吗? 用得着整天盯着看吗? 大家都说,股市有风险,投资需谨慎。网络、报纸等媒体也经常报道一些数百万资金投入股市血本无归的事件。既然股市那么危险,为什么还有那么多人趋之若鹜呢? 我感到非常好奇,但是,由于不了解股市,就没有加入其中,一直抱着一种隔岸观火的态度观望。

今年上半年,我在电脑上安装了证券软件,工作闲暇之余,观看股市的动态。说实在的,股市对我而言,是个全新的领域,我完全是个门外汉,根本不懂行情,连K线也不会看。可是,为什么我要了解股市呢? 我觉得,股票是现代社会的一个标志,生活在这个年代,没进过股市,没炒过股票,是一种遗憾。无论赚钱与否,我都要进入股市,尝试一把。当然,玩股票就是玩钱,我就那点工资,就那点积蓄,一不小心,就赔进去了。所以,必须做充分准备,对股市有了充分了解后,才能小心进入。

我不断咨询早先进入股市的同事,向他们了解股市的基本知识,同时,也经常上网查询。渐渐地,积累了一些股票买卖的常识。于是,我有了一种跃跃欲试的感觉,选中几支股票开始盯着看。那时,我还分不清什么是A股,什么是创业板。看到一支"3"开头的新股涨势很好,一路涨停,我有些动心了。通过证券软件了解到,证券公司推出了网上开户业务,不用去营业网点就可以开户了。我按照要求,在一家证券公司开了户。接着,我就申请购买看中的那只股票,可是,我试了好几次,却怎么也买不上,一直显示交易不成。我打电话咨询证券公司,对方告诉我,那是创业板股票,需要到证券公司营业网点进行现场开通交易。我只好查询了最近的证券公司网点，到金融街办理创业板开通业务。营业网点设在一栋写字楼的一层，就一间办公室，外加一男一女两名工作人员。我在金融街转了半天，才找到那个地方。工作人员向我说明了创业板的风险，让我填写了表格，给我拍了照，然后在电脑上一阵操作后，告诉我已经开通，5个工作日后可以开始交易。

我一直焦急地等待着，眼看着股票快速上涨。当然，这五天我也没有闲着，先买了两支A股股票，试试手。有一只股票刚买了两天，就涨了5个多点。我看着股票的报价不断上扬，心脏跳动的很快。真想不到，两天赚的钱就比一年的存款利息还要多，股市赚钱太快了。但是，我同时买的另一支就没涨，感到有些郁闷。

赚了5个多点的这只，到底卖不卖？我的头脑中有两种意见，一种是等一等，等涨到10个点以上再卖；另一种是别贪心，5个多点就可以卖，如果不卖，或许明天就跌了。我思想斗争了好一段时间，就在5个多点附近选了一个价位，把股票挂出去卖。到了第二天，果然，这只股票跌下来了，一下子跌到买入价以下了，没卖成。我赔了。另一只股票也在跌。我盯着两只股票的报价，心跳不停地加速，心里这个着急呀，后悔呀。昨天要是卖了多好啊！再着急也没有用，跌了就是跌了，只能等着再涨回来。每个交易日，还没开始交易，我就早早地把手机打开，盯着看。交易开始后，我时不时地看一看自己两只股票的报价。这时，我终于明白同事为什么要一直盯着手机看股市了。那一跳一跳的数字，就是自己的钱呀。心脏跟着数字的跳动，时而加速，时而减速。如果有心脏病，还真炒不了股。

终于等到可以交易创业板股票了，我立即上网购买早先看好的那只，结果还是没有买到。我又打电话给证券公司，询问原因。证券公司的人问明情况，告诉我说，这只股票是新股，一直在涨停，没有人卖，所以买不到。我总算弄明白了。人家没好意思说，像你这样的人，连这些基本知识都不懂，怎么就敢买卖股票？我就这样瞎

061

打瞎撞,迷迷糊糊地进入了股市。

后来,我又挑选了两只股票,果断买入了。当上涨到5个多点时,我立即卖出,赚了一点。但是,我开始入市时买的那两只,一只涨上来了,一只没涨上来。我忍痛割爱,把那两只都卖了,赔了一些。前面赚的与后面赔的,相互抵消,等于没赔没赚。

几个月下来,我买来卖去,没赚几个钱。用朋友的话说,没赔就不错了。因为,像他这样的老股民都没赚到钱,我这样的新手怎么可能赚钱呢?即使我瞎猫碰上死耗子,这一把赚了,下一把也会赔出去。我赚的是股市的经验与教训,赚的是心跳的感觉。我从一个什么也不懂的新股民,变成了一个多少有点入门的老股民了。

我没有退缩,继续在股市中游来游去。前段时间买入的一只股票一路上扬,涨了8个多点,我没舍得卖。没想到,第二天却赶上了股市大盘下跌,这只股票也一路下跌,现在已经跌到买入价以下8个多点了。我的心随着股价数字的跳动狂跳不止,股票变红,我的心激动地跳;股票飘绿,我的心着急地跳。钱变成了数字,钱就不是钱了,是心跳啊。

随着时间的推移,许多股票狂跌不止。我的股票大部分被套牢了,有的甚至遭到腰斩。我渐渐麻木了,不再每天盯着手机看。因为,我知道,看也是白看,涨不上来。我的心跳逐渐恢复了往日的速度,股价与心跳不再挂钩了。

曾经沧海难为水。

2016年10月4日

过敏之苦

提到过敏,首先让人想到的是输液、打针过敏。比如,青霉素过敏、破伤风抗毒素过敏等。这些过敏一旦发生,如果抢救不及时,会有生命危险。其实,过敏还有很多种类,有人对蚂蚱过敏,有人对桃的绒毛过敏。过敏的症状可能并不严重,有的是瘙痒难耐,有的是红肿疼痛。

过敏的原理并不复杂。在正常的情况下,外来物质进入人体后,人体会进行识别。如果识别为无害物质,这些物质将被吸收、利用或自然排出。如果识别为有害物质,人体的免疫系统会立即作出反应,将其驱除或消灭。如果免疫系统作出的反应超出正常范围,对无害物质进行攻击,就会损害正常的身体组织,这就是变态反应。变态反应分为 I 型(速发型)、Ⅱ 型(细胞毒型)、Ⅲ 型(免疫复合物型)、Ⅳ 型(迟发型)。过敏就是 I 型变态反应的主要代表。根据严重程度,临床上将过敏分为过敏反应和过敏性疾病两大类。前者是人体对致敏原作出异常反应的全身综合征。后者是过敏伤及某个特定器官及组织,导致某种疾病发生。常见的过敏性疾病有过敏性哮喘、过敏性鼻炎、花粉病、过敏性皮炎等。

我的过敏,症状发生在鼻子和眼睛上。我初到北京的五六年中,并没有发生过敏的情况,近七八年以来,每年3月15日左右开始到五一节结束的这段时间,我总是不停地打喷嚏,不停地流鼻涕,不停地眼睛发痒。我的手中断不了纸,鼻涕擦了又流。刚擦完一次,还没把纸丢掉,清鼻涕又悄悄流出来了。有时,流鼻涕没有感觉,等到有感觉时,已经流出来很长一段了。特别正值上班时间,仪容仪表受到伤害,让我感到很丢人,但是,却毫无办法。每次打喷嚏时,好像要使出全身的劲,把头脑震得嗡嗡作响,头部的血管涨得生疼。一天打几十个喷嚏,到后来,打喷嚏也没有劲了。眼睛揉了又揉,一直揉到白眼球充血,通红通红的,还不肯停手。越揉越痒,越痒越揉。

我的过敏就是过敏性鼻炎和过敏性结膜炎。不用看医生,我就能自己下诊断。

以前,看到别人说自己是过敏性鼻炎、过敏性结膜炎,感到很奇怪,怎么会过敏呢? 暗自庆幸自己不过敏,对过敏也没有什么感觉。我一直认为,过敏没什么事儿,不就是流鼻涕打喷嚏嘛。等到过敏发生在自己身上,我才感觉到过敏的滋味有多么不好受。

刚开始过敏的时候,我没把它当回事儿,以为扛一扛就过去了。没想到,后来难受得受不了,我只好去医院挂号就诊。先挂耳鼻喉科,大夫认真检查一遍,在病历上郑重写下诊断:过敏性鼻炎。然后,给我开喷鼻子和口服的抗过敏药。眼睛发痒,还需要另挂眼科的号,请眼科大夫开眼药水止痒。本来,我想请大夫行个方便,顺便给我开几支眼药,我就不用再去挂一遍眼科的号了。但是,耳鼻喉科大夫坚决不同意。没有办法,只好另排队挂号。幸好,眼科普通号不忙,当天就可以挂上号,不用提前预约。眼科大夫的诊断与我自己的诊断一样,就是过敏性结膜炎。

从医院取药回来,我认认真真地按医嘱用药。喷鼻子的药不能多用,一天只能喷两次。喷过之后,当时能起一些作用,可过不了多久,又开始打喷嚏流鼻涕了。药已经用过了,不能多用,只好忍着,等下一次用药时间的到来。眼药水上了一次又一次,眼角还是痒得难受。前年的时候,大夫开了一种洗鼻子的水。我看了看说明,原来是纯天然无污染的海水,用这种海水洗了鼻子以后,还挺有效,鼻子舒服多了。而且,海水洗鼻子不像用药一样,受次数的限制,觉得不好受,就可以去冲洗。只是海水价格昂贵,一瓶280多元,洗不了多少次就没了。口服药一天吃一次,连吃六天一个疗程。吃完不能再吃了,吃多了对身体不好。就这样,凑凑合合,一年的过敏期熬过去了。

有了第一次的经验,以后每年过敏时,我就按上次的办法如法炮制。有时,药用的少,大夫开的药当年没用完,季节就过去了。于是,这些药可以留作明年用,只要不过有效期就可以了。

后来,我问大夫,有什么办法可以根治?大夫摇摇头说,这些药只能缓解一下症状,减轻一下痛苦,过敏没办法治好。我曾经按大夫的要求,做过过敏原的检查,希望查出过敏原,进行脱敏治疗。可是,胳膊上打了二十余针,也没查出过敏原是什么。后来,又有大夫建议我继续查,我没有同意。我想现在医学技术突飞猛进地发展,等几年或许就有办法了,每年这个季节,就去医院取药,凑合着过去这一个多月就行了。

春天到来时,公园里花儿争奇斗艳,我是不敢凑上去闻一闻的。我也不知道是哪种花粉或物质过敏。如果说不是花粉,可每年都是开花的季节过敏最严重;如果说是花粉,又没找出是哪一种花粉。所以,最好避免与花粉近距离接触。

如果天公作美降下喜雨,我的过敏症状会减轻很多。雨,让空气中花粉、灰尘的浓度大为降低,我的鼻子、眼睛会感觉好受得多。喷嚏暂时不打了,鼻涕暂时不流了,眼睛暂时不痒了。可惜的是,北京的春天下雨很少。

过敏不是大病,但很折磨人。过敏的痛苦,只能默默承受。

2016 年 4 月 12 日

河蟹的味道

中秋佳节,螃蟹正肥。我们市面上见到的螃蟹有两种,一种是河蟹,一种是海蟹。一听名字就知道,河蟹是淡水中生长的,海蟹是海水中生长的。此外,两者的外形相差很大。河蟹的个头小一些,浅绿色,腿细且长。海蟹的个头大一些,浅红色,腿粗且短。当然,腿的长短是相对于其身体本身而言。如果拿一个大一些的海蟹与一个小一些的河蟹相比,海蟹的腿自然还是长的。

中秋节放假一天。我到市场买螃蟹,准备过节的午饭。本来,我想买海蟹,因为海蟹个头大,肉多。但是,我到的市场只有一家有海蟹,而且大部分海蟹是死的,没有几只活的,个头也小,所以,临时改变主意买河蟹。

中国有三大知名河蟹:地处苏皖两省的古丹阳大泽河蟹——花津蟹、河北白洋淀河蟹——胜芳蟹、江苏阳澄湖河蟹——阳澄湖大闸蟹。最有名的非阳澄湖大闸蟹莫属。这种河蟹产于苏州阳澄湖,蟹身上不沾泥,青壳白肚,体大膘肥,肉质细腻,十肢矫健,能迅速爬行。但是,近年来,真正的阳澄湖大闸蟹价格非常昂贵,五六只一斤的大闸蟹,一斤少则几百元,多则上千元。而且,阳澄湖大闸蟹产量有限,大都装入礼盒,作为贵重礼品出售,市场上很少见到。

其实,阳澄湖大闸蟹是因为名声大才价格昂贵,它的味道与普通河蟹没有很大差距。我曾有机会品尝过,除了个头稍大一些,黄与肉稍多一些,并没有什么特别之处。而且,就个头来说,阳澄湖大闸蟹比普通河蟹也大不了多少。普通河蟹八九只一斤,阳澄湖大闸蟹有五六只一斤的,也有大一些的,也有小一些的。如果大一些,价格又要高出很多。而普通河蟹价格相对便宜,一斤只需要四五十元。所以，我觉得，如果想吃螃蟹，买普通河蟹就可以了。阳澄湖大闸蟹价格高，不合算，也不容易买到。

我走到河蟹摊点前，老板一边吆喝着价格，一边热情地与围上来的人群打招呼。前面摆着几个大筐，河蟹在里面爬来爬去，经常有几只爬出来，老板不时地把爬出来的捉回去。河蟹分了四种，一种是个头大一些的公河蟹，一种是个头小一些的公河蟹，还有个头大一些的母河蟹和个头小一些的母河蟹。大的与小的价格相差十元。看到河蟹都是活的，而且可以挑选，我就决定在这儿买了。至于是不是三大名蟹，我也不知道。我想，如果是名蟹，老板早就吆喝了，既然没吆喝，应该不是名蟹，而且，如果是名蟹，早就不是这个价格了。

一开始挑时，我不认识公母。正好，一位大姐也在挑，指给我看，肚子上宝塔形的，是公的；三角形的，是母的。我按照大姐的介绍，挑了十几只，交给老板一称，不多不少二斤整。

回到家，我把河蟹倒入水盆中，用案板盖上，注入清水浸泡。一段时间后，水变浑了，河蟹身上的脏东西掉下来了，我又换了干净水，继续浸泡。最后，又用水清洗一遍，总算把河蟹拾掇干净了。

这时，孩子还没回来。我打电话问她，答曰正准备往回走。我立即着手做螃蟹。先用一双专用的长筷子把螃蟹一只一只夹入蒸笼中，小心谨慎地防止被螃蟹的大钳子夹伤。在这方面，我是有惨痛教训的。曾经有一次，我为了清洗螃蟹，把绑住螃蟹大钳子的橡皮筋解开了，结果，被螃蟹的大钳子把手夹住了，疼得我嗷嗷叫喊。越叫喊，螃蟹夹得越紧。最后，我让人用剪刀把夹我的螃蟹钳子剪掉，才把手解救出来。

我把螃蟹放进蒸笼中，立即盖上锅盖清蒸。开锅后，大约蒸了十分钟，就已经熟了。还没揭开锅盖，一股鲜香味已经从锅中溢出，飘出厨房，飘入客厅和卧室。我的鼻黏膜虽然不敏感，却也闻到了这股沁人心脾的香味。

我去地铁站接孩子回来，立即开饭。掀开锅盖，原来浅绿色的河蟹变成了黄黄的略带些许红色的模样，样子非常可爱。即使没闻到香味，只看到这颜色，也让人想大快朵颐。在浓浓的螃蟹香味笼罩中，我把十几只的螃蟹盛入长盘，配好调料。一家人开始享受这美味大餐。黄黄的河蟹，淡淡的香味，浓浓的节日氛围，高高兴兴的一家三口。

我抓起一只河蟹，拧下一根长腿，细细地品尝这鲜鲜的蟹肉。河蟹个头小，腿细，没有海蟹那么多肉，但是，长腿中也有细长的一块肉。我放在嘴中慢慢咀嚼，一股鲜香味怦然迸出，瞬间充斥我的口中。吃着这水中的美味，如果再喝上几盅二锅头，就更有趣味了。但是，我不想喝酒，只想品尝美味。虽然有点缺憾，也没有关系。

一根一根地嚼完螃蟹腿，剩下螃蟹身了。我揭开螃蟹壳，露出黄色的膏。这是只公蟹。如果是母蟹，就是蟹黄了。由于螃蟹小，膏也少。我端起来，一口咬下，一股浓浓的膏汁儿在舌尖缭绕，那香味，已不是淡淡的了，而是浓浓的。膏吃完，我把剩余的蟹身掰成两半，一点一点地抠蟹肉。抠一块，塞嘴里一块。这蟹肉是鲜味，这蟹膏是香味，各是各的味，很是令人享受。唐代诗人李白曾赞道："蟹螯即金液，糟丘是蓬莱。且须饮美酒，乘月醉高台。"

吃完一只螃蟹，我的嘴边已粘了蟹膏，我的手上已浸了蟹味。孩子正用以前人家赠予的一套吃螃蟹的工具慢慢吃着，又是剪子，又是长针，挺烦琐。我什么工具也没用，直接用牙咬，用手掰，吃的还挺快。这时，我才想起，配好的调料没有用。不用调料，味道也很好，何必再用调料呢？

我听人说过，吃螃蟹是有技巧的。会吃螃蟹的人，吃完螃蟹后，壳和腿还是完整的。如果把壳和腿拼凑起来，还是一只完整的螃蟹。我吃的乱七八糟，没有什么章法，肯定拼凑不起来。像孩子那样吃法，或许可以。

吃完河蟹，我用浸着河蟹味道的手拿起一个月饼，一小口一小口吃着,慢慢咀嚼。中秋佳节,讲究的是团圆。我们一家三口是团圆了,但只是小团圆。父母兄弟姐妹远在千里之外的山东,我们不能回去,实现不了大团圆。等春节到了,我们都回到老家,才是大团圆。

我细细回味刚刚吃过的河蟹的味道,觉得这味道就是中秋的味道,更是思乡的味道。

2016年9月

花　眼

　　俗话说，人过40，天过晌。我已经45岁了，早已经过晌了。过晌是什么意思？就是衰老已经开始了。我第一次清清楚楚感觉到衰老的到来，是花眼的出现。

　　那是前年的一天，我到某医院看完病，取回医生开的药。准备服药时，我打开药盒，看说明书，了解药的用法。不承想，这盒药的说明书字很小，我拿起来看了又看，始终看不清说明书上写的是什么。我先是凑近了看，说明书几乎要靠到鼻子上了，还是看不清。而且，越近越看不清。我又把说明书放到一尺左右的距离，再看，虽然比在近处看得清楚一点，但还是看不清上面的字。我自然而然地眯起双眼，把手臂伸开，说明书举得远远的，比刚才又清楚了一些，不过，还是看不清。我知道，我花眼了。

　　什么是花眼？花眼是身体开始衰老的信号之一。随着年龄的增长，眼的晶状体逐渐硬化、增厚，眼部肌肉调节能力减退，导致眼的变焦能力降低。当看近处的物体时，影像投射在视网膜上无法完全聚焦，近处的物体因而看上去模糊不清。花眼以后，看近处困难、不能持久阅读，阅读时需要更强的照明度。

　　按照医学书籍的介绍，花眼一般发生在45岁以后。我还不到45岁，就已经开始了。

　　在这次发现花眼之前，我碰到过好多次花眼。但是，那些花眼与这次花眼是不一样的。这得从我的工作说起。

　　核稿是我工作的一项重要内容。稿子的字号挺小，有时候小四号，有时候五号。我每天需要校核60页左右。为了完成任务，我提起精神，从标题看起，一行一行，一段一段，认认真真阅读，寻找有没有错字、错词,有没有表述错误等硬伤。稿子的错误很少,若我看过一行又一行,一段又一段,一页又一页,一直没有发现错误,七八页过后,慢慢地,大脑就开始迟钝,精神集中不起来,眼睛开始疲劳,出现花眼现象。

这种花眼,是一种疲劳性花眼,我在工作中经常遇到,只要休息一下,就会恢复过来,可以接着干下去。所以,不必担心。

令人担心的是我去年发现的衰老性花眼。这样的花眼,是身体自然老化造成的,无论怎么休息,也恢复不过来。而且,随着年龄的增长,花眼的程度还会进一步加大。

果然,花眼现象自第一次出现后,逐渐进入我的生活中。我看书开始吃力了。之前,我一直把书放在距眼睛大约一尺的位置上,渐渐地,在一尺的距离上看不清了,有时候重影,有时候串行。我不得不把书放得更远一些,眼睛眯成一条缝,才能看清楚字。

有效应对衰老性花眼的办法是验光配镜。根据眼睛屈光不正的程度,配制不同度数的眼镜。为了不影响阅读,我到医院配了一副老花镜。我的花眼刚刚开始,度数不高,一百度就可以了。戴上眼镜后,阅读不再吃力了,看不清楚的小字可以看清楚了。读书学习,不用发愁了。只是感觉有些不方便,无论走到哪儿,都得装着眼镜盒。需要看书时,把眼镜盒掏出来,拿出眼镜戴上。不过,我发现戴上眼镜后有一个特点,就是挺像文化人。

其实,衰老性花眼本身并不可怕。看不清楚字,影响读书,戴个老花镜就可以解决了。关键是衰老性花眼带给我的另一层意思,让我彻夜难眠。

什么意思呢?很简单,就是它向我正式宣判,我开始衰老了。

此前,我从没有想过衰老的事情,从没有考虑过如何应对自己的衰老。我一直意气风发地生活着、工作着、学习着,我一直风风火火地干着自己的事业。我不停地变换目标,向着更远大的理想前进。

我曾生过一场大病,面对过死亡的问题。死亡,让我懂得了时间的宝贵,让我懂得了生命的短暂,让我思考人生的意义,让我思考生活的真谛。那时,我曾无数次地想,如果上天能给我一次生的机会,我一定百倍努力,活出人生的精彩。当我战胜病魔后,我的确付出了常人难以想象的努力,改变了自己的人生。但是,时间一长,我渐渐忘记了自己的誓言,渐渐忘记了死亡的威胁。我是付出了努力,但是,我付出的还远远不够。我有点像好了伤疤忘了疼。

我曾关注过自己双鬓的白发,我曾关注过自己双眼的鱼尾纹,我曾关注过自己双腿的无力,我曾关注过自己孩子的成长,可是,我却没有把这些与衰老联系在一起。

突然,衰老高高大大地矗立在了我的面前,让我有点手足无措。衰老本身并不可怕,但与它相连的就是死亡。死亡却是最可怕的。我离开死亡的威胁二十多年后,它再一次清清楚楚地出现在我的面前。如果说上一次出现只是偶然,这一次出现却是必然了。我能战胜病魔,但我战胜不了衰老。不仅我战胜不了,普天之下所有人都战胜不了。所以,死亡是必然会到来的。

花眼向我宣告,我开始进入我的后半生了,距离死亡越来越近,而且,这次没有如果,没有再一次生的机会。前面的路,我应该怎么走?这是我应该慎重考虑的问题。再也不能像以前一样,只管耕耘,不问收获了。我需要重新设计我的理想,我需要重新规划我的人生,我需要重新考虑我的时间,我需要重新审视我的能力。我还要干些什么?我还能干些什么?

如果能做到这些的话,彻夜难眠也是值得的。

感谢花眼带给我的一切。它让我迎来人生的另一次机遇。

2016年5月

话说睡觉

　　睡觉是人的生命的重要组成部分。人的一生,大约有三分之一的时间在睡觉。睡觉的作用,医学早就研究得既全又透,不需要我在这里多说。我想聊一聊睡觉的一些琐事。

　　俗语说,前半生睡不够,后半生睡不着。对于年轻人来说,总感觉睡觉时间不够用。上学期间,每天早自习晚自习,加班加点做作业,晚上十一二点才休息,早晨六七点就得起床,困死了。可是,再困也得按时上学,按时上课。少不了上课时打瞌睡,犯困,影响上课质量。即使如此,也要挺着,坚持着。大家都这样,你也得这样。所以,我们看到的学生总是睡意蒙眬、睡眼惺忪。周末补补觉吧?不行,周末还有那该死的补习班,一个连着一个,没有空闲。大部分学生都是如此,难得有时间睡个好觉。等到中学毕业,上了大学,时间宽松了,学习也没那么紧张了,总可以好好睡觉了吧?还是不行。上了大学,每天晚上大家都在忙自己的事,睡得很晚。通常是凌晨一二点才睡,早晨还要起来正常上课,更是睡不醒了。工作以后,总算有点好转。为了不影响第二天上班,晚上怎么也得12点之前上床休息。但是,这样的要求也经常做不到。晚上时间是自己的,白天时间是单位的,要打盹,也要到单位去打。因此,年轻人总是睡不够、睡不醒。

　　对于上了年纪的人来说,睡不着是经常的事。有位朋友说,他睡觉很少,晚上躺在床上,经常难以入眠。即使睡着,也睡得不实,一有动静,就会醒。虽然睡得少,第二天早晨还是会早早就醒来。再也没有年轻时睡不醒的感觉,再也没有一觉到天亮的那股爽劲儿。那时,睡一觉感觉真解乏。现在,睡一觉经常感觉歇息不过来。

大概是人老了的缘故吧。不过，也不尽然。有的朋友已跨过不惑之年，却还是感觉睡不够，晚上躺下，一会儿就睡着了。这样的睡眠，真让人羡慕。也不知道睡不够与睡不着的转折期什么时候到来，应该是因人而异吧。

虽然都是睡觉，但睡眠质量却有好有坏。大部分年轻人经常睡不醒，一旦有机会能好好地睡觉，就会进入深度睡眠，一觉到天亮。有时，到天亮还醒不过来，可能一觉睡到中午。就是雷电交加、狂风大作，他也醒不了，睡眠质量非常高。有些老年人就不行了。虽然晚上早早地休息，可是经常似睡非睡，睡眠很浅。睡一觉，也像没睡一样，头脑依然昏昏沉沉，不清醒。这种情况，不一定只发生在老年人身上，年轻人有时也会如此。质量不高的睡眠，让人非常着急，心生烦躁。但是，越烦躁，越睡不好。

为什么睡眠质量有好有坏呢？我想，那些睡眠质量好的，大概是因为心中无事。就拿我来说吧，我这个人比较傻，人家给个脸子，我也看不出来；人家给个白眼，我也不在乎。就像平日里说的那样，属于没心没肺型的。我没有发愁的事情，没有放心不下的事情，更没有心惊胆战的事情。心底无私天地宽，心中有事睡觉难。任外面波涛汹涌，我照样安睡卧榻。所以，我的睡眠质量就比较高。

当然，睡眠质量不好还有别的原因。比如，有一次，到了晚上11点，我躺在床上却睡不着了。翻来覆去，还是没有办法入睡。我心中想来想去，自己心中无事啊，怎么也睡不着呢？就这么想着，渐渐地睡着了，一觉到天亮。醒来后，却觉得睡得很浅，好像没有睡着一样。我体会到了朋友睡眠不好的痛苦。我琢磨了一下，大概是放假这几天没锻炼身体的缘故吧。平常，我很注意锻炼身体，几乎每天中午，都要到公园中散步。虽然不像跑步那样运动量很大，但是，走40分钟也会微微出汗。不管春夏秋冬，一直坚持不断，虽然减肥效果不明显，睡眠却出奇的好。这两天放假，不出去遛弯了，睡眠受影响了。我又想，可能不是这个原因，失眠有时候不需要理由。

　　说到睡觉，有一个事情不能不谈，那就是做梦。做梦的缘由有人做过研究，大概是睡前大脑非常活跃，进入睡眠后，还是没有停下来，因而出现梦境。至于梦的内容，往往非常荒诞。孔子就经常做梦，说自己年龄大了，不复梦见周公了。孔子以前梦见周公，是梦由心生。他整日考虑周公制礼的事情，经常梦到周公是必然的。我也经常做梦，可是，我的梦与孔子不同。我从没有做过与自己睡前考虑的事情相关的梦。我做的梦奇怪的很，经常梦见被人追赶，经常梦见被野兽袭击，等等。做梦这种事情，与现实无关，随它去。但是，梦太多，就感觉很累，不能不管，管，却又管不了。真让人无奈。

　　睡觉有两种，前面说的是晚上这一觉，此外还有午睡。就时间而言，午睡很短，可以忽略不计。有些地方甚至没有午睡的习惯。但是，有些地方却非常重视午睡，认为午睡是睡觉的重要补充。这些地方的人不管晚上睡的好不好，都需要午睡补一补。虽然只有个把小时，却非常重要。如果不睡这个把小时，整个下午，甚至包括晚上，都会无精打采，集中不起精力。举例子的话，我本人就是如此。大概是生活习惯的原因吧，我已经养成了午睡的习惯，不睡这一小觉，就受不了。睡了这一小觉，下午、晚上精力充沛，干什么都精神得很。上午的状况就不行，总觉得还没睡醒，非常疲乏。

　　概而言之，睡觉是最平常不过的事情，却是非常重要的事情。作为一个还处于睡不够阶段的已届老年之人，我希望老年人能睡好觉，希望年轻人能好好地睡觉。大家躺下后呼呼大睡，一觉到天亮，直睡到自然醒。如果不是被尿憋醒，需要如厕，一定要睡个够再起。

2016年6月

回家过年

一

2017年春节，像往常一样，我们回山东老家过年。

提前一个多月，就要订好往返的火车票。回家的车票，可以委托单位预订。我填好订票单，连同一家三口的身份证，一起交给单位的同事。约二十天左右，就可取回订好的车票和自己的身份证。但是，回京的火车票，单位不办理预订，只好自己在网上购买。今年，网上售票时间发生了改变，去年是提前两个月预售，今年是提前一个月。我登陆售票官网，加入"抢票"大军中。下午4点半，高铁的车票开始放票。我不断刷新网页，担心错过了时间。电脑上的时间一到4点30分，显示器上立即出现了车票。我马上点击预订，进入界面，输入验证码。验证码是一些图案，容易选错。幸好，验证码一次成功，我成功地预订了2月1日回京的车票。当然，与2月1日是大年初五也有关系，这一天回家的人少，"抢票"相对容易一些。家里说，你可以抢大年初六的票，如果能够抢到，就可以把初五的票退掉。我一想，这办法也行。于是，第二天，我等在电脑前，继续"抢票"。这次就没有昨天那么幸运了。验证码一直输入错误，看着选中的图案没有问题，一点击却显示错误。一连五六次输入错误，等到输入正确，进入界面，票已经没有了。

日子离春节越来越近。我们利用周末的时间，到商场购物，给老人、孩子买件衣服，给自己也添置一件。过了一年了，怎么也得有所表示啊。另外，购买了北京的特产，带点回去赠送亲朋好友。春节是消费的节日，这个月的工资都花出去了还不够。商场的物品应有尽有，琳琅满目，想买啥买啥，看中啥买啥，只是，价格比去年有所上涨。拿羊毛衫来说，同一品牌的价格有的上涨了10%~20%。好东西真多，就是收入不够多。量入为出就好了。

转眼到了春节。我们背着包，拉着箱子，乘地铁到北京南站。已经腊月二十九了，来乘车的人没有那么多了。我们进站时，安检排队的人有三条长龙，约莫等了15分钟，就通过了安检，比我们估计的时间短了不少。适逢高峰期，车站全员上岗，严阵以待，为乘客们提供快速高效的服务。车站的秩序很好，大家都自觉地排着队，等候检票。由于车站禁烟，所以，站内没有烟雾缭绕，也没有看到随地吐痰的。我们乘上高铁，经过2小时56分钟，到达淄博。朋友接我们回家。

二

大年三十，父亲带我们兄弟二人去给奶奶上坟。本来，我想让女儿与妻一起去上坟。母亲说，老家的规矩，闺女们不上坟，你们兄弟两个去就行。我们来到村外农田中奶奶的坟前，一边摆着祭品一边流着眼泪。我哽咽着说："奶奶，过年了，我们都回来了。"说到最后，禁不住失声痛哭。父亲在一旁点着纸，给奶奶烧纸钱。我们兄弟两个给奶奶磕了三个头。虽然我们知道奶奶看不到了，可是，我们还是感觉奶奶就在眼前。我们想起奶奶苦难的一生，更加心痛不已。奶奶受别人的气，被人家欺负，前半生受尽了苦。奶奶一个人拉扯着父亲与姑姑生活，家里没有劳动力，父亲年仅13岁就辍学参加劳动。我们已经成了家，亲身体验到了生活的艰辛，我们尚且如此，更何况奶奶一个女人带着两个孩子呢。我们兄弟姐妹四个，都是奶奶一手带大的，与奶奶的感情很深，在这万家团圆的日子里，我们更加想念奶奶。

晚上，按照老家的习俗，一家人吃饺子。听大家说，年三十晚上吃年夜饭才吃饺子，我们却不是，我们过年一直就是吃饺子。虽然我们经常吃饺子，什么时候想吃就什么时候吃，但是，过年的饺子还是不一样滋味。这是团圆的饺子，是家里的饺子，是母亲亲手包的饺子，那浓浓的年味儿，那厚厚的老家味儿，那暖暖的亲情味儿，是别的东西无法代替的。

晚饭后，我们围坐在一起聊天。前些年，我们会到胡同口的大街上看乡亲们放烟火。每条胡同口都聚着一群人，基本上都是本胡同的，每家的孩子都把自己家买的烟火带到胡同口去燃放。各条胡同互相比赛，看哪条胡同的人家放的烟火好看，放的烟火又高又亮。大家热情高涨，孩子们欢呼雀跃。一个多小时的高潮过后，大家就各自回家看春节晚会、包饺子去了。这几年，孩子们渐渐长大了，小孩子少了，加上有许多家庭全家搬到县城、镇上去居住了。胡同口放烟火的少了，没有了往日的热闹气氛。大家都待在家里不出去了。母亲洗好了韭菜，和好了面，一边说着话，一边开始包饺子，妻与弟媳也一起动手。春节晚会开始了，电视调的声音大了一些，大家说着话，聊着天，遇到好的感兴趣的节目，就扭过头来看看，遇到不感兴趣的节目，就回过头继续聊天。春节晚会也像饺子一样，虽然没有什么特殊，却是不可缺少的，少了它，好像过年少了一道主菜。父亲母亲把一年来的事情唠叨一遍，有时还把我们小时候的事情说一说，我们也把一年来的事情跟父母说一说。平时回家少，只有过年这几天，总感觉有说不完的话。

晚上11点多，饺子包完了，晚会还没结束。我们都觉得有些困了，大家都回屋休息。家里虽然点着炉子，炭火烧得很旺，加上今年春节温度不算低，可是，屋里仍然很冷。对于我们习惯了暖气的人来说，很不适应。我与妻、女儿都穿着毛衣秋裤躺下休息。家里的床是张双人床，我们三个人睡不开，就横着睡。横着睡，根本伸不开腿，不仅我伸不开，妻与女儿也伸不开，只能勉强凑合休息一晚上。女儿临来之前，买好了暖宝宝，全部贴在身上，还是手脚冰凉。即使这样，也要在家里睡一晚上。

三

凌晨,大年初一,天不亮,我就被隆隆的鞭炮声吵醒了。妻说,一晚上没暖和过来,到现在,脚还冰凉。我们起床时,父母早就起来了,饺子已经下好,端上桌了。我们老家是三十晚上吃饺子,初一早晨还是吃饺子,吃够了也得吃。这对于我这喜欢吃饺子的人来说,当然没什么;对于她们不喜欢吃饺子的人来说,实在难以忍受。入乡随俗,只能如此。

吃过早饭,我们兄弟二人出门去给本家的老人磕头拜年。这个礼节可是大事,本家的老人看得很重,你不去磕这个头,他们会记你一年的。上一年,我们有几个地方没去,老人家非常不高兴,跟我父母说过好几次。这一年,必须一个不落地磕一遍。我们转了半个村,依次问候到。想想前几年,由本家的一位哥哥带着我们一大帮人,浩浩荡荡地去拜年,后来这位哥哥在劳动时突发心梗,去世了。本家的人越来越少,组建不成队伍了。我们只能分散去磕头拜年了。

中午,妻与女儿到县城朋友家聚会去了。我留在老家,招待几位发小。这几位发小,与我从小一起长大,一起上学。成人后,他们都在老家就业,我离开老家,到了北京。平常难得一见,现在赶上过年,才能与他们聚一聚。大家见面后,互相寒暄问候,能喝酒的,就端起酒杯一饮而尽,不能喝酒的,以茶代酒,表示心意。大家聊起了小时候的很多事情,感慨万千。转眼间,我们已经四五十岁了,回过头来看看那些事情,就像发生在昨天。发小们说这说那,让我知道了老家发生了哪些变化,了解了某某同学现在干什么、干得怎么样,街坊邻居的生活如何如何……

四

按照老家的习俗,大年初二是到岳父家走亲戚的日子。弟与弟媳到他岳父家去了。我在家等候大妹妹、小妹妹两家人来。我没有到岳父家去，因为岳父家在县城，我初五要返京，初四到岳父家走亲戚，顺便住下，初五就从县城直接走了。今天要是去了岳父家，还得当天返回老家来，盘算一下，就不折腾这一趟了。

上午，妹妹们来到。过年的菜早就做好了，鸡鸭鱼肉拿出来一温，就可以装盘。老家还是这习惯，过年前几天，把各种食物做好备着，招待亲戚时，直接热一热即可。至于青菜，则可以现吃现做。

其实，吃饭都是次要的，现在生活条件这么好，谁还在乎吃这吃那的，主要是大家见个面，凑在一起说说话。虽然是兄弟姐妹，一年之中见面的机会也就一两次。过年，就是团圆，就是相聚。

妹妹们的工作还算稳定，但工资收入不高。我心里有些着急，却帮不上什么忙。

五

大年初三是走亲戚的日子。既可以到姥姥家、舅舅家，也可以到姨家，还可以到姑姑家，就看哪家亲戚有时间。现在通信方便了，打个电话问一问，今天你们有时间没？如果有时间，马上就过去了。如果没时间，初四、初五及以后，哪天去也行。

我的时间有些紧，就一天走两家亲戚。先去姑姑家，坐一个多小时，说说话，唠唠家常，快到中午了，再去姨家，也是说说话，聊聊天，顺便在姨家吃午饭。

下午两三点钟就回家了。现在，很少有人在亲戚家吃晚饭了。我记得小时候，跟着父亲走亲戚，晚饭是少不了的。当时，亲戚家包饺子，有白菜的，有韭菜的，有茴香的，一定要我们吃了饺子再回去。遇到一个村有几家亲戚的情况，我们吃完一家到另一家接着吃，最后，吃得太饱，肚皮快要撑破了。

六

大年初四，我收拾好东西，与父母告别，去到县城岳父家。

　　中午在岳父家吃午饭。岳父家来了许多亲戚，我陪他们喝酒、说话。与他们聊的话题，无非也是生活条件、工作、养老等内容。他们偶尔问问我的工作，我跟他们说了，他们都似懂非懂地点点头。我知道，他们不太清楚我说的是什么。从与他们的对话中，我有所收获，虽然他们与我老家都是一个县，但由于不是一个乡镇，在经济社会的许多方面还是不一样的。

　　送走亲戚，与岳父母谈谈工作，说说生活，问候一下他们的身体健康状况。

　　晚上，我到外面参加一个中学同学的聚会。每年回来，都要与同学们聚一次，不在意喝多少酒，不在意吃多少菜，在意的是同学们之间的友情，在意的是同学们之间的相惜。

七

　　大年初五，我们辞别父母兄弟姐妹回北京。

　　今年的春节就这样过完了。回首去年，那时的场景还历历在目。

　　时光过得真快，一年又一年，岁月催人老啊！

2017年2月

旧自行车

我有一辆旧自行车,已经跟随我十几年了。说起它的来历,还有一个小故事。那是2002年读研的时候,我与一位同学各花了100多块钱,一人买了一辆自行车。我的自行车买回来放在楼下,上了锁,一个多小时后,我再出来时,车就被盗了,连车带锁都不见了。同学的那辆放在了宿舍的楼道里,幸免于难。此后两年,同学小心谨慎地保管着那辆车,除了骑着出门办事以外,就一直存放在我们宿舍内,没有丢失。2004年毕业时,同学离京去了外地,就把自行车赠给我了。

如今,这辆自行车已经非常陈旧,车架上、车轮上锈迹斑斑,车座上裂开几道痕,走起来吱吱地响。曾经有过几次,家里人说,这么旧的自行车,放在大街上也没人要,还是处理掉,换一辆新的吧。我犹豫再三,没舍得扔掉。我觉得旧自行车优点挺多。

首先,旧自行车不怕丢。现在,每个周末,我骑着我的旧自行车去菜市场买菜。菜市场离家说远不远,说近不近。步行,有些远,得走二十多分钟,还要把菜带回来,够累的。骑电动车,有些近,而且,没有存电动车的地方,总担心被偷。骑着这辆旧自行车,正好。到菜市场附近,随便找个地方放下,锁上锁,就可以放心地去买菜了。放在那里,一百二十个放心,绝对没人去偷。如果换一辆新自行车,不知道会丢多少次了,丢车是很平常的事,虽然财物损失不大,但让人烦,让人闹心。如果拥有一辆破旧自行车,像我的这辆一样,再好不过了。不仅买菜放心,办其他的事也放心。

其次,旧自行车取用方便快速。车就放在家门口,出门跨上就可以走。不用像新自行车那样,还要放在家中或储藏室中,要用时再去推出来。上下班高峰期,路上拥堵严重。我骑着自行车,在车辆缝隙中穿行,游刃有余。堵车,说的是汽车和电动车,对于自行车,基本不存在。即使碰到三轮电动车把自行车道给堵上了,也没关系。我迅速寻找通道,用手一提,就把车从自行车道搬到人行道上。然后,从人行道上迅速通过。自行车本来就是旧的,不怕磕了碰了,新自行车就得小心点。如果骑电动车遇到堵车,由于车身较沉,想把车搬到人行道上,会非常困难,只能耐心等候前面车辆开走。

再次,骑旧自行车锻炼身体。我的自行车年龄大了,车的各种零件都已经老化了。坏一个,我换一个,基本上换了一遍,有的甚至换了两三遍,就剩下车架没换了。这些零件不是原装的,全是最普通的,组合在一起,不怎么好用。骑起来,咯吱咯吱地响,比较费劲。不过,这要分从哪个角度看。我从锻炼身体的角度来看,反而挺好。日常生活中,需要在近距离范围内办什么事,我骑着它赶去,既办了事,又锻炼了身体,两全其美,岂不快哉。

但是,旧自行车也有不好的方面。最突出的缺点就是容易坏,需要经常修理。每次使用前,需要先试一试轮胎有没有气。如果没有气,立即用气筒打气。有时候,轮胎被扎,边打气边漏气,让人干着急没办法。为了用着方便,我一发现轮胎漏气,就立即到修车处换轮胎。换个轮胎二三十元,比我的旧自行车还贵。贵也得换,要不然,就会耽误事。除此之外,还经常碰到诸如车闸坏了等问题。什么地方坏了,就修什么地方。为此,我经常到小区附近的修车处去修车。修车师傅跟我很熟悉,虽然他不知道我姓啥名啥,我也不知道他姓啥名啥。

旧自行车还有一个缺点,就是面子不好看。出门时,经常碰到同事,或者碰到小区物业的同志。人家一看我骑着一辆旧得没法再旧的自行车,嘴上虽没说什么,但是,我从对方的眼神里看出来,人家有些瞧不起。同事知道我的工资状况,肯定会想,这位是怎么过的,工资都花到哪里去了?物业的同志会想,这是什么单位的人?怎么这么穷?我已经过了要面子的年龄,不太在乎这个事情。可是,总得生活得体面一些吧。旧自行车确实不够体面。

另外,旧自行车躲不过风吹雨淋。这个缺点,不仅旧自行车有,新自行车也有。如果提前看了天气预报,知道哪天有风有雨,可以早做准备,带好雨具。虽然天气预报有时候不准,但也没有关系,有备无患嘛。只是预报中没有风雨时,或者因为有事没有看天气预报时,却突然刮起风下起雨来,就会把骑自行车的人淋成落汤鸡,多么狼狈啊。我就碰到了几回这样的事,好在没有淋感冒。这时候,自行车就不如汽车了。开汽车的人可以悠闲地坐在车里,听着音乐,观看外面被雨淋的骑自行车人。骑自行车人只能自怨倒霉,在心中暗暗怒骂这鬼天气。

罗列完了旧自行车的优点与缺点,我觉得还是优点胜于缺点。旧自行车虽然旧,但旧有旧的用处,不能因为旧,就忽视了它的价值。在比较的过程中,脑中忽然闪过一个念头,我觉得,我没有把这辆旧自行车视为一辆自行车来看,而是把它看作自己的一位老朋友。十几年来,它陪伴我走过了漫漫的人生岁月,陪伴我走过了一年又一年的风风雨雨。朋友越老越珍重。所以,我舍不得丢掉它。无论怎么比较,在我眼中,优点总是胜过缺点。

我要继续骑着它,慢慢悠悠地,腰杆直直地,咯吱咯吱地走向未来。

我的老朋友。

2016年6月

看病偶记

在北京生活，生病是免不了的。到医院看病，也是必修课。最近，又生病了，拖来拖去，实在拖不过去，只好到医院就诊。这次，我全程记录了一段自己到医院看病的经历。

我右大腿外侧麻木，休息了一段时间，始终不见好转。上一周，我通过114预约挂号平台，用微信挂了号，约定今天上午就诊。没想到挂号这么顺利。此前，有朋友去某医院看病，挂不上号，专家、普通大夫都没号了，只好从黄牛手中买号。对于从外地来京就诊的病人来说，从黄牛手中买号，比等上一个星期甚至更长要实惠。我找了那位朋友，从他那里询问了黄牛的联系方式，如果我挂不上号，就找黄牛。没想到很顺利就挂上号了，黄牛就用不着了。

按照预约时间到挂号窗口排队取号，递上证件、就诊卡和钱，取了号，再到二楼西侧骨科就诊。首先到分诊台前刷就诊卡报到，接下来耐心等候叫号。电子显示屏上出现了大夫和就诊患者的名字，扬声器里传出呼叫患者的声音。有的医生来得早一些，有的医生来得晚一些，我挂号的大夫来得就比较晚，大约8点45分左右才来到，可能去病房处理别的事了。当我看到显示屏上出现那位大夫的名字时，终于松了一口气，有盼头了。之前，我一直以为他有事来不了了，正琢磨着怎么办呢。

我是9号。前面的8个病人来了5个，从5号直接就到9号了。走进诊室，坐在大夫桌前。大夫很年轻，个头不高，非常和气。我把自己的病情向大夫作了详细介绍。大夫听了以后说，不太像腰椎间盘突出引起的，为了准确起见，先做个核磁共振排除一下腰椎间盘突出的情况。听了大夫的分析，我觉得很有道理。大夫开完检查单,告诉我本来他下周一、周三、周四上午上班,但周二以后他要去休假,只有周一上午有空。我可以挂号,如果挂不上,他会给我加号。

　　拿好检查单,到一楼收费处交费。虽然排队,但人不是很多,不多一会儿,就交上费了。去服务台咨询到什么地方预约核磁检查,护士告诉我,在地下一层。我乘电梯到地下一层,预约窗口也排着队,前面有10人左右。轮到我时,护士说,只有明天晚上7点有时间。我用请求的语气说,能不能约在下午?后天下午也行。护士斩钉截铁地说,后天下午不行,也是只有晚上7点有时间。我无奈地摇了摇头,轻声说,好吧,就明天晚上7点吧。约好后,护士打印出几张单据递给我,告诉我具体地点,嘱咐了我几条注意事项。

　　回到单位,我赶紧预约了下周一那位大夫的号。现在各医院的号源紧张,如果不早动手,就可能约不上了。

　　第二天晚上,我按照约定来到核磁检查室。妻陪我一起来做检查。为了不耽误检查,我们提前一个多小时就到了。护士告诉我们,不要走远,等着叫名字,我们坐在旁边长椅上等候。不知医院怎么设计的,这里的长椅安装的非常倾斜,我们坐在上面,屁股向下直溜。要坐稳,得双腿用劲撑着,坐在上面,感觉很累。约莫过了半个多小时,护士叫我的名字。我把手机、磁卡、腰带、手表等所有物品都交给妻,上身穿了件T恤,下身穿了条运动裤,进了检查室。护士递给我拖鞋和耳塞,我换上拖鞋,把耳塞戴上。前一位检查完毕,我上阵,按照护士的要求,躺在仪器的移动装置上。不一会儿,仪器开始发出阵阵轰鸣声,停了又响,响了又停,约过了二十几分钟,检查完毕。护士告诉我,检查结果要后天才能出来。

　　又过了两天,我到医院取出片子和检查报告。报告上说,我的几节腰椎都有问题,有两节轻度膨出,有一节轻度突出,还有囊肿等。没办法,以后只能自己注意身体了。

　　终于等到周一。我像上周一样取号,等候,见到大夫,把检查结果和片子送上。大夫看了看说,你到神经外科去看看吧。我回到楼下,排队挂号。本来以为挂不上专家号,没想到顺利地挂上了,还是一位主任医师的号,排序为6号。我赶紧上楼候诊。等了一个多小时,轮到我了,我把情况说了说,大夫看了看片子和检查报告,告诉我,可能是椎间盘和囊肿挤压神经了,通过做手术,可以减轻症状,不过现在不是这么急迫,平时注意点,过个二三年再检查一下看看有没有变化。他这么一说,我就放心了。最后,大夫开了两种药,让我吃一吃试试。

我这点病,折腾了两周多。前后三次看病,加起来总共用了半个小时,等候时间每次都是一个多小时。这还是挂号比较顺利,没有像人家那样上最好的医院、找最好的大夫,挂不上号,找黄牛买号。

看病,本来是一件应该很容易做的事,现在却变成了一件难事。但愿家人和自己身体健康,别生病。

2016年9月

买　菜

居家过日子，需要柴米油盐酱醋茶，却没有说菜。其实，菜是最重要的一类生活必需品。在现代社会，哪一家的生活能离开菜？如果没有菜，人们好像不知道这顿饭该如何吃了。

生活在北京，买菜是每周必做的事情。有的人喜欢到超市去买菜。超市的菜质量比较可靠，价格稍贵一些。而且，超市营业时间长，从早晨8点一直到晚上10点，什么时间去买都行。对于上班族来说，无疑是最好的选择。有的人喜欢到菜市场去买菜。生活的小区附近往往开设有几个菜市场。菜市场的菜非常新鲜，价格比较便宜。当然，这要看是哪个菜市场。有的菜市场设在建好的大型市场内，不是露天的，受天气影响较小，全天候营业，价格相对高一些。有的菜市场设在露天市场内，受天气影响较大，往往只在上午营业，但是价格相对低一些。

我喜欢到露天菜市场买菜。每个周末休息时，我带着两个大手提包到附近的菜市场，把一周的菜买回来。这样的话，菜就需要放置四五天，吃的时候就不够新鲜了。如果想要吃新鲜的菜，就需要每天去超市或者全天候市场，吃完一天的，第二天再接着买。但是，这需要时间。每天去超市或市场买菜，不是人人能够办到的。

露天菜市场规模比较大，卖菜的商贩很多。但是，所卖的菜主要就是那十几种，如鱼肉蛋奶，茄子萝卜西红柿，等等。我每周买的菜基本一样，就这些种类。孩子说，不能买些新的菜吗？老是这些菜，都吃烦了。我说，没有办法，市场上就卖这些菜。周而复始，一周吃一遍，轮换着来。

我习惯了到附近的露天菜市场买菜，习惯了与那里的商贩们打交道。每到周末，我像往常一样，一进菜市场就开始挑选自己要买的菜。看看这家的土豆，瞧瞧那家的茄子，问问另一家的菠菜，一边走，一边看，不停地问。看的是蔬菜的质量，是不是新鲜，是不是水灵；问的是蔬菜的价格，是不是昂贵，是不是优惠。一般情况下，价钱便宜的肯定不好，价钱贵的质量较高。但是，也会花钱多买到质量差的菜。所以，最好不要让商贩给你挑菜，一定要亲自动手，挑选自己要买的菜。挑好之后，如果商贩要给你加一点菜，凑个整数，一定要长好眼色，看一看商贩加的菜是不是要腐烂的。我买菜时经常吃这种亏，一不留神，就被塞上这种烂菜。买水果时，最后给你加一个桃，秤高高儿的，让你挺高兴，回家洗桃时才发现桃的另一面已经烂了一个洞，防不胜防。早些时候，还有点生气，现在，已经习以为常了。

菜市场的商贩们什么时候开始营业，我一直搞不清。有几次，我早晨七点多就到菜市场去了，商贩们早就把菜准备好了。如果下了雨，他们就支好遮雨伞，等候顾客到来。我猜想，他们一定是天不亮就到批发市场把菜买回来，然后在这里一直卖到中午才结束。每天这样周而复始，辛苦是不必说了。看到他们赚钱不要眼红，要看到他们付出多少劳动与汗水。

除了买蔬菜以外，我差不多每周要买一次鱼。超市卖鱼是按斤秤，这里卖鱼是按条。女老板按鱼的大小估摸一下，这条草鱼18元，那两条武昌鱼25元，这三条鲫鱼20元。挑完以后，男老板把鱼当场宰杀完毕。如果买鱼的顾客不多，男老板会按买主的要求，把鱼切成块，或者切成片。我经常买草鱼，都让老板把草鱼切成鱼片，回家做水煮鱼时非常方便。老板的技术很高，三下五除二，就把鱼片好了，鱼头、鱼骨、鱼尾、鱼肉分割得整整齐齐。回家洗一洗，就可以下锅了。节假日时，买鱼的顾客很多，老板忙不过来，就不提供这种服务了。

每周买菜时，猪肉和排骨是少不了的。这个露天市场只有一家卖猪肉的摊点，最近几天，老板不知什么缘故歇业了。我一直买这里的肉和排骨，老板不来，有些不习惯。这里是肉联厂的定点销售处，肉的质量很好。买肉的人很多，经常挤成一排站在肉摊前挑选。大部分买主都是站着仔细端详，挑选自己要买的肉，挑好了，用手一指，老板就拿过去称了。有时候碰到一两位买主，把这块肉抓起来看看，放下，又把那块肉抓起来看看，又放下，不一会儿，肉案上的肉全让她摸索了一个遍。我站在一旁等着挑肉，看到所有的肉都让她摸了一遍，觉得不卫生，老板又不换肉，只好勉强挑一块，买回去好好洗几遍。这是看见了这种不卫生的情况，可以多洗几遍，如果看不到呢，也就这样了。

市场中偶尔也会碰到打架的事情。前些天，一位50多岁的妇女与卖香蕉的小伙子发生了争吵。我从旁边经过，没有驻足。妇女非常激动，大声嚷着骂着，好像是对方说话不文明引起的。卖香蕉的小伙子也不是好惹的，高声对骂着。妇女一阵火上来，抓起小伙子卖的香蕉扔向对方。小伙子一闪，躲开了，香蕉却落在地上，摔烂了。这下，小伙子更有理了，拼命抓住妇女不放手，让妇女赔他的损失。至于最后怎么解决的，我就不知道了。

当然，菜市场不管买什么，肯定够秤，这一点是没有任何问题的。前提是买菜的顾客不要强行杀价，如果一再压价，商贩们赚不到钱了，肯定会在分量上做手脚。所以，一位商贩说得好："大家都是熟人，都是老主顾，就不要一再还价了。我保证给你质量好的菜，把分量给得足足的。你好我也好。"

每个周末，我都提着从菜市场买来的满满两提包菜，高高兴兴地回家。忙忙碌碌的周末上午，就这样悄悄过去了。这就是普通人的生活，如此简单忙碌却又幸福快乐。

2016年8月

生病之痛

前一段时间,某单位倡议全体职工为一位生病的同事捐款。这位同事得了血液疾病,需要进行骨髓移植,费用大概20万元。他的爱人没有工作,孩子在上学,还有双方的老人需要赡养,里里外外全靠他一人的收入。日子本来就紧张,加上生这么大的病,根本没有力量支付这么大的开销。所以,单位号召大家捐款,希望大家伸出援助之手,献出一片爱心,救同事于危难之中。为了激励大家捐款,单位要求把捐款的同志记入名单,捐款的数目登记在册。捐款活动结束后,把名单和捐款数额在一定范围内公布,并交给生病的同事。负责组织的同志说,要让大家知道哪些好心人献出了多少爱心。

在单位的倡议下,大家慷慨解囊,纷纷出手。有的捐100元,有的捐50元,有的捐的更多,很快,就凑了10多万。虽然没有达到20万,但是,已经解决大部分问题了。生病的同志顺利进行了手术,目前已经恢复了健康。

看到大家为同事捐款的情形,我想起了20多年前一位亲戚患病的遭遇。这位亲戚当时得的是白血病,也需要骨髓移植,也需要20万元手术费。但是,这位亲戚是个农民,所有的开销全靠几亩地的收入。而且,亲戚生活在农村,没有一个所在的单位可以倚靠。亲戚为了治病,只能自己跑前跑后借钱。他借遍了所有的亲戚朋友,快凑够这20万元手术费的时候,疾病发作,亲戚去世了。

我想,如果那位亲戚也有单位可以倚靠,能够动员这么多好心人伸出援助之手,为他捐款,或者如果他晚一些生病,赶上农村医疗保险的施行,他就不用自己承担那么大一笔费用,他的病或许早就可以治好了。

替亲戚惋惜的同时，禁不住想到了我自己。我也生过一场大病，那场病改变了我的一生。生病时的种种情况，让我刻骨铭心，永远难以释怀。

二十多年前，我突发血尿，到医院检查。一位大夫对我说："像这样的血尿，95%是肿瘤。啊，我不是说你，不是说你！"我一听就明白了，不是说我是说谁呢？

我想："我才23岁，人生就这样完了。不行，得想办法治呀！"求生的本能促使我立即行动起来。我到医院做了进一步检查，然后，按照医生的处方，开始了长时间的治疗，用了各种各样的药。这个医生的处方用过一段时间，不见明显效果，就换另一个医生的处方。前后换过五六个医生的治疗方案。检查和治疗几乎花掉了我所有的收入。

那一段时间，我想了很多很多，以前从没考虑过的死亡，在我脑海里反复出现。我比绝大部分人过早地经历了生与死的考验，过早地面对着死亡，过早地参透人生。我想到了父母，他们培养我不容易，我还没有报答他们，就要离开这个世界了。我想到了自己的理想，我还有那么多事情要去做，刚刚开始，就要结束了。我不甘心，我渴望生命。我不止一次地告诉自己，如果上天能给我一次机会，让我生存下去，我一定抓住机会，好好学习，好好努力，把人生的理想付诸实现。人生太短暂了，说不准到什么时候，自己的人生就戛然而止了。一定要抓紧时间，想干什么立即去干，不要拖。如果拖拖拉拉，就什么也干不成。自己的人生有多长，自己说了不算，不一定哪一天，自己的人生就结束了。时不我待。

我在努力寻医问药和认真思考人生的同时，父母也没有闲着。他们到处为我求医找药，花钱请江湖游医，打听老中医。不知从什么地方，弄来一些偏方。据说，这些偏方非常灵验，如果不是去求人家，人家还不给呢。我不怎么相信偏方，但父母却非常相信，坚持要我按偏方服药。我对父母的行为感到很不理解。

后来,我有些理解父母了,虽然我还是不相信这些偏方、游医。我看得出来,他们没有办法治好我的病,只能用这种方式表达一种愿望,一种寄托。病长在谁的身上,谁就会明白,当所有的医药都用上后,还是没有办法治你的病,你就陷入绝望了。这时,如果有人说,某某医生能治你的病,你就会像抓住救命稻草一样,不论管用不管用,都要试一下。绝望中的一线希望,万一要是管用呢?父母就是这样一种想法。其实,我知道是不可能管用的。那么多大医院的医生都治不了,他们怎么治得了?父母既然这样做,就别去阻拦他们了,至少这样会给他们的心灵带来一丝慰藉。

在治病过程中,我也经历了没钱治病的境遇。当时,我已经花了好多钱,自己的收入全砸进去也不够,又从父母兄弟姐妹那里借了一些。虽然能报销一部分,但是不能报的那部分数额也很大。我手头没钱了。我去单位的门诊部赊药,门诊部的同志说:"像你这样的大户,我们不敢赊给你。要拿药,交现款。"我听到这样的回答,心里拔凉拔凉的。当时,没有什么人给我这样的"大户"捐款,也没有人给操持捐款这样的事。后来,我跑了几十里地,到一位亲戚那里借了1000元(那时的1000元不是小数,我每月工资才200多元),把药买出来,继续治疗。

尝试了各种办法,用上了各种药,我的病慢慢好了,就像不知道怎么得的病一样,我的病不知道哪种办法、哪种药发挥了作用,好了。我没有得不治之症。发病几个月后,我到一个医院做检查。医生说,如果是肿瘤,早就长大了,应该不是。我想不到,命运跟我开了一个如此大的玩笑。

在生病过程中,我遍尝了人间的世态炎凉,领略了人世的沧海桑田。生病让我成熟,生病让我思考。我渐渐明白了人生的意义,渐渐理解了人生如白驹过隙的含义。人生,不仅如梦,而且无常。在我的病痊愈后,我再也不敢浪费时间,我对自己的人生作出了规划,我开始努力学习,向着我的人生目标前进。

我的人生因生病而改变。

看到那么多人为那位患病的朋友捐款,我好羡慕。如果当时我在这样的单位,该有多好,纵然生了大病,内心还是暖暖的。真希望社会公益活动越办越好,帮助更多的人解除生病之痛。

当然,最好还是不生病。

2016年5月

文字活儿

我干文字工作已有十几年,既写稿子,又核稿子。这里,我不谈写稿子,只谈核稿子。

所谓核稿子,就是文字校对,看看已经写好的文字稿有没有错误。如果没有错误,就可以交付印刷,投入使用了。核稿是稿子正式成文前的最后一道程序,起着把关的作用,虽然工作任务比较简单,但是工作性质却非常重要。我从事核稿好几年了,体会颇深。

核稿时间非常紧张。稿子交到我手中,一般情况下,对方要求一周核完,有时候催得紧,要求三天核完。为什么不提前把稿子交给我们呢? 好让我们有充足的时间去核,我也不知道。反正,人家稿子一送过来,就恨不得马上就核完拿走,至于我们核稿人能否核完,那是我们的事。根据以往的工作经验,每天核 60 页是我的上限,从一上班开始,一直到下班,不停地看,刚刚能看完 60 页。这一页说的是 A4 纸 5 号字。如果看的快了,超过 60 页,质量就难以保证。所以,不管对方如何要求,我始终按照我的速度来计算时间。如果稿子在 300 页左右,就需要一周,三天时间,无论如何是核不完的。这样一来,每次核稿的时间就特别紧张,如果还有其他工作需要同时完成,周末就得加班。

核稿工作非常枯燥。核稿核的是文字,核稿时,先从标题看起,一行一行,一段一段,认认真真阅读,寻找错字、错词、表述错误等硬伤。这个过程,一点趣味也没有,枯燥得很,不能像读小说、读散文一样,去体会其中的情感与味道。首先,稿子的内容主要是法律和工作报告等,本身就没有什么情感趣味可言。如果碰巧对某部法律感兴趣,情况会好一些,但大部分情况下,对那些法律、报告等内容没有什么兴趣，读起来就如同嚼蜡。其次，读稿子的任务是核稿，是校对，是找错误，不是让你来关注内容。核稿与阅读完全是两回事。如果想通过阅读来顺便核稿、找错误，基本上是做不到的，读起内容来，就会忘记找错误。可是，如果只核稿，不去阅读，就是完全的文字校对工作，枯燥单调至极，什么味道也没有，干起来一点儿劲头也没有。

核稿工作非常辛苦。校核稿子，看似容易，实际挺累的。稿子的字号通常是五号，有时是小四号，对于我这个已经开始花眼的中年人来说，看稿子是比较辛苦的。一般稿子的错误很少，我看过一行又一行，一页又一页，若一直没有发现错误，七八页过后，慢慢地，眼睛开始疲劳，出现眼花现象，大脑开始迟钝，精神也集中不起来。这时，不得不休息片刻再继续看。如果错误较多，看一两页就有错误，倒不会这么快就疲劳。问题是看过几页、十几页，甚至几十页，也不能找到一处错误，大脑就放松了警惕，就容易看走了眼。所以，看十页左右，就要休息一会儿。这是一般的核稿，还有另一种核稿方式，比这种更为辛苦，须与同事配合进行。我读原稿，同事看稿子的清样，两人进行核对。一开始，我读的还挺清晰，一字一句，连标点符号也读出来，四五页之后，就有些口干舌燥，声音开始嘶哑，赶紧咳几声，清清嗓子，继续读。读着读着，开始读错，有时漏个字，有时读错音，标点符号经常忘了读。更令人烦恼的是，读着读着，忽然想不起逗号该怎么读了，稍稍停顿一下才能反应过来。有时，某个词忘了怎么读，也需要停顿一下想一想。就这样，我坚持读完一万多字的讲话稿，感觉非常疲劳，头昏脑涨的，想想坐在会场主席台上读报告的同志，体会到了他们的辛苦。

核稿工作责任重大。作为核稿人，一定要充分认识核稿工作的重要性，核稿是稿子出手之前的最后一道关，稿子有没有错误，就看这一道关把得严不严。起草稿子的人，虽然构思缜密，文采斐然，但如果中间出现几个错别字，会让稿子的质量大打折扣。往往人们记不住稿子写得多么好,却能记住稿子里有几个错误。所以,核稿人的责任非同一般。特别是当稿子不是一般的稿件,而是作为正式文本的法律时,核稿的重要性更明显地凸现出来。稿子上的法律是有法律效力的,公布之后是要在全国实施的,如果出现错误,不止法律的权威性就会打折扣,假如有人按照出现错误的法律去执行,还可能会造成一系列后果。从这一点看来,核稿的重要性如何强调也不为过。

核稿工作不出成绩。核稿工作如此重要,干好了应该会受到表扬、得到提升吧?非也。核稿是一个幕后工作,你干了多少工作,流了多少汗水,别人看不到。核稿核得好,找出了错误,确保了稿子的质量,那是稿子本来写得就好,与你核稿人的核稿工作没有什么关系,即使有关系,别人也不知道。所以,核稿没有成绩可言。核稿核得不好,没找出错误,稿子公开发行后被人发现了,提出了批评,那是你核稿核得不仔细,应该受到批评,受到责难。作为核稿人,你难辞其咎。这时候,与写稿子的就没有关系了。人家负责写稿子,你负责核稿子,没发现错误,责任全是你一个人的。就那么几个错字,至于吗?答案是肯定的,错误虽小,事关重大,怎么强调也是应该的。这一点必须引起重视。

如此看来,核稿非常不易。作为一种后台的文字工作,须真正有所付出才行,切莫视之为儿戏,不当回事。

2016年5月

一次周末加班

在北京工作一二十年了,加班是常有的事,但是,周末加班不是很常见。尽管如此,对于周末加了多少次班,我还是数不过来。在这无数次的加班中,有一次让我印象特别深刻。

那天早晨,我七点多就起床了。平常周末,我会一觉睡到九点多。单位领导前一天说要我周末加班准备材料,让我等他的电话,我不知道电话会什么时候响,就先收拾妥当,吃过早饭,坐在家里等着。由于上了一周的班,比较疲乏,昨晚没有休息过来,不一会儿,我就坐在沙发上睡着了。我心里有事,睡的不踏实,这一小觉睡到九点多,电话始终也没响,我还是醒了。睁开双眼,勉强支撑着站起来,我知道,如果不站起来,一会儿又会睡着。我起来走了一会儿,终于清醒过来。顺手拿起桌上的《朱自清散文集》,看几篇文章,边看边等。

已经中午十一点了,电话还没响。我实在不知道领导什么时候会给我打电话,于是,我开始准备午饭,麻利地洗完菜,着手炒菜。因为担心炒菜时抽油烟机声音太大听不到手机响,就把手机放在厨房门口。果然,正炒着第一个菜,手机响了,拿起一看,是一位同事打来的,不是单位领导打的。同事问的与领导昨天说的是同一件事。同事告诉我,领导问他,其他部门的材料是怎么报送的?他没明白怎么回事,就打电话过来问我。我给他详细介绍了一下情况,告诉他领导问的是什么问题,他明白了怎么回事,立即向领导汇报去了。

我继续炒菜。炒第二个菜时,电话又响了,这次是领导打过来的。领导说:"你别急,吃完午饭,休息一下,下午两点半到单位来,我与你核一下稿子,商量一下材料的尾标(材料的发送范围和顺序)怎么写,然后通知印厂出清样。我们看完清样,核对完内容,确定没有错误后,让印厂今天务必把材料印出来,明天一上班就发出去。"我放下电话,把第二个菜炒完后,立即给印厂的同志打电话,请他们安排人下午三点过来取材料。今天是周末,大家都在休息,印厂的同志也休息了,现在有临时任务,得提前跟人家打招呼。

吃过午饭,稍事休息,即赶往单位。我沉不住气,没有按领导说的下午两点半到单位,而是提前了,到达时刚好两点。在走廊里碰见领导,打个招呼后,进入办公室。我打开电脑,先把材料的电子版与纸质稿仔细核对了一遍,确定准确无误后,立即向领导汇报,顺便把昨天查找的公文格式标准递给他看。他仔细读了一下,又看了一下尾标,最后定下尾标的范围和顺序。我马上给印厂的同志打电话,对方答复"很快就到"。

三点刚过,印厂的同志准时来到办公室。我把纸质稿交给他,同时把电子版发到他的邮箱,请他们以纸质稿为准进行校对后,出两份清样,马上送来。我们等着他们。

送走印厂的同志,我坐下休息,上网浏览新闻。印厂的效率挺高,一个多小时就把清样送来了。印厂距单位七八公里远,这路上的时间加上改稿的时间,他们真够辛苦的。我与领导一人一份清样,认真进行审核。这是付印前的最后一道程序,务必认真仔细,确保没有一点错误。

我们一字一句地核完后,都确信没有任何错误,只有标题的排列存在瑕疵。领导说,把标题的瑕疵改一下,就可以印了。我立即通知印厂,请他们按要求进行改动,然后付印,印完后,立即送来,我在办公室等着。

印厂的同志说:"你还等着吗?要不你先回家,我们把印好的材料放在单位值班室,明天一早,你上班后去取,怎么样?"我说:"不必了,我等你们送来。"因为,他们送来后,我得先看一看有没有问题。

确认没有任何问题后,我再回家;如果有问题,可以让他们重印。我要是回家了,明天早上发现有问题,想改后重印就来不及了,一耽误就是一整天。如果耽误了发送,领导肯定要批评的。

我耐心地等候。从下午五点左右等到近七点,电话响了,印厂的同志让我去电梯口取材料。取回材料,我打开后仔细看了看,标题、时间、尾标、内容等都符合要求。我放心了,终于可以下班回家了。

这个周末,一点儿没闲着,真疲惫啊!不过,话又说回来,虽然加班非常辛苦,我却觉得非常充实。作为公务员,为国家工作,为国家付出,是不讲什么条件的,只要国家需要,我们没有二话可说。不会去与国家斤斤计较休息几天,不需要领导提出特别要求,不需要领导下命令,只要领导说一声,就会义不容辞地冲上去。

2016年10月

中秋闲话

中秋佳节到了,五湖四海、天南地北的人们热烈庆祝节日的到来。自古以降,庆祝中秋的方式有祭月、拜月、赏月、家庭团圆、吃月饼等,近些年,又增加了观看文艺晚会。

祭月和拜月是庆祝中秋的最初方式。"中秋"一词最早出现在《周礼》一书中。相传在周代,每逢中秋夜,待月亮升起之后,人们把月亮神像安放在月下,在香案上摆上祭品,全家人依次祭月和拜月,祈求丰收、平安。

民间曾流传着这样一个拜月的神话。传说远古时候,天上有十个太阳,晒得庄稼枯死人们遭受磨难。这时,出现了一个叫羿的人,羿登上昆仑山顶,拉开神弓,射下九个太阳,并严令最后一个太阳按时起落,人们终于过上了正常的生活。羿娶了一位美丽善良的妻子,名叫嫦娥,生活非常幸福。一天,羿到昆仑山访友求道,路遇王母娘娘,求得一包不死药,若服下此药,即刻升天成仙。但是,羿舍不得自己的妻子,就把此药交嫦娥保管。没想到,嫦娥藏药时,被羿的一个弟子——逢蒙看到。当羿出外狩猎时,逢蒙持剑闯入内宅,逼嫦娥交出不死药。危急之下,嫦娥一口吞下不死药,然后,身体飘离地面,向天上飞去。嫦娥牵挂丈夫,飞到离人间最近的月亮上成了仙。羿回来后,又惊又怒,欲杀恶徒,但逢蒙早已逃走。羿悲痛欲绝,拼命朝月亮追去,但是,他追三步,月亮退三步,他退三步,月亮进三步,始终无法追到月亮跟前。羿思念妻子,就令人在后花园中摆上香案,放上嫦娥最爱吃的果品,遥祭在月宫中的嫦娥。百姓闻知,纷纷效仿,向善良的嫦娥祈求吉祥平安。中秋节拜月的风俗由此形成。

随着唯物论的普及和科学技术的发展,人们知道了月亮只是一个距离地球最近的星球,月亮上没有嫦娥,没有玉兔,没有吴刚,更没有神灵。人们不再相信月亮神之类的传说,随之而来的是,人们不再举行祭月和拜月活动,中秋赏月是最普遍、最普通的庆祝方式。唐朝初年,中秋节正式成为固定的节日。人们在中秋祭月、拜月的同时,开始流行赏月。赏月来源于祭月,又有别于祭月。祭月是严肃的祭祀活动,赏月则是轻松的欢娱活动。北宋《东京梦华录》对当时京都的赏月盛况记载如下:"中秋夕,贵家结饰台榭,民家争占酒楼,玩月笙歌,远闻千里嬉戏连坐至晓。"在赏月的时候,文人墨客纷纷挥毫泼墨,吟诗作赋。杜甫《八月十五夜月》堪称赏月的杰作,用象征团圆的明月反衬出了漂泊异乡的羁旅愁思。北宋苏轼的《水调歌头》更是脍炙人口,"人有悲欢离合,月有阴晴圆缺,此事古难全。但愿人长久,千里共婵娟"的千古名句,借月之圆缺喻人之离合,寄托思念故乡、思念亲人之情。

斗转星移,赏月的习俗流传至今,日渐丰富。文人墨客虽然也吟诗作赋,却难以有佳作传世。今天的人们,更多的是与亲人、朋友围坐在庭院中或者楼台上,在桌子上摆出月饼、苹果、红枣、石榴、核桃、花生、西瓜等食品,观看那一轮圆月从东方升起,然后一边赏月观景,一边畅谈。皓月当空时,分食摆出的食品,那种感觉,其乐融融,温馨幸福。如果时间允许,条件方便,还可以与亲人一起到全国各地有名的赏月地去赏月,比较著名的月景有庐山的沐月、扬州的二十四桥明月、桂林的三月、青岛的太清水月、大理的访月、宜宾的三江映双月、兰州的冷月、杭州的水月、三亚的天涯明月等。就庐山沐月而言,说的是年轻的情侣走在一条弯弯的土路上,两旁松树成林,当月亮升起时,抬头看,明月像镜子一般挂在头顶,低头看,银色的月光遍撒在地上,非常浪漫。其他的赏月地也各有特色,不再一一赘述。

观看晚会是当前流行的庆祝方式之一。伴随着电视、网络的兴起,文艺晚会成为庆祝节日的一道"主菜"。这一方式的出现历史不长,只有二三十年时间,但是,却以无比强大的魅力影响了人们庆祝节日的选择。中秋节的晚上,人们等候在电视机旁,观看中央电视台的中秋晚会,听一听新潮的歌曲,看一看多姿的舞蹈,谈一谈明星的俊丑,评一评节目的优劣。高高兴兴,自由自在。晚会的内容多种多样,有与中秋有关的,也有与中秋一点关系没有的;有自己喜欢的,也有自己不喜欢的。如果不喜欢中央电视台的晚会也没关系,许多地方电视台也制作了精美的节目,尽可以按下你的遥控器,换一下台,挑选自己喜欢的节目。庆祝节日,以高兴为主,怎么高兴怎么办。

　　家庭团圆是人们庆祝中秋时的主要追求。千百年来,人们以月圆象征人的团圆。现在,中秋节虽然与春节一样也会放假,但中秋节只有一天假期,与周末连起来也不过三天,不像春节有三天假期。像今年这样,与国庆节连起来的情况非常少见。大多数在外地工作的人还是不能回到家乡与亲人团聚。当中秋佳节来临之时,无论是身在异乡的游子,还是留在家中的父母,都想通过这圆月来寄托千里之外的相思,都想通过这圆月来表达对家庭团圆的向往。赏月时,没有家人的陪伴,总觉得不够圆满;观看晚会时,没有家人在身边,总觉得不够快乐,美好的东西,一定要与家人共享,才有滋有味。

　　吃月饼是人们庆祝中秋的重要活动,月饼是中秋节的名片,中秋节的象征。以前,月饼是中秋节的祭品,是祭神用的。这一习俗始于唐朝,北宋时,宫廷内十分流行。后来,吃月饼逐渐与赏月结合在一起,成为中秋节必备习俗,寓意是家人团圆。当月亮脱下神秘的面纱后,月饼由祭品变为专用食品,每当中秋节要到时,月饼就开始畅销。二十多年前,月饼还是比较贵重的食品,只有在八月十五才能有机会尝一尝,想敞开肚皮吃是不可能的。现在,月饼有的是,且种类繁多,想吃什么味的就吃什么味的,想吃多少就吃多少。越是这样,人们反而不怎么喜欢吃月饼了。月饼成了欢度中秋节的一个标志。当赏月颇有兴致之时或者观看晚会非常高兴之时,掰一块月饼,吃一口,尝一尝,就算过中秋节了。

除了吃月饼,中秋节还经常食用桂花制作的食品,喝一杯桂花酒,闻一闻桂花香,成为一种节日的享受。庆祝活动也不限于祭月、拜月、赏月、观看晚会等,不少地方还举行具有本地特色的中秋活动,如观潮、燃灯、猜谜、玩花灯、烧塔等。

一年一度中秋节。我们年年看那一轮明月,缺了又圆,圆了又缺,不知家庭团圆能有几回?

2017年10月

围棋之乐

我非常喜欢围棋,不仅喜欢看,也喜欢对弈。我喜欢上围棋时间不长,大约有五年。当时我去参加单位组织的一次培训学习,学习地点在北京郊外。我们一班人集中在一起,晚上住在培训基地,不能回家,上课之余,可以上网。我为了解闷,就注册了一个围棋账号,在网上与人对弈。一开始,我连基本规则也不懂,当然谈不上赢棋,慢慢下了几次后,开始有所了解,我的兴趣也上来了。于是,我上网学习了围棋的规则,找刚入门的棋手对弈,一盘一盘地厮杀,想不到竟然也赢了几盘,这更激起了我下棋的兴趣。从那以后,我就喜欢上围棋了。培训结束后,我的围棋对弈没有结束,而是成了经常性的活动。每到中午休息时间,我就打开电脑,下上几盘,有时晚上在家,也打开电脑来上几盘。几年下来,我的围棋水平有了不小的进步。围棋渐渐成了我的一项主要业余爱好。

我说自己的围棋水平进步很大,是相对于我自己开始起步的水平而言的。其实,我在网上下棋仍是败多胜少,特别是升级到接近初段时,连连败绩。不过,越是失败,我越是想下,屡败屡战。现在维持着接近初段的水平,不再有什么进步了。我的一位棋友说,你应该好好看看围棋书籍,学学定势,学学手筋,再就是,下棋时一定要动脑筋思考一下再落子,否则你的水平很难再有大的进步。围棋高手基本上都经过专业学习与训练,都有童子功。你如果想达到段位的水平,就必须下一番功夫。我点头称是,牢记于心。但是,看围棋书籍,我感觉有些枯燥,看不进去;上个围棋培训班,不好意思去,人家学员都是几岁的孩子,没有我这么大年纪的。我只好在下棋的思考上下点力。这样一来,我的水平果然有了一点儿进步。

前不久,我报名加入了单位的围棋协会,成了一名会员。围棋协会组织活动,我都积极参加。在本单位组织的围棋比赛中,我依然胜少败多。十几位棋友,我依次与他们手谈一局,结果我总共赢了三局。在开始下棋的时候,一位棋友说,你怎么不懂下棋的礼节?谁用黑棋,谁用白棋,要猜;第一个子,要下在右上方,这是对棋友的尊重。天哪,我在此之前,只在电脑上下过棋,没有与人直接对弈过,哪知道这些!这次,算是长了见识。后来,时间一长,各位棋友之间非常熟悉了,大家经常在周五中午到单位的围棋活动室杀一盘,我基本上是全败。我能赢的那几位,基本不到围棋室参加对弈了。

我喜欢下围棋,即使输了也喜欢。我在下围棋的过程中体会到一种快乐,不管与谁对弈,我都充分享受下围棋的过程,偶尔赢一盘,我会非常高兴。大多数情况下,我一盘也不赢,不过也没关系,输了就输了,我也很高兴。说不想赢,那是假的,我非常重视每一盘棋,但是对输赢看得不重。输了就输了,过后很快就忘了,不像有的棋友,什么时候输了一盘,输给谁了,都记得那么清楚。三年前,我曾经与一位棋友下过一盘,当时不知道怎么回事,就把他赢了,后来这位棋友每遇见我一回,就提一次这事,总也忘不了。我都有点不好意思了。如果我当时输了,他可能就不会记得这么清楚了。

我喜欢下围棋,还在于可以以棋会友。就本单位的棋友来说,虽然大家都是一个单位,但彼此平时没有工作上的交往,谁也不认识谁,手谈一局以后,言语尽管不多,却成了交情很深的朋友。我还报名参加过围棋协会组织的几场比赛,认识了不少朋友。参加这样的比赛,我几乎没赢过,用我们围棋协会秘书长的话说,我比较顾大局,当需要输给对方的时候,就派我上阵。我自己总结的话是,你们是负责赢棋的,我是负责输棋的。在这样的场合,我认识了围棋圈内的几位朋友,其中有一位职业棋手,现在我们已经比较熟悉。他看我下棋,只在一旁微笑,我的水平在他眼里,确实就是关公面前耍大刀。但无论是谁，水平再高，也没有嘲笑别人的情况发生。

在参加北京市组织的一次围棋比赛时，我见到了一位国家围棋协会的老先生。比赛结束时，这位老先生讲了一段话，我深为赞同，他提出了一个概念——快乐围棋，正中我意。之前，我只是在下棋中感觉到了快乐，但是没有上升到理论高度，这位老先生不愧是高手，不仅围棋水平高，围棋理论研究得也透，只用四个字就把围棋观讲得明明白白。我就是快乐围棋的践行者。我喜欢下围棋，我下围棋感到快乐，这就足够了。至于比赛成绩，能达到什么样就什么样吧，不必刻意去追求。快乐是第一位的，成绩是第二位的。我想，不光我是，与我一起参加比赛的许多棋手也是。不过，有些棋手就不能如此释然，因为他们的围棋水平很高，每输一盘，就会让他们觉得没面子，成绩不成绩，倒在其次。更为严重的是，如果输了棋，就会在围棋圈内传开来，这让他们不得不更加重视输赢。到了他们这个阶段，下围棋就不是一种快乐了，而是一种痛苦。

此时，我想起了一位围棋棋友说过的话：你现在这个水平就挺好，不要再刻意去追求提高。如果你的水平得到明显提高，你就体会不到围棋的快乐了，体会到的可能就是痛苦了。我当时不明白他这话的含义，现在有些明白了。

我虽然也想提高自己的水平，但是，我更想要快乐围棋。所以，我就待在现在的水平上踏步走吧。

2017年11月

风　光

一路风景到拉萨

一

晚上8点10分,Z21次列车(北京至拉萨)缓缓驶离北京西站。按照铁路时刻表,列车要跑40小时30分钟才能到达拉萨。

我们在选择旅游线路时,为了能够有充足时间适应高原缺氧,没有选择双飞,即飞机直飞拉萨,拉萨飞回北京,而是选择了单飞,即铁路赴拉萨,然后飞机飞回北京。

此前,我一直以为,青藏铁路是指从北京到拉萨的全段铁路。这次出行才知道,青藏铁路起于青海省西宁市,途经格尔木市、昆仑山口、沱沱河、翻越唐古拉山口,进入西藏自治区,经安多、那曲、当雄、羊八井,到达拉萨。青藏铁路全长1956公里,是重要的进藏路线,被誉为"天路"。从北京到西宁的这一段铁路,不属于青藏铁路。

旅游公司为我们订购了卧铺票。这么远的距离,不坐卧铺,身体吃不消。在一个包厢内两排卧铺位,每排分上中下铺,空间十分狭窄。我是中铺,坐在铺上直不起腰来,只好斜着身子躺下。想与别人换换卧铺,但都是一家子在一起的,没法换,只好如此了。空调有点凉,把床铺上的被子盖上。一宿半睡半醒,迷迷糊糊。

二

一觉醒来,天早亮了,列车已到宁夏境内。蓝蓝的天上漂浮着白白的云彩,蓝天下是一片片绿油油的玉米,浑浊的黄河水在沟渠中流淌。接着,一望无际的土丘出现在视野里,高低起伏,或大或小。土丘上面七零八落地生长着一簇簇低矮的植物,蜷缩着,无精打采的。放眼望去，全是这样，显然是严重缺水。在这荒凉的原野中，一排输电铁塔错落有致地伸向远方，一排电线杆紧跟其后，给这荒凉的原野增添了几分景致。列车走得不算快，每小时80公里的样子。跑了一个多小时，全是这样的景色，不见一处村落。

8点45分左右，终于看到一个村子，掩映在绿树之中，时隐时现。看路边的指示牌，列车已驶入甘肃境内。这时，一座座小山进入视野，山上也是无精打采的低矮植物。不经意间，突然出现了一片亮丽的金黄色花朵，非常耀眼，细看，是一片向日葵。不远处，是一片片绿油油的玉米。向日葵田面积不小，沿着铁路线伸出老远。正走着，忽然看到一架架风车矗立在前方，应该是风力发电机。此时没有风，风车一动不动。不多会儿，列车把这一片绿色和风车甩在身后，进入一座座高低起伏的山丘中。始终伴随我们的，仍是那些低矮的植物。西北的降雨量非常少，这些植物竟能存活下来，真是奇迹。它们长不大，缩手缩脚的，这里一团，那里一簇，但却顽强地活着。

一路走来，或石山，或土山，见不到多少绿色，绿色星星点点地点缀在无边的山丘中。直到11点，依然是这样的情景。好不容易进入一片谷地，见到了久违的绿色，有几十户人家居住在此，庄稼郁郁葱葱，拉货车辆往来行驶。这样的景致一闪而过，列车又进入无边的山丘之中。

三

列车于中午时分抵达兰州，我们下车透了透气，几分钟后，列车离开兰州，向西宁进发。这一路，穿过的隧道很多，经过的村镇不少，铁路两侧的绿化带也比较多，蓝天白云始终伴随着我们。铁路旁的山上长着青草，一片绿色。

列车员说，列车在西宁站停20分钟，我们可以下车活动一会儿。西宁的光照非常强烈，我感觉很热。列车更换了火车头，原来的火车头不适应高原的情况。

　　从西宁开始,列车驶上了青藏铁路。西宁城市狭长,位于两山之间的谷地中。出西宁后,列车穿过一个又一个隧道。刚刚一闪亮光,又钻入下一个隧道,偶尔能看几眼外面的景色。大约经过五个隧道后,我们来到一片面积很大的谷地。地面铺着绿绿的青草,远处的山上也长满了青草,清清的河水在谷底流淌。什么叫绿水青山,这就是了。前面不远处一片金黄色映入眼帘,到跟前观看,是一片片油菜花开得正旺。这金黄色的油菜花与旁边的青草相映,就像一片片金箔镶嵌在绿色的翡翠上。

　　美景一会儿就过去了,列车又驶进了隧道。不一会儿,列车冲出隧道,有旅客高声叫起来:"看,青海湖!"大家赶快向南观看,青海湖进入大家的视野,湛蓝的湖水,宁静的湖面,与蓝天、白云相映成趣。这时是下午4点半。青海湖是我国第一大咸水湖,面积挺大,长130公里左右,列车沿着青海湖北岸行驶了63分钟,才离开青海湖。青海湖在列车南侧,列车北侧是一片宽广的草地。行驶中,一片片金黄色的油菜花出现在草地中间,沿铁路线依次铺开,面积很大,连成几片。旁边有养蜂人在放蜂。

　　青海湖海拔3200米,我已感到有些气短。

　　渐渐地,青海湖离开了人们的视野,列车驶入一片长长的草原。列车两侧是绿色的青草,不远处的山上也铺满了绿色的青草,清清的溪水蜿蜒流淌在草地中间,有几头黑色的牦牛正在缓缓地吃草。不远处,有白色的羊群和几匹马在悠闲地踱步,不时地啃着地面的青草。

　　列车驶入关角隧道。关角隧道长30多公里,是我们所知的最长的高原铁路隧道。列车足足行驶了15分钟才驶出隧道,进入一个两山相夹的山谷。山还是绿色的,地还是长满了青草。走着走着,不经意间,草地不见了,取而代之的是一簇簇低矮的植物;青山不见了,取而代之的是土黄色的高山,草木不生的样子;牦牛不见了,羊群和马也不见了。

列车在德令哈车站停靠几分钟后,驶入了一片茫茫的草原。不久,进入一片干旱地带,一簇簇低矮的植物也少了,而且呈干枯的状态,比荒漠好不到哪里去。再往前走,就是一片荒漠了。青藏高原天黑得晚,下午近9点太阳才落下去。9点半天才黑下来。举目望去,非常荒凉,火车跑了两个多小时看不到一个人。天黑下来以后,偶尔看到几点灯火在快速移动,应该是夜行的车辆。在格尔木站,列车再次更换火车头,将电动的改为燃油的,牵引力大。

四

听乘务员说,列车明天4点左右经过可可西里,6点10分左右抵达唐古拉山口。我一听,感到很兴奋,不知道能否看到藏羚羊,但转念一想,6点10分,天还黑着,看不见什么,就不起来了。6点醒来时,外面还是漆黑一片,虽然远处天边透出一丝光亮,但看外面,还是什么也看不到。唐古拉山口就这样过去了。唐古拉山口海拔5000多米,车厢内开始释放氧气,以减轻旅客们的高原反应。

天渐渐亮了,我站在窗口看西藏的风景。西藏的山地势平缓,铺满了绿草,地面是宽广的草原。从火车上看去,草非常低矮,贴在地面上,小溪蜿蜒曲折,在草原上转来转去。列车疾驶,一路都是如此。时不时看到成群的牦牛在吃草,有时也会看到白白的羊群,欢快的马儿。

列车经过错那湖。错那湖的湖水蓝蓝的,就像天空的蓝色,水面微微泛起涟漪,非常清澈干净。无论用什么样的言语来形容,都没有办法描绘出湖水的美丽和干净,只有身临其境,切身去感受,才能体会得到。旅客们兴奋地惊叫着,按动相机快门,留住、保存这难得见到的美景。错那湖在西藏不算大的,但它是海拔最高的淡水湖。

继续前行。放眼望去,仍是一片绿色。绿色的草原,绿色的山峦,亮亮的小河,蓝蓝的天空,黑色的牦牛、白色的民居、悠闲的牧民点缀其间。列车经过一片低洼草地时,有几头牦牛正在不远处吃草,青草没过了牦牛的小腿。这时,我才知道,原来这里的青草长得也不矮,只是草原太宽广,显得草非常矮小。当然,低洼的地方,水比较多,所以长得茂盛些。地势高的地方,水比较少,长得矮些,贴在地面上。

列车经过那曲站,停了几分钟,大家想下去透口气,被列车员阻止了。列车又马上出发。行进间,偶尔看到远方的雪山出现在视野中,白白的,尖尖的。列车在一望无际的绿色的青藏高原上疾驶。有几座雪山越来越近,山的顶部覆盖着皑皑白雪;山的中部灰灰的,好像什么也没长;山的下部铺满了绿色的青草。蓝天上飘着几朵白云,白云下是洁白的雪山,雪山下面是绿色的草原,草原上行走着黑色的牦牛,牦牛的不远处是白色墙壁的牧民民居。雪山不多,数了数,有六座,我拿出摄像机录了一段,同行的各位也纷纷拍照。

我忽然发现,青藏高原是绿色的,长满了青草,但是却没有发现树,即使在牧民的家里、民居周围也没有树。

绿色的草原,绿色的山峦,一群群的牦牛,一栋栋的民居,陪伴着我们前行。还有那无处不在的电线杆和电线。我向列车的另一侧望了望,看到了另一侧的青山,方知我们是行走在山脉之间的平坦谷地中。白云悬挂在山脉的上方,随山脉伸向远方,我们的上空艳阳高照,湛蓝的天空,一丝云也没有。真奇妙!

前方又出现一片雪山,山顶白白的,此起彼伏。山脚下有一条河,河水呈乳白色,不停地流淌着。

列车驶过长3300多米、号称青藏铁路第一隧道的阳八井1号隧道。山坡上、居民住宅周围出现了长得非常高大、茂盛的树木和种植着青菜的塑料大棚。拉萨就要到了。

40个小时的火车旅行就要结束了。感谢这一路的风光,陪伴我度过这漫长的40个小时。我虽然非常疲惫,但是也非常兴奋。路程尽管枯燥,风光却悦人耳目。

2015年7月

美丽的羊卓雍错

一

羊卓雍错是喜马拉雅山北麓最大的内陆湖泊,位于西藏自治区山南市浪卡子县境内,由拉萨向西南约70公里处,与纳木错、玛旁雍错并称西藏三大圣湖。

羊卓雍错被称为圣湖,不是随便的称谓,而是有根据的。据说,达赖圆寂之后,西藏上层僧侣组成负责寻找转世灵童的班子,通过高僧占卜、降神,指出转世灵童所在的大致方位,然后到羊卓雍错诵经祈祷,向湖中投放哈达、宝瓶、药料等,仪式主持人按照湖中显影,指出转世灵童所在的具体方位。如果上述仪式所示方位一致,就派出人马,按所示方位寻找转世灵童。

"羊卓雍错"四个字按照藏语的意思,可以作如下字面解释:"羊"是上面,"卓"是牧场,"雍"是碧玉,"错"是湖。羊卓雍错连起来就是"上面牧场的碧玉之湖"。所以,羊卓雍错的藏语意为"碧玉湖""天鹅池"。由于这个湖的汉口较多,像珊瑚枝一般,因此藏语中又称之为"上面的珊瑚湖"。

导游介绍羊卓雍错时,一直称呼它为"羊湖"。我们也以为它的简称是羊湖。后来,查资料才知道,羊湖不是羊卓雍错,而是另外一个湖泊的名称。真正的羊湖位于西藏阿里地区北部靠近新疆的地方,那里有个羊湖盆地。导游他们简称羊卓雍错为羊湖,不是正式的官方称呼,只是为了方便而已。

二

西出拉萨。不知我们走了多长的路，导游说，已经到了雅鲁藏布江了，这里是拉萨河流入雅鲁藏布江的地方。汽车经过曲水县雅鲁藏布江大桥，离开河谷，开始爬山。山上的草越来越多，整个山上布满了青草。但这里的青草颜色泛黄，与青藏铁路沿线绿色的青草不一样。山上出现了牦牛，三三两两，在啃食青草。

导游说，现在正在上山，大家千万不要睡觉。海拔高的地方，大脑缺氧，容易犯困，但大家要坚持住。因为睡着了以后，大脑的供氧会减少，本来就缺氧，睡着后缺氧更厉害。万一睡着了醒不过来，就出大麻烦了。如果坚持不睡，大脑供氧不会减少，不会出现醒不过来的问题。这番话，前几天经过米拉山口时，导游已经说过了。

我们认真地听从导游的建议，打起精神看窗外的风景。路是从山坡上开凿出来的，随着山势缓缓向上爬升，宽度只能供两辆车并行通过。向山下望去，才知汽车已经爬到了半山腰，我们刚刚爬过的山路，就像一条细细的丝带环绕在大山的腰际，后面的车辆就像一只只蚂蚁在山腰上爬行。

这山太大了，我感觉非常震撼。我从没有见过这么大的山。我登过泰山，领略过"会当凌绝顶，一览众山小"的雄伟。可是，在这些大山面前，五岳之尊的泰山只能算是丘陵。这山，没有嶙峋的怪石，没有起伏的山峰，没有绿色的松柏，没有潺潺的溪水，只是铺着一层薄薄的青草，庞大的身躯像巨无霸一般，平缓地伸向天空，绵延地走向远方。

人在这样的山中有什么感觉？我从没有这么真切地体会过"渺小"一词的含义。我觉得，人们在城市中待的时间长了，不可避免地会产生自大的感觉。这时，到这样的山中走一走，体会一下什么是"渺小"，有助于客观地看待自己。

望着这上山的公路，我不禁由衷地佩服我们的修路工人，他们是用了多大的努力，才在这大山身上修起了长长的公路！

三

汽车越过了海拔5030米的甘巴拉山口,来到了羊卓雍错一旁的山顶。既然导游简称为羊湖,我也不妨借用一下。

从山顶望去,湖面非常狭长,位于高山之间的山谷中,两侧高山上长满了绿色的青草,河谷中有一块块的麦田,羊湖静静地躺在那里。

此时,天正阴着,下起了一阵小的冰雹,羊湖的水呈现出蓝黑色。远处,太阳仍照着羊湖的水面,那里的羊湖是浅蓝色的。

过了一会儿,太阳出来了,我们上方出现了一方蓝天,蓝天周围是厚厚的白云。这时,羊湖的颜色发生了变化,湖水呈现出深蓝色,就像一块巨大的蓝宝石一样。我以前见过蓝色的湖水,但没见过这么蓝的。天空是蓝天白云,上方是绿色的青山,下面是深蓝色的湖水,眼前的景色太漂亮了,游客们抓住这难得的机会,快速按动相机快门,拍下景色宜人的天堂景色。

时间不长,乌云上来,天又阴了。深蓝色的湖水不见了,变成了浅黑色。好神奇,就像仙女在挥动手臂,使了魔法一般迅速。

我见过许多漂亮的湖泊,有绿色的,有蓝色的,有大的,有小的,但我却第一次看见能变色的湖泊。湖水在瞬间就由蓝黑色变成浅蓝色,又从浅蓝色变成深蓝色,再从深蓝色变到浅黑色。大自然的造化,真是令人赞叹。

由于羊湖呈珊瑚状,无论观光的人们身在哪个角度,都看不到羊湖的全貌。羊湖有三个姐妹——空母错、沉错、巴久错,她们手足相连,共同组成了蜿蜒130多公里的圣湖。从地图上看去,人们会发现它不仅像珊瑚,更像神女散落的绿松石耳坠,镶嵌在大山的耳轮之上。我们看到的只是羊湖的一小段,就已经如此美丽神奇,如果能有机会一睹羊湖的全貌,该是什么样的景致啊!

四

在观看羊湖的山顶上，整齐地排列着十几只体型硕大的藏獒，相互间隔有十来米远。这些藏獒，有黑色的，有半黑半红色的，有灰色的，脖子上拴着铁链，或趴着，或蹲着，非常温顺地看着游客，不像电视里见到的藏獒那样，一见人凶巴巴的，狂吠不止。藏獒旁边，有几位身着藏服的藏族群众在招揽顾客。与藏獒合影，需要十块钱。有几位游客饶有兴致地走上前去，拍了几张藏獒的照片。当然，这是需要付费的。有一位藏族老姐姐问我，要不要与藏獒合影，我摇了摇头。虽然我挺喜欢藏獒，但我知道藏獒生性暴烈，陌生人一旦靠近，很容易受到攻击，所以没敢答应。还有几位十几岁的藏族少年在卖纪念品，30元一件。这些纪念品到处都有销售的，没有什么特色，游客们大都不感兴趣。

我们在山顶待了半个多小时，没见到有多少游客去与藏獒合影，也没看到有多少游客去买纪念品。不知道那些藏獒能不能挣出自己的生活费，不知道那些藏族群众能赚几个钱。

119

五

参观完毕，我们带着满满的景色下山，与圣湖匆匆相见，又匆匆道别。

2015年7月

古老的大昭寺

一

来到西藏，一定要看的地方，除了布达拉宫以外，就应该是大昭寺了。

大昭寺是吐蕃时期的建筑，也是西藏最早的土木结构建筑。参观大昭寺，不仅是因为大昭寺历史悠久，更重要的是因为大昭寺内供奉着佛祖释迦牟尼的12岁等身塑像。

我们按照日程安排，来到大昭寺参观。

远远望去，大昭寺的金顶在阳光的照耀下闪着金光。大昭寺门前有一个小型广场，人来人往。这些往来的人群包括两种人，一是信徒，二是游客。广场靠近门口的地方排着许多信徒，有男有女，每人脚下铺着软垫，他们一次接一次，不停地跪拜。广场上还有几位年轻信徒，在做全身朝拜。

藏传佛教教派众多，但无论哪个教派的佛教徒，都把大昭寺视为至高无上的圣地。在佛教信徒的心目中，能看到佛祖12岁等身像，就像见到2500年前的佛祖，可以获得解脱。

二

据说释迦牟尼在世时一直不赞成建寺供像。临终时，释迦牟尼只同意以自己三个不同年龄时的模样塑像，并亲自为塑像绘图，因而有了传至后世的8岁、12岁、25岁等身像。当今世上，由佛祖释迦牟尼亲自塑建、开光、加持的佛祖等身像仅存3尊。其中，8岁等身像供奉在拉萨小昭寺，12岁等身像供奉在拉萨大昭寺，25岁等身像供奉在印度菩提迦耶。

据说，8岁等身像（不动金刚像）最初供奉在波斯匿王那里，后来，被龙王目支邻陀迎请到龙地。龙王目支邻陀病魔缠身、龙体欠安时，尼泊尔国王哈蓝的上座比丘喜昧达曲巴德与堪布伽尔仙姆给龙王治好了病。龙王将8岁等身像作为报酬赠给了他俩，只留下座基进行供奉。8岁等身像连同华盖装饰，就这样被迎请到尼泊尔。公元7世纪，松赞干布迎娶尼泊尔尺尊公主，尺尊公主将释迦牟尼8岁等身像带到拉萨。

12岁等身像与8岁等身像一起，都曾供奉在波斯匿王那里。后来，帝释天把等身像连同座基、靠背、顶冠、华盖，一并迎至兜率天界，再后来，乌仗那的空行佛母把等身像迎请到乌仗那。此后，又被天竺的成道班智达迎请到天竺那烂陀寺。据《西藏王统记》记载，印度法王达摩波罗在位时，东方中国君主秦王符坚送给达摩波罗三件无价之宝，同时向达摩波罗求取一尊殊胜释迦牟尼佛像。达摩波罗为了促进两国友谊，毅然决定将释迦牟尼12岁等身像送给中国。公元7世纪，松赞干布迎娶文成公主，文成公主将释迦牟尼12岁等身像带到拉萨。

25岁等身像，供奉在印度菩提迦耶的正觉塔内。据说该等身像是弥勒菩萨所塑，用黑石雕刻而成，后来涂上了黄金，变成了现在的样子。这尊塑像被称为世界最完美比例的佛像，与佛真身无二。

三

大昭寺的修建，一开始是为了供奉尼泊尔尺尊公主带到吐蕃的佛祖8岁等身像。

传说，公元7世纪时，大昭寺寺址曾是一个湖泊。松赞干布在湖泊边上向尺尊公主许诺，他将自己的戒指抛起，在戒指所落之处修建佛殿，供奉佛祖8岁等身像。没想到，戒指抛起之后落入湖中，湖面顿时遍布光网，光网之中现出一座九级白塔。于是，松赞干布命人填湖建寺。当时的运输工具比较落后,没有车辆,没有牛马,而是用千只白山羊驮土。在建造大昭寺过程中,工程几次被水淹没。也有说法是文成公主推演得知,整个青藏高原是个仰卧的罗刹女,头朝东,腿朝西。大昭寺所在的湖泊正好是罗刹女的心脏,湖水是她的血液。填湖建寺,可以把罗刹女的心脏镇住。除此之外,还要建造12个小寺院镇住罗刹女的四肢和各个关节。这样一来,共建了13座寺院。

三年后,大昭寺建成。因为藏语中称山羊为"惹",称土为"萨",为了纪念白山羊驮土的功绩,佛殿最初命名为"惹萨",又称"羊土神变寺"。公元1409年,格鲁派创始人宗喀巴大师召集藏传佛教各派僧众,在神变寺举行传昭大法会,歌颂释迦牟尼功德。该寺院改名为大昭寺。清朝时,大昭寺曾被称为伊克昭庙。

由于佛殿供奉了佛祖等身像,还有佛经、佛塔等,各地信徒纷纷来这里朝圣。佛殿所在的地方因而成为著名的佛地,被称为拉萨。"拉"在藏语里是佛的意思。拉萨一名即由此而来。

四

我们来到大昭寺,作为一名游客,目的也是为了亲眼看一看佛祖12岁等身像。

大昭寺外人来人往,大昭寺内摩肩接踵。人真多!进大门分开两路,右边一路是游人,左边一路是信徒。

门内墙壁上全是壁画。我看到的是哪一幅,我也不知道。据说,最主要的壁画是《文成公主进藏图》和《大昭寺修建图》。导游没有解说,我根本看不出来。

大家都在排队,慢慢向前挪动。

院子不大。前面不远处是数排长明的酥油灯,排出去有二十几米长,足有几百盏。酥油灯燃烧时火光稳定,奶香悠然,是藏族地区人民供奉神明的法器之一。

走过酥油灯,来到大殿门口。门很窄,宽度只能容三个人并排通过。毕竟,这是1400年前的建筑了。中间一排是等候的游客,排成一列纵队,依次进入大殿。左边一排是等候的信徒,也是排成一列纵队,依次进入大殿。留着右边一人的通道,供信徒和游客出来使用。

我随着人流进入大殿,跟着前面的人参观。大殿中间摆着几排矮桌子,旁边端坐着许多红衣喇嘛。大殿不是很大,里面挤满了人。

大殿中还有一个门,里面供奉着佛祖12岁等身像。离着很远,我看到了金光闪闪的佛祖像。由于前面人头攒动,只能从人头上方看到佛祖像的上半部分。

我慢慢向佛祖像的门口移动。好不容易到了门口,却怎么也挤不进去。信徒太多,游客也多,都往里面挤。已经进去的信徒在里面朝拜,不想出来。我等了好一会儿,还是进不去。踮起脚尖向里面看,只看到人的后脑勺。想近距离观看一下佛祖12岁等身像的愿望落空了。我只好遗憾地离开。

五

看到那些不停朝拜的信徒,看到那些拿着暖瓶添加酥油的信徒,看到那些排着长龙等候一睹佛祖容颜的信徒,我不停地思考着。这就是信仰?这就是信仰。

2015年7月

川藏公路见闻

　　早晨不到6点,旅游公司的大巴车来到酒店,接我们出发去林芝。上车后,导游给大家发了早餐。起得早,感觉不到饿,不想吃东西。天很黑,外面什么也看不清,有时借着昏暗的灯光,能看到两旁的楼房。汽车驶出了拉萨市区,沿着一条公路向前行进。

　　7点左右,天渐渐亮了,车外的景况渐渐清晰起来。我们行走在一条蜿蜒曲折的公路上,车颠簸得很厉害。公路旁边有一条小河欢快地流淌。往两侧看,巍峨的高山从车窗前闪过。公路修建在两侧山脉之间的谷地上,靠近一侧山脉的底部,谷地最下面是小河。小河旁边生长着茂密的树木,山脚和半山腰也长满了树木,山顶生长着稀疏的树木和绿色的青草。导游告诉我们,我们走的这条公路就是川藏公路,即318国道,旁边的小河就是拉萨河,发源于米拉山,自东向西流向拉萨,与我们行进的方向正好相反,我们是由西向东走。

　　天亮了。公路上的车辆挺多的,有许多大客车、大货车、小汽车等。川藏公路是内地与西藏联系的主要通道。在青藏铁路开通前,它是唯一一条连接内地与西藏的通道。修建川藏公路,历时四年多,解放军战士付出了巨大牺牲。公路两侧,隔不多远,就有商店、集镇,藏式风格的建筑随处可见。行进间,我们看到新修建的高速公路伴随在川藏公路一旁。高速公路还没有修建完成,向前走一段路后,就看到高速公路的施工现场,许多推土机、挖掘机、拉土车辆在忙碌着。高速公路的修建可以大大改善成都方向进藏的道路状况,具有战略意义和经济功能。

汽车驶过松赞干布的出生地。导游给我们讲了松赞干布统一吐蕃的过程和文成公主入藏的曲折经历。

我们继续在群山和谷地中前行。这边看到的山与谷地，与前两天乘火车时看到的不一样。这边的山上，长的基本都是树木，只有山顶覆盖着青草，谷地中长的也是大量树木，而且谷地比较狭窄，两侧的山之间的距离比较近。前两天看到的山上、谷地都覆盖着青草，两侧群山相隔较远，谷地平坦宽广。

9点多，汽车到达了海拔5013米的米拉山口。山口挂着许多五颜六色的经幡，随风飘动。导游说，米拉山口是一个分界线，拉萨河由米兰山发源，从东向西流向拉萨，尼洋河由米兰山发源，从西向东流向林芝，最后拉萨河和尼洋河都注入雅鲁藏布江。另外，米拉山口以西是拉萨藏族，以东是工布藏族。大家下车观看。女儿用相机拍照，我用摄像机录像。山口气温很低，我穿的衣服正合适。我来到卖小饰品的摊点前，以30元的价格买了一个绿松石的项链，至于是不是真的绿松石，我们也不知道。我头疼得厉害，回到车上，拿出昨天买的氧气桶吸氧。长长地吸了几口，感觉头疼得轻了，可没过几分钟，又疼了。看来，要一直吸才行，但只有两小桶，不够用，只好忍着。

汽车驶下米拉山口。导游开始讲西藏的概况。西藏面积122万多平方公里，人口300多万，资源非常丰富，有5个地级市、2个地区，分别是拉萨市、日喀则市、山南市、昌都市、林芝市、那曲地区和阿里地区。拉萨的主要景点是布达拉宫、大昭寺等。日喀则是西藏的粮仓，班禅的封地。阿里地区有西藏一宝，即高鼻羚羊。高鼻羚羊的角是透明的，药用价值很高。那曲主要是牧区。许多牧民都很富有，家里养着几十头、几百头牦牛，每头牦牛价值一万多元。另外，那曲还出产虫草。我一边听着导游的讲解，一边打着瞌睡。有几位游客已经睡着了。

过了米拉山口,沿着川藏公路流淌的是尼洋河。这边的山谷更为狭窄,公路是修在一侧山脉的底部或半山腰中,山谷中没有多大的空地。走着走着,我忽然感觉头不疼了,应该是海拔降到了3000米以下。汽车停下来休息时,我与女儿到河边拍照。河水清亮亮的,快快地流着,头顶上是炎炎的烈日,蓝天白云。这时,我摆脱了头疼,终于有心情欣赏青藏高原的美景了。

汽车在高低起伏的公路上蜿蜒前行。有人惊呼:"看,青稞。"大家向外看,大片的青稞分布在公路两侧,已变成金黄,可能快熟了。我们又看到了正在修建中的高速公路,整整齐齐的。

5点多,我们到达林芝,没有去酒店住下,而是去了鲁朗林海。汽车沿着盘山路越走越高,渐渐到了山顶。公路下方是一片原始森林,高高的树上挂着长长的松萝,山谷很深。我们到达了色季拉山口,海拔4700米。大家下车拍照。这里可看到南迦巴瓦峰,据说这是一座还没有被人类征服的高峰,是最美山峰之一,海拔7782米。我们下车时,正赶上云彩浮去,雪山露出来,时机不错。这里的气温很低,我穿着夹克,已觉得很冷。我们一路上碰到许多骑行者,或三三两两,或单人独骑,在山路上坚毅地前行。此外,还碰到了几位步行者。

我们继续向上走,终于到达鲁朗林海。下车后,感觉非常冷,好像到了冬天。我带的夹克已经穿上,没有多余的衣服,幸好女儿带了件夹棉外套。我们走上观景台拍照观景,山下是一片片茂密的树林,山上是蓝天白云,还有早早出来的月亮。我的摄像机只能录附近的东西,远处的林海录不上。我担心冻感冒了,拍完照就回到了车上。这一天之内,由山谷到山顶,经历了春夏秋冬四季。

下山来到林芝市区,导游请我们吃石锅鸡。导游说,这是林芝的名菜。石锅含18种微量元素,鸡是高原土鸡,炖上两个多小时,味道极美。大家纷纷开怀畅饮,品尝石锅鸡。吃完后,入住宾馆。林芝的植被好,氧气含量高,海拔2000多米,所以没有头疼。

　　川藏公路我们就走了这一段,没有走完,但我们感觉到了川藏公路的重要,感觉到了川藏公路的险要,感觉到了川藏公路修建的不易。

2015年7月

风

光

痛苦的高原反应

开始西藏之旅之前，我们全面了解了西藏的情况。有几位朋友说，由于西藏海拔高，缺氧，高原反应会比较厉害，一旦感冒很容易转为肺水肿，会危及生命，一定要做好充分准备。如果身体不好，就不要去冒这个险。我上网搜集有关资料，得到的内容与此差不多。的确有人去高原后引发肺水肿，治疗不及时，丢了性命。但那是极个别的情况，如果及时治疗，应该就不会发生这种后果了。

我与女儿商量了好长时间。虽然有些冒险，但西藏的神秘吸引着我们，西藏的美丽召唤着我们。最终还是克服了心理上的恐惧，开始了我们向往已久的高原之旅。

出发之前，我们作了充分准备。我去医院买了高原反应的特效药诺迪康，还买了感冒药、抗生素、退烧药、创伤药，还准备了风油精、防晒霜等。凡是我们能想到的，都带上了。行李箱装得满满的，像是开药铺和杂货铺的。

到达拉萨后，放下行李，我与女儿到外面转了转，去附近的药店买了两小筒氧气。由于带的药品数量不够多，只好再买一点，以备不时之需。这时，我还没有什么明显的感觉。我还纳闷，怎么没有高原反应呢？

回到酒店，我开始感到头胀得厉害，有些疼。高原反应开始了。女儿感冒还没好，鼻子不通气，但女儿没有头疼的感觉，与未到高原时一样。

我们放下药品与氧气筒，去酒店旁边的自助火锅店吃晚饭。我们选择的主要是青菜。两人吃得较少，菜取得多了一些，差点吃不完。为了不浪费，坚持把菜吃完，吃得有些饱了。我听说，来到高原适量饮酒,可以减轻高原反应症状。于是,在吃饭时,我喝了一杯白酒,约有一两多。

离开饭店,我们去旁边的商店买了一袋牦牛肉,作为第二天路上的零食。

一回到酒店,我立即跑到厕所拉肚子,刚入住时,已经拉过一次。女儿说,这也是高原反应的症状之一。

记得有人说过,到高原要少活动,多休息。我们晚上8点多就拉下窗帘躺下了。西藏近9点才黑天。我感觉头疼得厉害,怎么也睡不着。喝的酒好像没起什么作用,反而头疼得更严重了。气短还好说,加快一下呼吸频率就可以了,就是头疼没有办法。怕影响女儿休息,我听到女儿睡着后,才悄悄起来喝水。水喝了不少,但喝了以后没什么效果,躺下还是头疼。我在床上翻来覆去睡不着,忍着,坚持着,希望卧床休息后头疼能够减轻一些,可是头疼得实在厉害,丝毫不见减轻的迹象。看了看手机,已经凌晨2点半了,我实在坚持不住,就起床吃了两粒诺迪康胶囊(高原红景天)。进藏前听人介绍,事先服用诺迪康胶囊可以减轻高原反应。我买了五盒,女儿在行程开始前10天就服用了。我觉得,高原反应应该没有那么厉害,没必要兴师动众的,就没吃。现在,实在坚持不住了,就吃两粒试试。过了半个多小时,头疼得轻了,症状明显得到缓解,至少可以忍受了。但是,我还是睡不着。我3点多看了一次时间,4点多又看了一次时间。到了5点3分,我看时间差不多了,就起来洗漱,把各项物品收拾好。头又疼得厉害了,好像药效下去了。

5点20分闹钟响了,我叫女儿起床。我们收拾好行李,到前台退房。旅游公司的大巴车来到酒店,接我们去林芝。

我们走的是川藏线。由于时间还早,天没亮,根本看不清路,也看不清路旁的东西,大家都坐在车上打盹。我头疼难忍,打盹也打不成。我清楚地记得车辆左拐右转,绕来绕去,出了市区。渐渐地,感觉到路不平坦了。一路颠簸,走着走着天亮了。我看到了车外的景物,一旁是长满青草与绿树的高山,一旁是蜿蜒着小河的山谷。公路是在半山腰的山坡上开出来的,像一条玉带环绕着群山。我忍着头疼,不时地观望着两旁的风景。

汽车到达了海拔5013米的米拉山口,车停下来,大家下车观看。山口有十几处建筑,彩色的幡旗迎风飘扬,巨大的雕塑巍然屹立,好奇的游人驻足观赏。我头疼得依然厉害,看了一会儿风景,回到车上,拿出昨天买的氧气筒吸氧。长长地吸了几口,感觉头疼得轻了,可没过几分钟,又疼痛如初。导游说,头疼是正常的,尽量不要吸氧,身体会慢慢适应的。

过了米拉山口,沿尼洋河前行。11点多,天近中午,我忽然感觉头不疼了。我也不知道不疼的确切时间,因为从拉萨出来,一路疼着,有些麻木了。不经意间,头不疼了。我想,应该是海拔降到3000米以下了。

汽车停下来,休息。我与女儿到河边拍照。河水清亮亮的,快快地流着,头顶着炎炎的烈日,观赏着蓝天白云,青藏高原真的很美。不头疼的感觉真好。

我们在林芝玩了两天,一直没有头疼。两天以后,从林芝回到拉萨,我还一直担心会不会再头疼,但回到拉萨后头没有再疼,只是经常发生气短现象,过几分钟就要长吸一口气。我觉得,应该是身体适应了高原气候。

这高原反应,真够折磨人的。还好,我两天时间能够适应了,可以好好观赏西藏的风景。如果有人不适应,整天头疼,最好的办法就是先到林芝适应一下,然后再到拉萨。林芝的海拔低一些,植被茂密一些,一般不会有高原反应。

高原反应挺可怕,但西藏的景色太诱人。为了一睹美丽的景色,冒点险也是值得的。当然,如果的确受不了,也不要硬撑着,生命与健康才是最重要的。

2015年7月

观光世界第一大峡谷

雅鲁藏布大峡谷的出名,是近二十几年的事情。1991年和1993年,中国科学探险协会对雅鲁藏布大峡谷进行考察。1994年,该大峡谷被确认为世界上最大的大峡谷。根据国家测绘局公布的数据,雅鲁藏布大峡谷北起米林县派镇的大渡卡村,南到墨脱县巴昔卡村,全长504.6千米,最深处6009米,平均深度2268米。无论长度还是深度,都超过了曾被列为世界之最的美国科罗拉多大峡谷(长370千米,深2133米)和秘鲁科尔卡大峡谷(长90千米,深3203米)。雅鲁藏布大峡谷成为名副其实的世界第一大峡谷。1998年,国务院正式批准大峡谷的名字为雅鲁藏布大峡谷。

出发赴西藏前,我了解旅游线路,听取旅游公司介绍,才知道世界第一大峡谷的趣闻。此前,我对世界第一大峡谷一无所知,只知道有雅鲁藏布江,从没听说过雅鲁藏布大峡谷。自从雅鲁藏布大峡谷戴上世界第一的桂冠,游览世界第一大峡谷,就成为旅游公司的一个重要卖点和招牌。自然,也成为赴西藏旅游的各位游客的必选景点。我们当然不能错过。

所以,在林芝休整一夜后,第二天即按照旅行计划,前去观赏世界第一大峡谷——雅鲁藏布大峡谷。

凌晨,不到5点就出发了,离天亮还早,林芝的大街上路灯照着,灯火通明,出了林芝市区,外面一片漆黑。大家睡眠严重不足,都打起瞌睡来。外面什么样,我一点儿也不知道,只感觉路况不是很好,汽车颠簸得挺厉害。

正迷迷糊糊睡着,车停了,导游说,到了,下车吧。睁开眼一看,天已经亮了。我们排队购票,依次进入景区。景区的班车把我们送往景点。景区的班车与我们乘坐的旅游大巴一样,也在执行旅游部门的规定,每辆车载乘客不超过19人,加上司机不超过20人。我们咨询过导游与司机,为什么要这样规定?得到了答复是为了安全。车辆载客多了,容易发生交通事故。西藏多山,到处是山谷,一旦发生事故,就会车毁人亡。

我们排队坐上班车,向景区内部驶去。坐在车上,望向车外,发现公路悬在半山腰,雅鲁藏布江在群山之间的山谷中流淌。对面山上,白云缭绕在半山腰,山脚是茂密的树林,山顶被厚厚的云层遮住。我们行驶的道路两侧都是茂密的树林,一条长长的带状白云飘浮在前面不远处的树林上空,离我们非常近,好像走上几十步就能抓到,山顶也覆盖着厚厚的白云。雅鲁藏布大峡谷上空洋溢着一丝神秘。

我们到了此行的主要目的地——雅鲁藏布大峡谷。

其实,我们刚才已经行走在雅鲁藏布大峡谷中多时了。雅鲁藏布大峡谷不是指的某一段、某一个拐弯处,而是许许多多转弯处组合而成的整个峡谷。游客们纷纷前来,就是冲着“世界第一”来的。

汽车沿着盘山路下行。前面下方出现了一大片谷地。这在雅鲁藏布大峡谷是不多见的。峡谷之称,就是因为处于高山之间的山谷狭窄而得来的。所以,峡谷中出现一大片谷地很少见。在漫山遍野的绿色中,出现了几十所蓝色、红色屋顶的房子,夺人眼球。这些房子就坐落在谷地上。汽车连续拐了几个180度大转弯,快速地向谷底进发。经过这片谷地时,我看到十几所藏式风格建筑,刚才在上面看到的就是这些房子的房顶。一些牦牛在绿树掩映中或隐或现。

我们到达谷底,来到观景台。“雅鲁藏布大峡谷”七个红色的大字镌刻在一块巨石上,矗立在观景台一旁。旁边简单介绍了大峡谷的长度、高度等内容。雅鲁藏布江就在我们脚下十几米远的地方。刚才看雅鲁藏布江,我们处在半山腰,距离比较远,现在看雅鲁藏布江,是站在谷底,距离非常近。

我是第一次来雅鲁藏布江,也是第一次近距离观看雅鲁藏布江。江水从前方的山脚下拐弯流来,急速直下。江面很宽,水流湍急。江中有许多礁石或露出水面,或隐于水面之下,湍急的水流击打在这些礁石上,溅出片片浪花,发出轰轰的声响。下面不远处,水流随着峡谷的转向又拐弯流去。江边布满了大大小小、形状各异的石头,长时间水流的冲刷,使这些石头变得光滑圆润。江水绕过的山脚下,覆盖着各式各样的树木。

来到此处的游客很多,听口音,全国各地都有。许多人带着长枪短炮,不失时机地拍照、摄影。更多的游客走近江面,争相目睹雅鲁藏布江的风采。

这一景点是雅鲁藏布江的一个窗口,也是大峡谷的一个窗口。开发的景点面积不大,正好在雅鲁藏布江的大拐弯处。我们虽然已经领略了雅鲁藏布江和大峡谷的旖旎风光,却感到不尽如人意。为什么? 因为我们只看到了几百米最多几千米的江面和峡谷,根本感觉不到"世界第一"的宏大气度和雄伟景象——长500公里,深2000多米,我们感受不到。

观看完雅鲁藏布江和大峡谷,正要离开时,林芝地区最高的山峰——南迦巴瓦峰开始露脸了。南面群山上方出现了几个山峰相连的白色雪山,在阳光的照耀下,显得格外圣洁美丽。南迦巴瓦峰是喜马拉雅山的东端,海拔7782米,它是迄今为止人类尚未征服的高峰之一。

我们继续游览,来到下一个景点直白村。没看到村庄的样子,却看到刻有"南迦巴瓦峰"红色大字的巨石。这座美丽的雪山仍然笼罩在白云下方。

此行的景点已经全部结束,我们开始返回。有人惊呼,"主峰出来了"。我们不约而同地扭头观看,南迦巴瓦峰的七个主峰全部露出来了。雪山连成一片,非常干净洁白。有位游客说:"司机师傅,请停几分钟,我们拍一下照。有的人等了好长时间,等不到七个主峰同时出现,我们碰上了,运气真好。"司机师傅善解人意地停下车,大家快速地按动快门,拍下这难得一见的美景。七个主峰,就像一位白衣少女,仰面躺着,微笑面对着苍穹。

吃完午饭,我们向另一个景点——南伊沟进发。汽车行驶在半山腰的公路上,两边的景色尽收眼底。早晨天黑没看到的景色,现在可以看到了。雅鲁藏布江在峡谷中流淌。但是,这时看到的与刚才在大峡谷观景台看到的不一样。雅鲁藏布江江面很宽,但水流看起来并不湍急,很是平缓,江面上很平静,没有礁石挺立,也没有溅起的浪花。这是雅鲁藏布江,这也是雅鲁藏布大峡谷。

雅鲁藏布大峡谷之所以被誉为世界第一大峡谷,就在于她的形态多样的美景,就在于她的变化多端的气候,就在于她的无与伦比的长度,就在于她的高耸入云的落差。如果能尽可能完整地看到这些,感受到这些,该多么幸运。可是非常遗憾,我们只看到其中的一小段,太少了。世界第一大峡谷,还有待于进一步开发。

2015年7月

手　诊

　　手诊是什么？我以前听过一耳朵，知道有这么回事，但没有深入了解过，也从没有亲身体验过。这次去西藏，在游览西藏第三大圣湖——羊卓雍错的路上，我遇到了手诊诊断疾病。

　　所谓手诊，是指通过人手的纹路形态、变化、规律等方式，对人体器官的演变作出推理的一种疾病诊断方法。西医有视、触、叩、听，中医有望、闻、问、切。其中，视、望都是第一位的，《黄帝内经》云"望而知之谓之神"。手诊就是对手部的望诊。

　　手诊不仅是中医的重要诊断方法，也是藏族、蒙古族、维吾尔族等民族医学诊断的常用方法。尤其是在藏医学中，手诊更是核心诊断手段之一。

　　那天，汽车驶出拉萨市区，上了高速公路。导游说，这是机场高速，西藏唯一的一条已经通车的高速公路，长38.5公里。目前，林芝到拉萨的高速公路正在修建。坐在车上观望，可以看到缓缓流淌的拉萨河，与公路一个方向向前延伸，滋养着广阔的河谷。拉萨河谷中林木茂盛，种着大片大片的青稞。但是，河两岸的山上却不见一点绿色，只看到裸露的岩石和长长的枯草。

　　汽车走出几十公里，我们来到西藏自治区净土健康产业示范区参观。到这里来的行程，并没有安排在我们的旅游日程中，应该是旅游公司与这个示范园区达成的协议。在到达这里之前，我们这些游客一点儿也不知道，只知道今天要去参观羊卓雍错。没想到，临时增加了一个项目。既来之，则安之。人家这么热情地带我们来这里参观，我们怎么能拒绝人家的一番盛情呢。

　　我们下了车，走进产业园区。工作人员邀请我们一行人乘坐观光车,前往产业园区里面参观。工作人员边开车边介绍。他说,这里种植的都是药材,是为藏药企业提供原材料的。我们早就听说过藏药的奇特功效,想不到,今天能够亲眼看见藏药的生长培育,内心感到非常惊喜。只是,当我们乘坐观光车游览一圈后,感到有些失望。这里的药材都是露天种植的,由于受到高原气候的影响,药材生长非常缓慢。我们是看到了一些药材,但有些药材长得不旺,已被杂草吞没了,而且园区不是很大,种的药材不是很多。我心里产生一个疑问,就凭这点面积、这些产量,怎么能够满足药品企业生产的需要呢?别说那么多的藏药企业,就是一两家,恐怕也不够。

在游览过程中,我们路过一片玫瑰。地里的玫瑰开了花,几位年轻人去摘了几朵。回到车上,大家兴高采烈地互相传递着这几朵美丽的花朵,凑上去闻花的香味。花香浓郁,浓得有些刺鼻,让各位游客连连打喷嚏。

回到园区办公室,一位藏族小伙子把我们迎接进一间会客室,热情地给我们端茶倒水,然后给我们介绍起了藏药。目前,我国有藏药3000种左右,其中,野生植物药材有千种以上,包括冬虫夏草、贝母、三七、天麻、灵芝等畅销国内外的名贵药材,还包括红豆杉、鬼臼、八角莲、软紫草、纤细雀梅藤、野百合等抗癌药材。介绍完藏药,他又绘声绘色地谈论起佛学,有板有眼地讲解藏医,诙谐幽默,谈吐生动,激起了游客们的浓厚兴趣。大家都说,这位小伙子真优秀。我明显感到,人们对这位小伙子的兴趣甚至超过了对藏医藏药的兴趣。

看到大家聚精会神地听,小伙子话题一转,告诉大家,有医学院的学生正在这里坐诊,通过手诊就可诊断出疾病,他们可以免费为每一位游客进行诊断。

于是,我们被引入另一间屋子,屋内有六处诊室。引导人员把我们这一行人分成六组,每组去一个诊室。我们这一组三个人,被安排到最后一间。开门进入室内,一位留着小山羊胡子的年轻大夫正在等着我们。我走过去坐在他面前，他让我伸开手掌，若有所思地看了看，说："你血液稠，血脂高，要多运动。你打呼噜，易引起呼吸暂停，很危险。回去到医院看看。"然后，他问我他说的对不对，我点点头。另一位游客过来，年轻大夫说的情况与我差不多。我与这位游客有一个共同的特点就是肥胖。经大夫这么一说，我们吓坏了。想不到我们的病情严重到这个地步，应该抓紧吃药治疗啊。最后，这位大夫说，这里的药品非常好，纯天然，无公害，药效高，你们可以买一些带回去，保证你们用后效果很好。我们连连点头，连说"好好好"。

从诊室出来往前走，进入一间卖藏药的屋子。我记着刚才大夫说的话，想买点药带回去。可是，一看价格，非常昂贵，动辄上千元，就舍不得了。跟我一样，其他人也是问来问去，看来看去，大部分人都舍不得买。只有一位同行的哥们儿出手买了几千元的药品。

出来后，我们互相询问手诊的情况。一位哥们儿说，刚才给他看病的大夫说得挺严重，回去后一定到医院好好看看。我问几位游客买药没有？几位异口同声地，"没买，等回到北京到医院去买"。我说，"我也是这样想的"。

2015年7月

银镯子

　　家里有一个银镯子,雕刻着精美的藏红花图案。当然,镯子是银白色的,不是淡蓝色,也不是红紫色。镯子的内侧刻着女儿的名字和购买时间。这个镯子,是我与女儿去西藏旅游时买下的。如今,成了我们西藏之行的永久纪念。每当看到它,我就想起我与女儿西藏之行的点点滴滴。

　　当时,我们从林芝返回拉萨。初到拉萨时,我高原反应非常严重,头疼得厉害,根本睡不着觉。幸亏我们的旅游计划是先到林芝看大峡谷和林海,然后返回拉萨,再游览布达拉宫和大昭寺等。旅游公司这样安排,应该是从游客高原反应的实际情况出发的。其他的大部分游客大概也像我一样,到拉萨后反应非常严重,先到林芝去适应一下,再回来慢慢游览。要不然,在拉萨头疼得难以忍受,喘不过气来,怎么有心情游览呢?

　　林芝的植被好,海拔也不高,没有高原反应,我的头一点也不疼。虽然晚上睡得不早,但还是睡了个好觉,挺解乏。

　　那天早晨,沿川藏线原路返回拉萨。8点左右,到达林芝市一个叫武巴的村庄,导游安排我们参观藏族民居,了解藏族的风俗文化。接待我们一行的是一位身着藏族服装、面色白净的藏族妇女,45岁,能讲一口流利的普通话。她把我们带到她家中,请我们喝酥油茶,品尝青稞饼,给我们介绍藏族的风俗文化。

　　这位妇女首先作了自我介绍,她是村里的文化代表,负责向来自全国各地的朋友们宣传藏族的风俗文化。接着,她介绍了她们村的生活状况、发展变化及风俗文化。

　　她说,他们村家家户户现在住的房子宽敞明亮,是国家出钱帮助他们盖的,自己只出了一小部分,能住上这样的房子,要感谢政府,感谢共产党。各家的收入来源有三部分,一是养的牦牛,二是种的青稞,三是上山采挖虫草。她家有四十多头牦牛,牧场在山的那一边。牦牛是散养的,一个多月去看一次。我粗略算了一下,一头牦牛价值一万多元,四十多头牦牛就是五十万。一年卖上七八头,就近10万。这个收入,在东部地区也是比较高的。牦牛每年生产小牛,小牛慢慢长大,虽然生长得慢,也可以实现可持续生产。

她接着说,他们这里原先是西藏的流放地,村里的老人曾是农奴,是毛主席这个大恩人把他们解放了。她阿爸一说起这事,心情依然非常激动。他们有自己的信仰,信仰佛教。好多人不理解,他们为什么把自己的钱都捐给寺庙?她说,这是为了祈福,祈求佛祖保佑家人健康平安,还为了来世。

最后,她说,他们这里许多人会手工艺,打造银器。银器不仅是精美的工艺品,而且能驱寒排毒。大家可以跟着去看一看,买不买自愿。

我们跟着她去了工艺品市场。市场内热闹非凡,来自全国各地的游客汇聚在这里,许多游客在挑选各种各样的工艺品。我们看中了那个雕刻着藏红花的银镯子,非常精美,女儿爱不释手。我询问了一下价格,银器每克23块多,这个镯子900多元。既然看中了,就买下来吧。付完款,我们到旁边的刻字机器那里,请一位藏族师傅帮忙刻上女儿的姓名和购买的时间,为此还排了好长时间的队。

我坐在拉萨的宾馆里,想了想白天的事情。我明显感觉到,那里藏民的市场经济意识已经非常强,学会了做生意。

现在,我捧着这个银镯子,回想着在西藏的一幕幕,一种别样的感觉涌上心头。不知道那个村庄现在怎么样了?不知道那位文化代表生意做得怎么样了?这是川藏公路上的一个村庄,那些离着公路比较远的村庄,是不是也接受了市场经济的意识呢?

离开西藏很久了,我还是忘不掉这次旅行。

2015年7月

神秘的布达拉宫

一

布达拉宫是雪域高原的明珠,藏传佛教的圣地,建筑艺术的瑰宝。从某种程度上说,也是西藏的象征。到西藏旅游,布达拉宫是必去的,如果不去布达拉宫,西藏就白来了。

按照旅游计划,导游带我们参观布达拉宫。下午1点半,我们来到布达拉宫广场,观看布达拉宫外景。布达拉宫建在拉萨河谷的一座名为红山的小山上,群楼重叠,气势雄伟,是藏式古建筑的杰出代表,中华民族古建筑的精华之作。主要建筑由白宫、红宫、雪城、林卡等组成。平常所说的布达拉宫,指的是白宫和红宫两部分,白宫在下,红宫在上。宫殿高200余米,外观13层,内为9层。布达拉宫顶层正中飘扬着五星红旗。我们所在的布达拉宫广场,是世界上海拔最高的城市广场,广场上修建着西藏和平解放纪念碑。宫墙内的山前部分叫作"雪城",是原西藏地方政府噶厦的办事机构,有法院、印经院、藏军司令部、马厩、仓库、监狱等。宫墙内的山后部分叫作"林卡",是布达拉宫的后花园,以龙王潭为中心。所谓龙王潭,是重建布达拉宫时在此取土形成的深潭,潭中建造琉璃亭供龙王像而得名。

二

布达拉宫是吐蕃王朝赞普松赞干布于公元7世纪中叶修建。关于修建的缘由有两种说法:一种说法是松赞干布为巩固政权、抵御侵略、加强对西藏的统治,将王朝从山南泽当一带迁至拉萨,在拉萨红山上建造了红山宫,名为颇章玛尔布赤子,意思是红山上的宫殿。这就是布达拉宫最早的称谓。另一种说法是,松赞干布为迎娶大唐的文成公主而兴建。建成时有999间,加山上修行室共1000间。两百多年后,随着吐蕃王朝的消亡,布达拉宫毁于战乱、雷击和失火,只剩下圣观音殿、法王洞两间房屋。

17世纪初,西藏发生战乱。噶玛噶举派的藏巴汗政权打败新兴教派格鲁派组成的联军,攻占拉萨,统治西藏,取缔达赖和班禅封号。1634年,西藏格鲁派摄政者索南群培和五世达赖、四世班禅共同致信和硕特部首领固始汗,请求其出兵救援。固始汗于1642年攻占日喀则,消灭西藏噶玛噶举派的藏巴汗政权,确立了格鲁派诸领袖在西藏的政治地位。

五世达赖的经师贡觉群培说,要想长治久安,须在红山重建布达拉宫才行,因为该地是藏地最伟大赞普松赞干布的王宫遗址。为巩固当时青藏高原的王国和硕特汗国及其下属达赖系统政教合一的政府,1645年,固始汗和格鲁派摄政者索南群培决定重建布达拉宫。在五世达赖喇嘛阿旺·罗桑嘉措总领下,摄政王第悉·桑杰嘉措作主持,五世达赖喇嘛总管第巴·索朗绕登作主管开始修建,并得到清朝顺治皇帝的认可。历时三年建成白宫。重建后的宫殿就称为布达拉宫,意思是观音菩萨居住的宫殿。因为布宫所在的小山犹如观音菩萨居住的普陀山,普陀用藏语表述即为布达拉。重建后,布达拉宫成为历代达赖喇嘛冬宫居所和重大宗教、政治仪式举办地。

1682年,五世达赖喇嘛圆寂,其弟子第悉·桑杰嘉措密不发丧15年,于1690年继续修建布达拉宫,历时三年建成红宫,主要建筑物之一就是五世达赖喇嘛的灵塔。1696年康熙皇帝得知消息后,下诏严厉斥责第悉·桑杰嘉措。桑杰嘉措失去清政府的支持,在与固始汗的曾孙拉藏汗的战争中战败,被杀害。

此后三百多年,布达拉宫不断得到扩建,先后修建了历代达赖喇嘛的灵塔、东日光殿和部分附属建筑,形成了现在的规模。

三

　　我们在导游的率领下，来到布达拉宫东门外。东门不大，就像一般民居的大门大小。3点左右，导游把我们交给专门在布达拉宫从事旅游服务的一位女导游，由她带我们进入布达拉宫院内。太阳热热地晒着。我们不一会儿就出汗了。大家不顾天气炎热，纷纷拿出相机，抢拍布达拉宫的美景。如此近距离的参观布达拉宫，机会不多，对我与女儿来说，这是第一次，而且在未来的数年内，我们也很难有机会再来。所以，这次一定要看仔细些，不要留下太多遗憾。

　　布达拉宫院内种的花正五颜六色地开着，争奇斗艳。我们边欣赏花儿，边向前走。导游带我们参观了布达拉宫珍宝馆后，开始在宫殿外排队。太阳炙烤着大地。我们站在烈日下，一步一步地向前移。检完票，进入另一层院内，开始爬山。布宫海拔3750米，每上一步台阶都很困难。我们慢慢向上爬，不多会儿，就已经气喘吁吁了。高原缺氧，不能快走，连续爬了四段台阶后，终于来到殿堂门口。这四段台阶，我们每爬一段，就休息一阵子，大家体力吃不消。进入殿堂，轻松了许多。宫殿是土木结构建筑，地面是阿嘎土制成，像水磨大理石一样漂亮，散热功能非常好。墙壁3米多厚，最厚处达7米。与外面的炎热不同，布达拉宫内部非常凉爽。

　　首先进入白宫。白宫高七层，是达赖喇嘛的冬宫，也曾是西藏原地方政府的办事机构所在地，因外墙为白色而得名。白宫最顶层是寝宫，名为日光殿，分东西两部分。西日光殿（尼悦索朗列吉）位于白宫顶层西面，坐北朝南，采光面积很大，是起居生活和从事政治、宗教活动的主要场所。第四层是白宫最大的殿宇——东大殿（措钦厦），内设达赖宝座，上悬同治皇帝书写的匾额"振锡绥疆"。达赖坐床典礼、亲政典礼等重大活动在此举行。第五层和第六层是生活和办公用房等。

　　红宫位于布宫的中央位置，外墙为红色，其最主要建筑是历代达赖喇嘛的灵塔殿。这些灵塔虽大小不一，但形式相同，均由塔顶、塔瓶和塔座组成,都以金皮包裹、宝玉镶嵌。其中五世达赖的灵塔高达 14.85 米,共花费白银 104 万两,黄金 11 万两,珍珠、玛瑙、宝石等 15000 多颗,最为珍贵的是镶嵌在塔门下第四层塔阶中央的那颗大象脑髓中生成的明珠。灵塔殿的享堂西大殿(措钦鲁)是红宫中最大的殿堂,殿内悬挂乾隆皇帝御笔亲书的"涌莲初地"匾额,下置达赖宝座,有壁画 698 幅。东北角的 15 组壁画讲述了五世达赖喇嘛 l652 年赴京觐见清顺治帝的全过程。十三世达赖的灵塔高达 14 米,用去了黄金 1.9 万两。灵塔殿内供奉着一尊银造十三世达赖像、一座用 20 万颗珍珠、珊瑚珠编成的法物——曼扎。

红宫中的法王殿和圣者殿相传是吐蕃时期唯一遗留下来的两座建筑。法王殿位于布达拉宫中央,下面就是红山的山尖。据说松赞干布曾在此静修。现供奉着松赞干布、文成公主、尺尊公主以及大臣们的塑像,是藏汉和谐相处的历史见证。圣者殿里供奉着一尊由檀香木天然形成的圣观音像,是布达拉宫的镇宫之宝。相传此圣观音像是松赞干布从尼泊尔迎请的。

红宫西大殿北侧的冲绕拉康殿内供奉一尊纯金释迦牟尼像、一世至五世达赖喇嘛塑像、十一世达赖喇嘛灵塔等。红宫西大殿东侧的菩提道次第殿,有格鲁派创始人宗喀巴的银质塑像。红宫的屋顶平台上布满各个灵塔殿的金顶,金光灿灿,非常耀眼。

四

布达拉宫内共收藏了几十万件珍宝文物。布达拉宫珍宝馆,在进入白宫之前,我们就已经参观过。珍宝馆是一座现代化的博物馆,占地面积为 2500 平方米,展览的文字及实物说明一律采用藏、汉、英三种文字。博物馆是典型的藏式建筑风格,与周围古建筑相协调,非常古雅精致。前后历时 9 年建成,2009 年开放。馆内收藏了大量珍宝文物,令我们大开眼界。

除了珍宝馆中收藏的以外,其他珍宝文物都散落在白宫与红宫的各个殿堂中。

这些珍宝文物主要有各式唐卡近万幅，各类金质、银质、玉石、木雕、泥塑佛像数以万计，2500余平方米壁画，近千座佛塔和灵塔，金汁书写的藏文《大藏经》(《甘珠尔》《丹珠尔》)，贝叶经《时轮注疏》，释迦牟尼指骨舍利，明清两代皇帝封赐达赖喇嘛的金册、金印、玉印，各界赠送的印鉴、礼品、匾额和经卷等。这些文物绚丽多彩、价值连城。其中，圣者殿里的天然形成的檀香木圣观音最为珍贵，与五世达赖喇嘛灵塔一起，被称为布达拉宫镇宫之宝。前面已经介绍过，这里不再重复。

参观过程中，我们不禁惊诧于旧时西藏上层的富有与豪华了。那么多珍宝，西藏该有多富饶啊。布达拉宫就像用金子银子堆起来的一座宫殿。制作灵塔的黄金不是按克计算，而是按公斤或者吨来计算。

我禁不住想，如果那时的西藏上层能够把这些钱，哪怕是其中的一部分，用于发展经济，改善民生，造福社会，该有多好啊！

五

在参观过程中，我注意到，六世达赖喇嘛仓央嘉措是比较特别的一位。

仓央嘉措1683年出生于西藏门隅一户农民家庭。五世达赖喇嘛圆寂后，其亲信弟子第悉·桑杰嘉措多年秘不发丧。在此期间寻得转世灵童，即仓央嘉措。1696年，康熙皇帝得知五世达赖已去世多年，十分愤怒，致书严厉责问桑杰嘉措。桑杰嘉措在向康熙承认错误后，于第二年迎请转世灵童至拉萨，途径朗卡孜宗时，拜五世班禅洛桑益西为师，取法名。同年在布达拉宫举行坐床典礼。

仓央嘉措14岁被接来拉萨后，博览群书，终日苦学，时常化装出游民间。他不仅没有用教规约束自己，还写下了许多脍炙人口、流芳百世的情诗，描写了男女爱情的忠贞、欢乐、哀怨。他是西藏地区最具代表性的民歌诗人。

有的藏传佛教高僧对他评价很高，认为六世达赖以世间法让俗人看到了出世法中广大的精神世界。他的诗歌感动人的心灵。他用最真诚的慈悲让俗人感受到了佛法并不是高不可及，他的特立独行让人们领受到了真正的教义！正因为此，仓央嘉措在藏传佛教中一直被奉为六世达赖。

我们从其作品《那一天》中，可以窥见一斑：

那一天，我闭目在经殿的香雾中，蓦然听见你颂经中的真言；
那一月，我摇动所有的经筒，不为超度，只为触摸你的指尖；
那一年，磕长头匍匐在山路，不为觐见，只为贴着你的温暖；
那一世，转山转水转佛塔，不为修来世，只为途中与你相见；
那一月，我轻转过所有经筒，不为超度，只为触摸你的指纹；
那一年，我磕长头拥抱尘埃，不为朝佛，只为贴着你的温暖；
那一世，我细翻遍十万大山，不为修来世，只为路中能与你相遇；
只是，就在那一夜，我忘却了所有，抛却了信仰，舍弃了轮回，
只为，那曾在佛前哭泣的玫瑰，早已失去旧日的光泽。

六

我们是今天最后一批游客，工作人员在后面一直催我们快走。布达拉宫里面的楼梯非常狭窄，而且很陡，下楼梯非常困难，一步一步小心翼翼。我数了数楼梯，是双数，12级。布达拉宫内的大多数房间面积不算大，房顶也不算高，墙壁上的壁画，已经比较陈旧。

从布达拉宫后门出来，大家累得不行，坐下休息一会儿。我与女儿取了背包，没有乘车返回宾馆，而是留下来看布达拉宫的夜景。我们先去邮局，把盖了西藏印章的明信片寄回家。这时，天下起雨来。

吃完晚饭，雨停了，我们去布达拉宫南广场。9点，灯光准时亮

起来。布达拉宫在灯光照射下,看起来非常美丽。白色显得愈发洁白,红色显得愈发鲜艳。远远望去,就像是一幅油画。

布达拉宫很美,是一种很有特色的美。

2015年7月

高原归途

西藏的旅游顺利结束了,载着满满的收获,我们踏上了归途。旅游公司派大巴送我们去拉萨贡嘎机场。旅游公司早在一周前就已经给我们订好了返程机票,经西安返回北京。

我们办理完乘机手续、托运完行李后,利用在机场等候飞机的时间,去机场的商店买了点东西。牦牛肉的价格不比市内贵多少,我们买了两袋,还买了两个尼泊尔产的羊皮包,天珠的价格比我们在市区看到的还便宜。

贡嘎机场不大,但旅客很多。我们早早地就开始排队,排了近一个小时后,过了安检进入候机大厅。大厅的座位都已坐满了人,我们只能站着等。好在飞机11点35分起飞,等候的时间不算长。当快到起飞时间时,机场广播里说,因交通管制,飞机晚点,请大家耐心等候。我们只好继续等。好在等候的时间不长,快到中午12点时,终于开始登机了。12点半后,飞机起飞,离开拉萨,飞往西安,再转机飞回北京。

我透过飞机的舷窗俯瞰拉萨,俯瞰青藏高原,辨认布达拉宫,辨认那曲草原,遥望雅鲁藏布大峡谷,遥望羊卓雍错。我闭上眼睛,回想这七八天来的所到、所观、所感、所思,心中充满无限留恋。再会,布达拉宫、大昭寺!再会,青藏高原,这片美丽的国土,这片如画的江山!

下午3点左右,飞机抵达西安咸阳机场。旅游公司预订的航班是晚上的,起飞时间是晚上9点一刻,我们要在机场等候6个多小时。同行的几位出机场会见朋友去了。我与女儿没有出机场,一直在候机大厅中等着。

走

远

为了打发这段时间,我们选择去书店看书。书店不大,也没有座位。我找了几本书,一页页地读起来。虽然6个小时的时间不短,但是,用来读书却不长。时间过得很快,转眼到了吃晚饭的时候。

去咨询台领了两张餐券,到餐厅吃饭。餐厅服务员说,每张餐券抵20元。拿过菜单看了看,价格好贵,一碗牛肉面加一个肉夹馍89元。89元就89元吧,然而个人感觉味道很不好。

饭后,正在等待登机,大约6点多钟,突然外面降下大雨。雨点拍击着候机大厅的顶部,哗哗作响。一开始觉得,夏天的雨来得快,走得也快,一会儿就停了,可没想到这雨却不紧不慢地下起来了,不见停的迹象,而且雨量还不小。这下坏了,飞机肯定要晚点。我们变得着急起来。果然,机场电子显示牌发出通知,各个班机都已晚点,登机时间另行通知。

我们乘坐的班机预定在H19登机口登机。来到登机口时,附近的座位上挤满了乘客。我们在一旁静静地等着,好不容易等到一位乘客离开,我让女儿赶紧坐下歇一歇。我去登机口服务台咨询飞机起飞的事,服务人员告诉我:"飞机因天气原因,备降太原,什么时候飞来西安,要看天气。"

大家都很着急,来询问的人一个接一个。服务人员不急不躁地回答着心急火燎的旅客。大家的想法出奇地一致,天气炎热,盼望着下雨;要飞回北京,又盼望着雨赶紧停。左也不是,右也不是。但是,再着急也没有办法,只能看老天爷的脸色。

候机大厅内笼罩着急躁的气氛,外面的雨不知道什么时候停,有些人已经打算在这里过夜了。更多的人希望雨早点停,今天晚上能及时返回。

晚上10点左右,雨渐渐停了。机场广播中说,由西安飞北京的班机将于11点10分到达西安,周围的旅客一下子兴奋起来,疲倦的面容上露出一丝丝笑意,沉闷的候机大厅恢复了生气。这时,我特别同情那些要到其他地方的候机旅客,他们仍在无望地等候着。

前来询问的旅客已经很少。人们已经不在乎时间的早晚，反正，今晚肯定能飞回去。不久，服务人员告诉我们，飞机已经到了。终于，到11点40分的时候，我们改在H18登机口开始登机。这时，附近的其他登机口也热闹起来，各地的飞机也纷纷来到，连夜飞行。

登上飞机后，飞机没有马上起飞。我们已经等了这么长时间了，不在乎再多等一段时间。

坐在飞机上继续等。大家都困得不行，坐在座位上迷迷糊糊的。过了好长时间，飞机终于起飞了，这时已经凌晨1点多了。

我正迷糊地睡着，乘务员说，已经快要降落了。看看表，正好凌晨2点半。飞机平稳降落后，下飞机取行李，然后到出租车场等出租车。晚上的旅客毕竟少，排队等了半个多小时，就坐上了出租车，到家时正好凌晨4点。

想想这一路，总是在不断地等。时间都去哪儿了，时间都在等候中溜走了。青藏高原之旅愉快而又新奇，高原归途却一波三折，忒折磨人。

2015年7月

颐和园的秋天

一

虽然已经在北京工作生活十几年了,我还没有完整地游览过颐和园。只是在前几年,进过颐和园南门,看过荷花,观过古亭,但没有一睹昆明湖的全貌,没有足登万寿山的山顶。

今年中秋节放假,我们一家人去颐和园游玩。天公有点不作美,灰沉沉的,雾霾挺严重,但我们已经习以为常了。

乘地铁出北宫门站,步行一公里左右,就到达了颐和园北门。我排队买票。门票30元,通票60元。所谓通票,指除了门票以外,还包括园内四个景点的票。景区内再设景点,另外售票,已是司空见惯的。

进入颐和园。虽然我们大致知道一些颐和园的情况,但对具体景点却不了解,买一张地图势在必行。在万寿山西侧有一个书店,这里有两种地图,一种是按标准的比例制作的地图,一种是手绘的地图。女儿说,手绘的地图好一些,里面的景点写得全,于是我花了十块钱买了一张手绘地图。这张地图虽然景点写得全,但比例严重失调。为了能留下充足空间写下这么多景点,把昆明湖的比例大大压缩了,万寿山的这些景点占一半空间,昆明湖占一半空间。这明显与实际不符。

二

颐和园不是普通的公园,它的历史非常悠久,很有一番来头。

北京西北郊的西山余脉在东部平原形成两座小山岗——玉泉

山和万寿山。元代时,万寿山叫作瓮山,因为山的形状似瓮而得名。山的南面地势低洼,来自玉泉山的泉水积聚而成一个湖泊,名叫"瓮山泊",这就是昆明湖的前身。

公元1292年,元朝廷为了保证大运河漕运畅通,在昌平筑堰拦蓄泉水汇聚于瓮山泊,然后从瓮山泊往南开凿河道,从西直门北的水门入城,穿城而过后经通惠河注入通州的大运河。瓮山泊被改造成为具有调节水量作用的蓄水库。湖边建成了大承天护圣寺,寺后建了园林。此地逐渐成为北京西北郊一处风景游览地。

明代时,瓮山泊改称"西湖"。1427年,明代重修大承天护圣寺后改名为功德寺,明皇帝常在此驻跸。功德寺以及西湖一带的其他寺庙等号称"环湖十寺"。1494年,明神宗朱翊钧乳母助圣夫人罗氏出资在瓮山南坡的中央部位兴建了园静寺。西湖的绮丽风景,加上寺庙、园林的点缀,引得不少文人墨客到此游览。

1750年,清乾隆皇帝为庆祝皇太后六十寿辰,决定在瓮山圆静寺旧址上兴建大型佛寺"大报恩延寿寺",瓮山南麓沿湖一带的厅、堂、亭、树、廊、桥等园林建筑陆续破土动工,同时,对西湖进行了大规模疏浚。在西湖西边还开挖了高水湖和养水湖,用三湖作为蓄水库,保证宫廷园林和农田灌溉用水。同年三月十三日乾隆皇帝发布上谕,改瓮山之名为"万寿山",改西湖之名为"昆明湖"。据说,乾隆帝是根据汉武帝挖昆明池操练水军的典故,将西湖更名为昆明湖。1751年,将万寿山、昆明湖及园林建筑正式命名为"清漪园"。1764年,清漪园全部完工,前后历时15年,共用银四百多万两。道光年间为节约宫廷开支,一度撤去各殿宇内陈设、铺垫等。

1860年,英法联军攻进北京,咸丰皇帝仓皇逃往热河。英法联军大肆劫掠清漪园后,将这些园林全部焚毁。1886年,清廷以建设海军名义,开始重建清漪园。1888年二月,光绪皇帝颁布上谕:清漪园改名为"颐和园",重修工作正式启动。因为经费筹措困难,材料供应不足,最后放弃后山、后湖和昆明湖西岸,集中经营前山、宫廷区、西堤、南湖岛,并在昆明湖沿岸加筑宫墙。建园工程一直进行到1894年慈禧六十大寿前夕才大体完成,前后历时8年。1900年,八国联军攻入北京,颐和园被劫掠一空,遭到很大破坏。1902年,慈禧返回北京后,立即动用巨款修复。1904年,慈禧70岁生日时再度在颐和园举行"万寿庆典"。

1911年,辛亥革命推翻清王朝统治,建立民国。袁世凯与清廷签订《优待清室条件》,允许溥仪逊位后保持皇帝尊号,居住大内皇宫,颐和园仍由清室管理。1914年,颐和园作为溥仪的私产向社会开放,向游人售票。1924年,溥仪被逐出宫,颐和园收归国有。1928年,南京国民政府正式接收管理,辟为国家公园对外开放。

三

颐和园规模宏大,面积293公顷,主要由万寿山和昆明湖两部分组成,其中水面约占四分之三。昆明湖位于园的南部,万寿山位于昆明湖的北侧。

我们进的是颐和园的北门,迎面是万寿山的后山。山上建有一个寺庙建筑群。寺庙前面是一座汉白玉的石桥,石桥的下边是一条小河,河的两岸各有一排样式各异的小房子。这里单独售票,名曰"苏州街"。我不知道这里的苏州街和北三环的苏州街有什么关系。我们买的通票包括这个景点在内。我与女儿持票进入,沿石桥一旁的阶梯走到下面,沿河岸向前走。看了介绍才知道,原来的苏州街是繁荣的商业区,1860年英法联军入侵时,把苏州街烧毁了。光绪年间,在这里建了一个苏州街的缩影。我们沿着河岸边走边看。这里的所谓苏州街,就是在几十米长的河道两岸修了一些小房子,挂了一些往日的旧招牌,写着歪歪扭扭的店名。房子里空荡荡的,没有什么东西,也没几个人。河水浑中泛着绿意,几条小鱼在水中快速地游着。不知道为什么要修这么个苏州街?难道是要重现昔日的繁华?但是,就这么一条河汊子,旁边几十所破旧不堪的小房子,能重现昔日的繁荣吗？大概是为了让人们记住这段历史。这个苏州街，不像是往日苏州街的缩影，更像是往日苏州街的纪念碑。

我们返回石桥，继续向前。寺庙建筑群的正中前方是一座中式寺庙，称为须弥灵境。黄色的琉璃瓦，翘起的飞檐，彩色的屋椽，紫红色的墙壁，其风格与故宫的宫殿非常类似。这座寺庙的后面是藏式风格的寺庙，中间是香岩宗印之阁，四周是象征佛教世界的四大部洲——"南瞻部洲""北俱卢洲""东胜神洲"和"西牛贺洲"。墙面红白两色，与布达拉宫相仿，当然，比布达拉宫小多了。中式寺庙的门开着，我们随着人流进入观看，里面是大大小小的佛像。走到藏式寺庙门前，门都关着，只能在外面看看。我们沿着阶梯继续向上爬。虽然万寿山很矮，也就几十米高，但阶梯不少，爬了不多会儿，就出汗了。

来到山顶，这里有一座黄色琉璃瓦的小寺庙，称为智慧海。五扇紫红色的门关得严严的，外层全部用精美的黄、绿两色琉璃瓦装饰，上部用少量紫、蓝两色琉璃瓦盖顶，殿外壁面上镶嵌着千余尊黄色琉璃制成的琉璃佛。佛像不大，约三十厘米高。这一建筑没有使用一根木料，全部用石砖砌成，没有枋檩承重，所以称为无梁殿。

四

来万寿山上的游客很多，络绎不绝。我们很难找到一个没有人的时间和地方，拍一张没有人的风景照。跟着人流，慢慢地向西下山。山不大，走了不久，就到了水边。这里的水面仍是河道一样，窄窄的，不像湖面那样宽广。秋日的荷叶绿绿的，但荷花早就开过了，再也找不到一朵荷花，如果时间再晚些，荷叶也会枯了。河道旁边是宿云檐，里面供着关公像。我们看了看门口的介绍，就没向前走，而是回过头来向南走，来到"长廊"。

长廊位于万寿山南麓，面向昆明湖，北依万寿山，东起邀月门，西止石丈亭，全长728米，共273间，1992年被认定为世界上最长的长廊,列入"吉尼斯纪录"。廊上的枋梁上还绘有人物、山水、花鸟等各种彩画8000多幅,画中的人物画均取材于中国古典名著。

长廊西端湖边是一条带有西洋风格的大石船,称为清晏舫,俗称石舫,寓意是"海清河晏"。石舫的前身是明朝园静寺的放生台。乾隆时期修建清漪园时,改台为船,更名为"石舫"。船身用大理石雕刻而成,上面建有两层船楼。下雨时,落在船顶的雨水流过船身四角的空心柱,从船身下面的四个龙头排入湖中。

今天是节日的缘故吧,游人特别多。大家坐在长廊两侧的木凳上,有的吃东西,有的聊天,有的看手机,有的打扑克,有的干脆躺在上面休息。

五

我们行进在人群中,按地图的标识,来到佛香阁。

万寿山前山中轴线上建有以佛香阁为中心的一系列建筑。由南向北依次是排云门、二宫门、排云殿、德辉殿、佛香阁,直至山顶的智慧海,层层上升。

佛香阁位于万寿山南侧中央部位的山腰,坐北朝南,面向昆明湖,是一座八面四层四重檐的建筑,建在一个高21米的方形台基上。阁高41米,阁内有8根巨大铁梨木擎天柱。原阁于1860年被英法联军烧毁。1891年又重建此阁。阁最下面一层的门口两侧各有一对铜铸的龙与凤。龙与凤的外面用铁丝网罩着。时间久了,龙与凤的表面已经变成黑色,只有游人伸出手指能够摸得着的地方,露出铜色,闪闪发亮。四层建筑全是黄色的琉璃瓦,飞檐画椽。这是皇家建筑的标志。我们不怕疲劳,一口气爬到顶层,来到佛香阁,里面供奉着明万历年间铸造的千手千眼观音菩萨铜像。这里曾是清朝皇室烧香拜佛的地方。佛香阁的门口是个观景的好地方。站在这里,向前,向左,向右,视线不受阻挡。向北,即佛香阁的后面就是万寿山的南侧,向上一望,可以看到镶嵌有千座小佛像的寺庙——智慧海。山后的寺庙——须弥灵境，与佛香阁正好一个山北，一个山南，背对着。我站在佛香阁门口，凭栏眺望远方的景致。向西看去，一片苍茫，什么也看不到。虽然我知道西边的山不远，比如香山，但是，我还是什么也看不到，一点轮廓也没有。雾霾确实够严重的。向东望去，本来应该看到一排排的高楼大厦，可是，与西边一样，还是什么也看不到，一点影也没有。南面，是昆明湖广阔的水面。我能看到几百艘小船像小黑点一样在湖面上慢慢移动。湖的东西岸边有一排排黑黝黝的树。远方的树看不出绿色，只能看出黑色的轮廓。颐和园的湖光山色是很有名的。湖当然说的是昆明湖，山当然说的是万寿山。但是，现在看不到湖光了，湖还在，湖光没有了；也看不到山色了，山还在，山色看不清了。雾霾，让我们很无奈。

当我们俯视附近的建筑和树木时，可以看出黄色的琉璃瓦，绿色的松柏。看我们手中的地图，知道佛香阁西侧有一座铜亭，建在五方阁院中一座高4米的汉白玉石座上。该亭始建于乾隆年间，高7.5米，重207吨，四面有菱花扇。东、南、西三面有四扇格扇门，北面是八扇格扇窗。我注目观看，铜亭还是清晰可见，非常美观，只是亭子呈黑色，看不出是铜制的。

六

离开佛香阁，沿长廊向前。地图上标有一个景点叫画中游。听名字，应该不错。我们按指示牌爬了一段山路，来到画中游外面。可惜的是，门口立着一块告示牌，上面写着画中游正在维修，暂停对外开放。

我们原路返回，向前走到德和园。院中有一个三层高的大戏楼，非常气派。这个大戏楼，与承德避暑山庄的清音阁、紫禁城内的畅音阁，合称清代三大戏台，是庆祝慈禧60岁生日时修建的，高21米，仅次于佛香阁。戏楼顶板上有七个"天井"，地板下有"地井"。底层戏台上摆着一幅编钟，两旁立着"出将""入相"两个牌子。对面是看台和休息室。站在这里,闭目遐想,可以想象当年戏台的繁华与皇家听戏的氛围,可以想象慈禧太后与清朝贵族端坐在看台上的情景。

再向前,就到了文昌院。文昌院博物馆是中国古典园林中规模最大、品级最高的文物陈列馆,里面陈列着玉器、青铜器、瓷器等诸多珍宝。我对文物是外行,对玉器更是外行,看不出门道,只知道挺贵重而已,走马观花看一圈,就出来了。

七

我们走到了东宫门,即颐和园的东门。六扇紫红色大门上嵌着整齐的黄色门钉,中间檐下挂着金字大匾,上书光绪皇帝御笔亲题的"颐和园"三个大字。门楣檐下用油彩描绘着绚丽图案。门前御道上有块云龙石,雕刻着二龙戏珠,相传这块石头是从圆明园废墟中搬移来的。

东宫门里面就是仁寿殿。颐和园为清漪园时,仁寿殿原名勤政殿。这里是乾隆与光绪时期皇帝临朝理政的场所。仁寿殿后面有三座大型四合院,名为乐寿堂、玉澜堂和宜芸馆,曾是慈禧、光绪和后妃们居住的地方。

1898年6月11日,光绪皇帝宣布实行变法。之后,光绪皇帝曾在颐和园12次召见维新派人士,筹划变法事宜。9月21日,慈禧太后发动政变,囚禁光绪帝,逮捕杀害维新派人士。戊戌变法失败,光绪被长期幽禁在玉澜堂。

我们从仁寿殿走到玉澜堂,凭吊当年的光绪皇帝。这位年轻的皇帝,当年应该非常郁闷、非常无奈吧。我们从仁寿殿到玉澜堂,用不了几分钟,可是,他却不能走出玉澜堂半步。

八

我知道,昆明湖中有座十七孔桥,位于东堤和南湖岛之间,用以连接堤岛。湖中还有一道自西北向南延伸的长堤——西堤,与其他几条支堤把湖面划分为三个水域,每个水域各有一个湖心岛,象征着古老传说中的东海三神山——蓬莱、方丈、瀛洲。西堤及堤上的六座桥是模仿杭州西湖的苏堤和苏堤六桥而建的。但是,时间不够了,我们不能前去浏览这些美景了。

我想远远眺望一下,但是,这天气,雾霾重重锁湖面,烟波邈邈迷人眼,没有办法欣赏这些美景。只好作罢,等以后有机会再说了。

颐和园,我还会来的,等天气好了,雾霾退了的时候,与家人一起。我一定乘坐游船,观赏一下昆明湖的全景,去看看颐和园怎么花费了清朝海军的军费,去看看昆明湖内如何操练清朝海军……

2016年9月

中山公园

一

　　中山公园离我工作的地方不远。几乎每天中午,不管春夏秋冬,不论游人多少,只要没有实行交通管制,我都要到中山公园走一趟,遛遛腿,消消食,权当锻炼身体。

　　虽然已去过多次,对中山公园的道路熟悉无比,对公园的建筑和景色见惯不怪,但是,我却从未认真细致地领略过公园里的一草一木,对公园的名胜古迹熟视无睹。当友人问我公园里的景点时,我一点儿也说不上来。我只记得公园里古树很多,草地齐整,有一尊孙中山先生的铜像,有一个社稷坛,有一个中山纪念堂,还有一个来今雨轩,好像还有什么来着?我把公园当成了锻炼的场所,没有把她当成名胜古迹,没有把她当成文化,去细细观察她,细细体味她。友人说,你这是暴殄天物。

　　听了友人的话,我颇为后悔。好在亡羊补牢,犹未为晚。我还有很多机会亲密地接触中山公园,亲手抚摸这里的草木,近距离注视这里的一砖一瓦。经过一段时间的用心,我有了不小的收获。

二

　　我先聊一聊中山公园的历史。

　　中山公园位于天安门西侧,与故宫一墙之隔。在辽、金时代,这里是兴国寺。元代,改名为万寿兴国寺。明代时,明成祖朱棣兴建故宫,按照"左祖右社"的礼制,将万寿兴国寺改建为社稷坛。社为土地神,稷为五谷神。自此一直到清末,这里成为皇帝祭祀土地神和五谷神的地方。故宫的右侧现在是劳动人民文化宫,明清时代是祭祀祖先的太庙。

辛亥革命后的1914年,在北洋政府内务总长朱启钤主持下,对社稷坛进行了大面积整修,改建成了公园,命名为中央公园,并向社会开放。1925年,孙中山先生逝世后,其灵柩停放在园内拜殿,举行公祭,接受社会各界人士瞻仰吊唁。拜殿又名享殿或祭殿,是一座木质建筑,上面是黄色琉璃瓦,下面是白石台基,规模宏大,气象威严,是明清两代帝王在祭扫途中避风雨的地方。为了纪念孙中山先生,1928年,在时任北平特别市长的冯玉祥部下——何其巩与其他爱国人士的提议并主持下,将拜殿改名为中山堂,将中央公园改名为中山公园。1937年,日寇占领北平后,曾改名为北平公园。抗战胜利后,恢复中山公园的名称,沿用至今。

三

进入中山公园正门——南门,迎面矗立着一座牌坊,深蓝色的琉璃瓦顶,青色的石质主体,汉白玉的石头基座,正中镌刻着郭沫若题写的四个大字——保卫和平。这就是保卫和平坊。

这座牌坊原名叫作"克林德碑"坊,有一番来历。

清朝末年,义和团运动高涨,英、美、法、德、俄、日、意、奥八国以保护使馆为名,派军队进抵北京。清政府准备与列强开战,照会各国公使撤离。各国公使复函清廷要求展期。在尚未收到清廷拒绝的复文的情况下,克林德带一名翻译乘轿气势汹汹地直奔总理衙门而来。在东单附近遇到清军巡逻时,克林德首先开枪,清军还击,克德林当场毙命。这就是"克林德事件"。克林德作为德国公使,违反了外交使命,其毙命是咎由自取。各国侵略军纷纷以此为借口,对中国进行侵略。清政府与八国联军开战。战败后,清政府被迫与英、美、德、法、俄等11国签订《辛丑条约》。清政府派醇亲王载沣代表中国政府,就克林德被杀一事亲赴德国致歉,并在克林德被杀处——东单北大街西总布胡同西口建立一座与街同宽的石牌坊,即克林德碑。

第一次世界大战结束后,德国战败,中国成为战胜国之一。北京各界认为克林德碑是国耻,就把它拆除了。这时,协约国责令德国把已拆除的石牌坊材料移到中央公园(即中山公园),再建一座新的牌坊,纪念第一次世界大战的胜利。1918年11月,象征耻辱的克林德碑改名为"公理战胜坊"。

1952年10月,亚洲及太平洋区域和平会议在北京召开。为了表彰中国人民为保卫世界和平所做的贡献,决定将"公理战胜坊"改名为"保卫和平坊",将中英文"公理战胜"文字镌去,刻上了我们今天看到的郭沫若题写的"保卫和平"四个大字。

四

保卫和平坊后面是孙中山先生的铜像。铜像东侧是来今雨轩的茶馆。我每天从此经过,看到茶馆的门一直开着,但没看到有人喝茶,可谓"门前冷落鞍马稀"。然而,不管什么季节,经过这里时,总能听到茶馆内飘出悠扬的古琴声,给人一种特别雅的感觉。我对音乐是外行,仍能听出这琴声的美妙。门口前两侧的门柱上挂着一副对联:莫放春秋佳日过,最难风雨故人来。

其实,来今雨轩包括两部分,这里看到的是茶馆,还有一部分在公园的西门附近,是餐馆。前几天经过餐馆时,驻足停留片刻,但门已上锁,锁上落满了灰尘。大概关门停业好长时间了。

来今雨轩可是北京城的名角,破败成这样,令人十分感慨。

来今雨轩饭庄是中华老字号,始建于1915年,名称是北洋政府内务总长朱启钤所定,"来今雨轩"匾是民国时期总统徐世昌所书,原址位于中山公园内坛墙东南角外。来今雨轩得名于一个典故:唐朝诗人杜甫在京都长安时,曾受到唐玄宗的赏识。有些人看到他仕途有望,就争相与之交往。后来,杜甫仕途受阻,升官无望,日渐穷困。在一个阴雨连绵的季节,一位姓魏的朋友冒雨来访,使杜甫深受感动,作诗一首,表示谢意。诗前作了一个小序:秋,杜子卧病长安施次,多雨生鱼,青苔及榻,常时车马之客,旧雨来,今雨不来……这首诗充分表达了交朋友应重在友谊的思想。从此,"旧雨""今雨"就成了老朋友、新朋友的代称。

想当年,饭庄以优越的地理位置,优美的就餐环境,厚重的历史文化底蕴,在京城众多酒楼中独树一帜。一些社会名流,如大学教授、鸿儒名医、文学书画人士等,对来今雨轩尤为偏爱,常来此聚会。鲁迅先生自1917年至1929年,曾27次到来今雨轩就餐、品茗、交谈、阅报、翻译小说。著名通俗文学大师张恨水先生对来今雨轩情有独钟,他的不朽之作《啼笑因缘》就是在来今雨轩创作而成。陈寅恪、萧乾、冰心、叶圣陶、李大钊、高君宇等也多次到来今雨轩就餐。中国画学研究会、中国书学研究会、文学研究会也在此多次举行活动。

20世纪80年代,来今雨轩开始对红楼菜进行研究。红楼菜是由红楼梦而来,曹雪芹在红楼梦中用了大量篇幅来描述众多饮食文化活动,涉及的食品达180多种。来今雨轩精选出40多个品种的菜肴进行改革创新,不仅做工考究而且每道菜都有出典,深受人们喜爱。

20世纪90年代,来今雨轩饭庄已改成了来今雨轩茶馆。

斗转星移。今天的来今雨轩已风光不再。

五

孙中山先生铜像西侧50米向北,是公园的主体建筑——社稷坛。自建成至今,社稷坛经历了600年的岁月沧桑,一直是明清两代皇帝祭祀社稷、祈祷丰年的场所。1913年,民国政府接管社稷坛后进行了大面积整修。

社稷坛整体呈正方形,分三层,以汉白玉砌成,象征"天圆地方"。坛上铺有中黄、东青、南红、西白、北黑的五色土。五色土由全国各地纳贡而来,表示"普天之下,莫非王土",同时象征着金、木、水、火、土五行为万物之本。坛中央原有一方形石柱,为"社主",又名"江山石",象征江山永固。石柱半埋土中,后全埋,1950年移往他处。坛中原有一根木制的"稷主"也已不在。坛四周建有低矮的宇墙。明朝初建时,宇墙是用砖砌成,涂上青、红、白、黑色。乾隆年间,墙改为用青、红、白、黑四种颜色的琉璃砖、瓦砌成,与坛台相响应。墙四面正中辟门,汉白玉制成,名"棂星门",北门为主门,东、南、西各辟一拱券门。每门原有棂星式朱漆门两扇,早已没有踪迹。坛的北面是拜殿,即中山堂。

我站在社稷坛旁边,仔细端详着社稷坛,耳边仿佛传来几百年前皇帝祭祀社稷时的声音。历代帝王自称受命于天,将自己比作天子,将社稷比作国家的基础。每年春秋仲月上戊日清晨,皇帝都率领文武大臣,浩浩荡荡来到社稷坛,隆重地举行大祭,宣示皇权的威严,祈求上天的赐福,保佑风调雨顺、国泰民安。那气派,是何等的威严,何等的肃穆。

六

中山公园有一显著特点,就是古树多。行走在园中,只见松柏参天,枝繁叶茂,树下绿草如茵,林中鸟声悦耳。我之所以选中山公园作为锻炼身体的场所,一个主要原因就是看中了她的环境。

中山公园的古树大都有几百年历史,最早的栽种于辽代。园中现有古树600余株,其中侧柏513株,桧柏32株。按年龄分类,有300至1000年树龄的一级古树304株;有300年以下树龄的二级古树308棵。最有名的一棵古树是社稷坛南门东侧的"槐柏合抱",已有千年历史。不知从什么时候起,在古柏树树干内长出了一棵国槐,到现在依然非常茂盛,遮天蔽日。

行走在古树间,抬头看那连成一片的树冠,左右观赏各具特色的树干,有一种神清气爽的感觉。大概与树木多释放出的氧气多有关。

　　每年秋天,公园派人在古树下的草坪中种下许多品种的郁金香。到了第二年春季,郁金香整整齐齐长出一片一片,像是排列整齐的一队队士兵。每一棵郁金香上长出一个卵圆形的花骨朵。过不了几天,这些花骨朵竞相开放,开出的花有许多颜色。由于种下的郁金香是一片一片的,一片一个品种,所以,开花时出现美丽的奇观,这一片是黄的,那一片是紫的,另一片是黑的,还有一片是红的,等等。这争奇斗艳的郁金香,吸引了无数游人前来观看。平常,公园内游人很少,比较清静。郁金香开花这一个月,游人多如牛毛,男女老少,各色人等,都拿着手机拍个不停。有些摄影爱好者带着长枪短炮也赶来凑热闹。清静已不可能,不知道清静惯了的古树们是不是特别反感?

　　是为记。

2017 年 7 月

风
光

潭柘寺

潭柘寺是北京的著名景点之一,位于西郊的门头沟区。寺庙建于西晋年间,历史悠久,民间有"先有潭柘寺,后有北京城"之说。这座千年古刹,比北京城的历史还长,至今保存完好。国庆假期,正好前去游览一番。

来到景区,沿山路前行。路边的停车场已经排满了车辆。路两旁是附近的村民摆下的摊点,卖的有杏干、地瓜干等食品,有手串、念珠等饰品。只是路面不干净、不整洁,石头、树枝随意摆放,给人一种脏乱的感觉。

正走着,一尊汉白玉雕刻而成的石狮子立在眼前,好生威猛,上面的松树伸出长枝,半遮半掩着狮子的头。景点的门口到了,我们购票入内。向前方望去,整座寺庙坐北朝南,红墙,青砖,黑瓦,颇有气势。迎面就是寺庙的山门,正中立有一块石碑,刻有"潭柘寺"三个大字。字体遒劲有力,黑色的字与白色的石碑色彩对比非常强烈。

进入山门,正中第一座建筑是天王殿,中间供着大肚子弥勒佛的塑像,两旁刻着那副为人所熟知的对联:大肚能容容天下难容之事,开口常笑笑世间可笑之人。这副对联,我在别处也见过,那是别的版本,"大肚能容"这一句是一样的,但另一句不同,有的是"佛颜常笑笑世间可笑之人",有的是"开口一笑笑人世可笑之人"。旁边各有两尊神像,面目狰狞,应该就是四大天王了。天王殿前摆着香炉,烟雾缭绕,香气扑鼻。一些善男信女跪在弥勒佛像前磕头,求佛祖保佑。

穿过天王殿,沿石阶向上,来到大雄宝殿。殿内供奉着佛祖释迦牟尼的塑像,左右两边各有一尊菩萨像,再远处各立着一排尊者的塑像。这应该是寺庙的主殿了。

过了大雄宝殿,爬了一段台阶,到了毗卢阁。阁前空间很大,东侧有两棵巨树非常显眼,前面一棵是娑罗树,树身很粗,约3人合抱,枝叶茂盛。看介绍,佛祖释迦牟尼在娑罗树下涅槃,佛教视娑罗树为圣物。佛教传入中国后,娑罗树也被寺庙引种,一些古老的寺庙均植有娑罗树。看这棵树的样子,有几百年历史了。旁边不远处的一棵银杏树更为吸引眼球。此树有五六人合抱这么粗,看不见有多高,树顶被密密的枝叶挡住了。我还是第一次见这么大的银杏树。旁边的介绍上说,此树名叫"帝王树",已有1400多年的历史。树名是乾隆皇帝所赐。

向西边看,那里也有一棵娑罗树、一棵银杏树,只不过,没有这边这两棵大而已。阁前台阶西侧有一棵青松昂然直立,树身不算很高,但是只有树顶长着叶子,树冠以下光溜溜的,一根枝杈也没有。有一棵柿子树斜靠在松树身上,黄黄的柿子结满了枝头,压弯了枝条。院子正中摆放着一个巨大的金光闪闪的转经筒。我去西藏时见过。许多人在围着经筒转,大概也是祈福吧。

拾阶而上,进入毗卢阁,里面供着毗卢佛像。《佛学大辞典》讲,毗卢佛是"毗卢遮那佛"的简称。佛教中经常提到"三身佛",即法身"毗卢遮那佛",应身"释迦牟尼佛",报身"卢舍那佛"。关于这三尊佛像的关系,有一个精妙的比喻:法身佛如明月,报身佛如月光,应身佛如月之影。即使水干了,月亮的影子不见了,但月亮依旧存在。就是说法身毗卢遮那佛,不管在什么时候都永远存在。

沿毗卢阁西侧向上,来到观音殿。这是寺庙的最顶层,也是寺庙的最后边。中间的殿供的是观音菩萨,东边是文殊菩萨,西边是普贤菩萨。殿前架着一口大钟,撞钟也可以祈福,悠扬的钟声响起,几里外的地方都能听到。

走到这儿,我发现一个特点,就是殿的大小,是按照佛教的等级来设计的,大雄宝殿最大,天王殿次之,毗卢阁再次之,观音殿最小。

从观音殿向西,到达了西观音洞。旁边是奇石展,摆放着各种各样的石头供参观、出售。原路返回毗卢阁,向东参观东观音洞,经过流杯亭。亭中刻有一个图案,一笔写下来的,从北向南看,像是虎字,从南向北看,像是龙字。乾隆皇帝当年曾在此与群臣赋诗饮酒,将一酒杯置于字中,随水流动,流到谁那里,谁就要作诗,作不出诗,就罚酒,"流杯亭"由此得名。旁边是财神殿,供奉着文武财神。文财神是赵公明,武财神竟然是关公。这是我第一次见到关公是武财神的寺庙。关老爷一直是武圣,是忠义的象征,在这里成了财神。惊叹之余,来到东观音洞,这里确实是山洞。洞很低,我这一米七的个头,需要弯腰低头才能进入。里面供着三尊汉白玉雕刻成的菩萨像,不是在山洞壁上直接刻的,是在外面刻好搬进去的。游客们来这里的比较少,参拜的人不需要排队。

这就是潭柘寺的全部了。这座千年古刹,历经了千年的风雨,承载了千年的文化,至今仍高高地矗立着,注视着人世的兴衰沉浮。

2016年10月5日

漫步798

798的名字是有由来的,但至于有什么故事、有什么来头,我没有多大兴趣,所以也没有进行考证。第一次听说798是几年前。当时,我的一位同乡来京,约我见面叙谈时谈到此行的目的之一是798。于是,我知道了798艺术区。

今年国庆,女儿说要到798看艺术展。我与妻就跟着女儿一起到798去看一看,满足一下好奇心。

乘地铁到达望京南站,步行两公里,来到798。艺术区没有围墙,没有大门。如果不是女儿说已经到了,我们一点儿也没意识。大概我们走的不是正门,没有看到醒目的牌匾。

我们跟着女儿进入艺术区的街道。两旁是二层楼高的红砖砌成的房子,很旧的样子。门口挂着各自的招牌,上书"××工作室"之类的内容。游人不多,稀稀疏疏。路旁停着各种品牌的汽车。有一家门口种了一架丝瓜,齐腰高,长得茂盛。小丝瓜垂下来,黄黄的花儿还在丝瓜上面,没有枯萎。

进入一家画室,观看了一番某画家创作的油画。画作有大的,有小的,有人物,有风景的。对画,我是个门外汉,不懂得水平高低,不敢妄作评论。但是,不懂画的人也有自己的判断,总觉得这家的油画虽然场面宏大,但色彩太艳、太乱。所画的人物不够生动,眼睛无神,表情呆板。有一幅主题是两个孩子的画,周围的景画的挺好,孩子的身材、动作也挺逼真,但脸画得不好,画成了成人一样成熟的脸,没有孩子的稚气。每幅画都有价格,少则几千元,多则几万元。人来人往的,主要是欣赏,没见到有买的。

另一家画室大概画的是抽象派。我看了半天,没看懂画的是什么。上面写的字倒是很清楚，介绍了画作的创意，只是字写得太一般了，就像刚学写字的小学生写的，歪歪扭扭的。我对字多少了解一点，无论怎么解释，无论是哪一派，这些字是称不上好的。

继续向前。两旁并不都是画室、书法室，而是有许多商店。有的卖衣服，有的卖工艺品，有的卖食品。我走进一家工艺品店，看了看水晶艺术品，造型多样，晶莹剔透，价格不是很贵。如果花个一百多元买一个水晶人物或花鸟虫鱼，也可以。只是不知道这是不是真水晶。旁边还有手工编织的金项链，服务员说，这里的与金店的不同，金店买的不是艺术品，这里的是艺术品。

女儿去买抹茶蛋糕了，我在门口等女儿的时候，看到旁边有两位快速画像、设计签名的人在竞争生意。一位年长的老先生戴着小礼帽，穿着工作服，正在给一位女学生设计签名，旁边围着七八个年轻人在耐心等候，排着队。一旁的牌子上写着价码。另一位40岁左右的中年人没有生意。他招呼着一位刚走过来的女学生，说给对方打五折，怎么样？女学生迟疑了一会儿，没同意。他又伸出两个手指，说，20元画像怎么样？女学生还是没同意，到旁边的老先生那里排队去了。老先生画像是90元。中年人感到很失望。

沿着路向前走。不远处有两根大烟囱高高地矗立着，外面刷成了白色。烟囱下面有些粗粗的管道，也刷成了白色。旁边是工厂车间模样的房子。我好像明白了一点，这里原来是个工厂，现在工厂废弃了，改成了艺术区，但原来的建筑基本没动。墙面上涂了许多图案，尽管谈不上艺术，但至少不算涂鸦。

游人越来越多，车辆拥堵起来。我们可能走到中心区了。女儿找到了早已预订的画作展览，进去观看，我们兴趣不大，没有进去。这里有的展览要购票，有的是免费的。

已过中午，我们走累了，也饿了，找了一家面馆吃午饭。面的价格不算贵，我要了一碗面，碗虽然很大，但面不多，我三下五除二，就把面吃进肚里去了。吃完后，觉得没饱，就端起碗，一口一口地把汤喝了,直到喝干净为止。

　　女儿看完展览出来,我们往回走。经过一个雕塑馆,顺便瞧了一眼。室内放着十几排小人的雕塑,三四十厘米高,表情各异,整整齐齐,像是在看演出,又像是在听领导讲话。旁边有几排坐在一级一级台阶上的雕塑,就像坐在看台上观看表演的观众。

　　798的面积不小,我们虽然转了一大部分,但看到的艺术品不多,也没有一个一个地走进去仔细欣赏。我非常希望有机会再多看一些艺术品,好好地感受798的艺术氛围。

2016年10月

看看故宫

　　我的母亲是一位普普通通的农民。我在北京工作,单位离故宫不远。有一年春节,我与妻女回老家过年。母亲对我说:"我想去看看故宫,故宫什么时候能够参观?"我说,没问题,什么时候都行,故宫一年到头都开放。我问母亲:"您什么时候去?最好不要等到五一、十一这些节假日,那时候人太多,太拥挤。故宫限制游客人数,人太多了买不着票。"母亲说:"现在不行,我离不开。你奶奶年纪大了,看不见路,你爹不会做饭,一个人伺候不了你奶奶。要去,也要等送走了你奶奶。"当时,我也没有问母亲为什么想去看看故宫。我想当然地以为,故宫是明清两朝的皇宫,是旅游胜地,名声大,牌子响,人们都想去看看,母亲也想开开眼界。

　　过了几年,90高龄的奶奶去世了,我们万分悲痛地送别了奶奶。奶奶临终前,全靠父母亲一直在身边伺候。此时,距母亲跟我说这事已经过去了很长时间,我有些淡忘了。

　　转过年,母亲又对我提起了看故宫的事情。我说:"好啊,您什么时候想去,就什么时候去。临去之前给我打个电话,我去车站接您。"

　　五一之前,母亲来到了北京。我专门请了一天假,陪母亲去看故宫。

　　为了给母亲介绍故宫的情况,我特意上网查了一下故宫的资料。虽然我在北京工作,工作单位也与故宫相距不远,但我从没有认认真真地了解过故宫,那里也只去过一次,还是在上学读研究生期间。当时面临毕业,工作还没有着落,觉得自己要离开北京了,以后还不知什么时候才有机会再来北京,临走之前,怎么也要看一看故宫,这才进故宫看了看。由于心态不同,游览故宫之前也没有做准备工作,对故宫的具体情况不甚了解。进故宫之后,跟着人群一路走一路看,也没听导游介绍,那时也没有自助导游机,匆匆走了一趟,就看完了。故宫留给我的唯一印象就是宫殿巍峨高大、金碧辉煌。

母亲这次来,给了我一次深入了解故宫的机会。母亲只上过几年学,文化程度不高,所以,不会对故宫的历史有多大兴趣。我查找资料时,了解了不少历史情况,但是只记了记基本情况,大致如下:故宫,旧称紫禁城,是中国明清两代的皇家宫殿,位于北京城的中心。故宫由外朝、内廷两大部分组成。外朝以三大殿——太和殿、中和殿、保和殿为中心,东有文华殿,西有武英殿,其中太和殿最大,宽60.1米,深33.33米,高35.05米。外朝是明清皇帝处理政事的地方,皇帝登基、大婚、册封、命将、出征等也在此举行。外朝与内廷之间有一道门,叫乾清门。乾清门的后面是内廷,有后三宫——乾清宫、交泰殿、坤宁宫,还有御花园、东西六宫等,是明清皇帝处理日常政务和皇帝、后妃们居住的地方。故宫周围有高12米、长3400米的宫墙,墙外有52米宽的护城河环绕。故宫有四个门,正门名午门,东门名东华门,西门名西华门,北门名神武门。

那天,我陪母亲进故宫之前费了不少劲,主要是旅游线路的安排绕来绕去,让人不知所措。走了不少路,感觉已经很累了,终于来到天安门前。那天的游客很多,虽然没有节假日时的人山人海,也得说络绎不绝。我们不敢停留歇息,担心买不上票,直接穿过天安门、端门,来到售票处。我在广场上树荫下找到一个座位,让母亲休息,我去买票。故宫的票价是60元,像母亲一样年龄60岁以上的,可以半价。前面排队的人不多,没有那么紧张,票源充足,我们之前的担心是多余的。

休息半个小时,我们出发,开始故宫之游。从进入午门开始,我就一边介绍情况,一边忙着给母亲拍照。我把从网上查找的资料一条一条背出来给她听。我们走到一个旅游团旁边，听导游讲解了一番。导游讲的的确好，内容又丰富又生动，比我讲的好多了。我让母亲听一听。母亲听了不多会儿，说耳朵不太好使，听不清。我说，要不租一个自助导游机吧？挂在脖子上，戴上耳机，能够听清楚。母亲说，不用。

我们继续往前走。先到太和殿。我与母亲慢慢挤到门口，看了看皇帝坐的龙椅。我问母亲看到了没有？母亲说看到了。我们从人群中挤出来，继续往前。我想再介绍更多的情况，却记不起来了。因为我了解的也不多，记得也不清楚。接着看了中和殿、保和殿。我问母亲，听不听导游的讲解？母亲说，听不清楚，不听了，看看就行。

穿过乾清门，来到乾清宫。这里的人也很多。我们费了不少劲，挤了进去，看到的还是皇帝的龙椅。到坤宁宫，我告诉母亲，这是皇后住的地方。母亲隔着窗户的玻璃看了看，里面空荡荡的，只有几把椅子、一张床。内廷与前面外朝看到的差不多，都已经非常陈旧，有的地方锈迹斑斑。宫殿的门窗也很旧，上面的绘画已经脱了色。看到这些，我有一个非常强烈的印象，就是故宫非常鲜明地突出了一个字："故"。这些宫殿，充分说明了为什么叫"故宫"。

最后一站是御花园。由于正值春天，花园里群芳争艳，牡丹那硕大的花朵格外引人注目。只是游人太多了，大家都挤到这里来了。那些花草在众多游人的衬托下，显得非常单薄。其实，如果想看花，应该到植物园、北海公园、颐和园等公园去，御花园里那点花，太小儿科了。

我们出了神武门，结束了故宫之游。我回顾了一下看到的这些景致，总感觉没有多少内容，充其量看到了这些金碧辉煌的宫殿外表，看到了皇帝的龙椅，看到了皇后的床，别的还有什么，我竟想不起来。我想起来的只有那些我在进故宫之前曾经查阅的资料。那些曾经发生的历史，那些流传后世的故事，我们都没听到。母亲也与我一样，但是，我看到母亲非常高兴，好像了却一桩心愿一样。既然母亲高兴，一切都是值得的。

回家路上，我问母亲，为什么要去看故宫？母亲说："你××大娘说，她孩子带她到北京玩了一趟，专门看了看故宫，看了看皇上住的地方。她说，故宫可好了。她还说，你家老大在北京工作，没带你去故宫看看？你××阿姨说，她孩子开车拉着她和你××叔去了一趟北京，也专门看了看故宫。她说，你可有条件，怎么没去故宫看看？所以，我就想来看看。"母亲接着说："我回去也可以跟她们说，我到我们老大家去了，他领着我看了故宫了。"我终于明白母亲为什么来看故宫了，终于明白母亲为什么不听导游讲解了，终于明白母亲为什么说看看就行了。母亲只是为了证明给那些大娘阿姨看，我儿子也带我看故宫了，我儿子也挺孝顺。母亲没有文化，能够了解的东西不多，至于故宫的历史、故宫的故事，她并不很感兴趣。看故宫，开开眼界，是次要的东西。

看完故宫，我想让母亲再多住几天，我带她到颐和园、香山等地方浏览一下。但是，母亲不同意，坚持要马上回老家。对她来说，看完故宫，就完成此行的任务了。临走前，我选了30多张拍的比较好的照片，冲洗出来，让母亲带回家。母亲可以告诉大娘阿姨们，她看过故宫了。

游览故宫是千千万万国人的共同梦想，但是，游览故宫的想法却千差万别。

2016年4月

记辇儿胡同

辇儿胡同在天安门广场西侧,是西交民巷通往前门大街的一条小胡同。旧时,这一区域东侧有估衣胡同、小财神庙,西侧有辇儿胡同、扁担胡同。后来,这些胡同统称辇儿胡同。2005年夏秋,我曾在辇儿胡同租房居住了大约六个月时间。

我租的房子,不是辇儿胡同的正式住房。虽然那些老房子也已经非常陈旧,没有暖气、空调,但那些老房子墙壁、房顶既厚又高,住在里面冬暖夏凉。我租的房子,是一位房主在辇儿胡同一侧搭建的临时住房,直白一点说,就是违章建筑。这间房子,墙壁非常单薄,只有一块砖那么厚(我说的是砖的宽度),房顶盖着一层石棉瓦,面积有五六平方米。门是纤维板制作,外面涂了一层蓝漆。在靠近胡同一侧,开了一个半平方米大小的窗户,窗前挂了一块蓝布作窗帘。站在室内,一伸手即可触及屋顶。

我于2005年夏迁入此陋室。当时,刚留在北京工作不到一年。我的工资每月就1000多块,单位发的租房补贴每月700。一开始时,与他人合租了一套小三居,每月付房租800元。一年不到,合租的伙伴另租了房子,我一个人租不起那小三居,一时也找不到合租伙伴,只好搬出。我想找新的房子,但房屋租价太高。后来,一位朋友帮忙找了这么个地方,每月600元。看到比较便宜,我就接受了。

迁入之后,我渐渐发现这一陋室具有几个鲜明的特点:一是透声。每当胡同中有人走过,其脚步声听得清清楚楚。走得快还是走得慢,穿着皮鞋还是运动鞋,我一听便知。其他声音更是清晰可鉴。晚上,经常有酒后路过的行人,嘴里骂骂咧咧的。我真担心他一时兴起,抬脚一踹,把我陋室的墙壁踹塌了。同时,我室内的声音,胡同里的行人也会听得清清楚楚。所以,我说话不敢大声。其实,即使小声,人家也会听个明白。当我在室内时,一声也不吭。二是透气。陋室在胡同一侧,对面另一侧不远处就是公厕。每当回到室内,一阵阵难闻的臭味从门缝、窗户间隙缕缕飘入。我的鼻子患有过敏性鼻炎,对气味不敏感,但这阵阵臭味还是闻得出来的。除了公厕的气味,路过之人的酒味也能嗅到一些。如果有人叼着香烟,那香烟的气味也会跑进室内。时间一长,我的鼻子渐渐适应了这里的气味,如入鲍鱼之肆,久而不闻其臭。我是适应了。三是真热。正值夏日,太阳直晒石棉瓦屋顶,室内温度非常高,四十多度是肯定的。白天时,我不敢待在室内,如果待在室内,不久就会中暑。只有到了晚上,太阳走了,我才回到室内休息。此时,室内温度依然很高,只是比白天要低一些,至于凉爽,根本谈不上。我把电扇定好方向,直对着床吹,一刻不停,方能入睡。即使如此,也会睡得大汗淋漓。

住了一段时间后,有一天,房东给我打电话,问我要水费,每月30元。我住这样的房子,房租每月600元,还要水费?房东的理由是,我的房内有一个水龙头,可以用水。我告诉房东,我自从住进去之后,没有用过这里的一滴水。白天这么热,我不能住里面,晚上只是去睡个觉。以后,我也不会用这里的水。我离工作单位不远,我即使洗脸也会到办公室去洗。房东听了之后,没有说什么。此后,再也没有要过水费。

那时,妻子与女儿还没有搬来北京居住。女儿暑假时,她们来北京与我团聚,就住在这一间陋室之中。晚上,她们闻着臭味,吹着风扇,勉强入睡。女儿热得脸红红的,长了一层热疙瘩。妻子看到我住的这样,感到非常难过。虽然她没说,但我能感觉出来。这样的住房条件,让她们娘俩跟着我受罪,我觉得非常对不住她们。我想到了人们说的"北漂"。那些漂泊在北京的男女老少,生活条件也很艰苦,他们合租地下室,几个人挤在小小的房间里,不比我好到哪里去。他们为了寻找机会，放弃在家乡的舒适生活，出来闯荡，我与他们一样，也是出来闯荡的。

有一位朋友过来看望我，也顺便看望我的妻子与女儿。当他看到我住的陋室时，轻轻摇了摇头，没有说什么。我心里明白他想说什么。他想说，哥们儿，你怎么混成这样？混得不怎么样啊！

是啊，我怎么住这样的陋室？那么，我该住什么样的地方呢？

好在时间不长，我找到了合租伙伴，搬到了一处两居的房内。我在辇儿胡同陋室中共居住了六个月。现在，这一区域的建筑早已拆除，改建成了办公楼。辇儿胡同已经消失了。后来，查资料时偶然看到，据说道光二十四年，曾国藩曾在辇儿胡同居住过。难道他也住过临时搭建的房屋？应该不会。他住的应该是那些正房。

2016年5月

夜游秦淮河

一

秦淮河自古曾是"风华烟月之区,金粉荟萃之所"。我们吃完晚饭,走到秦淮河码头,准备夜游秦淮河,感觉一下朱自清笔下桨声灯影里的秦淮河风景。

由于秦淮河名气大,更由于朱自清等文人墨客的名气大,想来夜游秦淮河的人很多很多。还离着码头很远,就排起了长长的队伍。我们跟在队伍后面,慢慢挪到售票亭前,买上票。白天每位60元,晚上每位80元。此时,天还没黑,码头上已是人山人海。大家一个挨着一个,慢慢向船上走。河对岸的灯光已经亮起来,两条黄色的巨龙悬在河对岸的墙上,左边"秦淮人家"的字样分外耀眼。

二

秦淮河原名"龙藏浦",汉代时称淮水,全长约110公里,是南京(古称金陵)地区主要河流。"秦淮河"这一名称的由来还有一个故事。相传秦始皇东巡会稽过秣陵时,望见金陵上空紫气升腾,以为此地有王气,于是下令凿方山,断长垅为渎,入于长江,以破其王气。后人误认为此水是秦时所开,到唐代时遂改称此水为"秦淮"。

秦淮河的源头有两处,东部源头出自句容县宝华山,南部源头出自溧水县东庭山,两个源头在江宁县的方山埭交汇。至南京通济门时,秦淮河分为内河和外河。外秦淮河绕城而流,经中华门、水西门、定淮门外,在南京西北注入长江;内秦淮河由通济门南面的东水关入城,经夫子庙,至水西门附近的西水关出城。人们所说的内秦淮河实际是一个水系,指明代城墙以内鼓楼岗以南的各水道,全长23公里,分为四段,几条支流互相沟通。其中,南段是原秦淮河主流,系天然河,两岸曾是最繁华之地,史称"十里秦淮"。我们所说的秦淮河,就是这段长约十里的秦淮河。

十里秦淮,自三国东吴以来一直是繁华的商业区和居民地。两晋南北朝时期,成为名门望族聚居之地,商贾云集,文人荟萃。隋唐以后,有所衰落。这从唐代诗人刘禹锡的怀古诗《乌衣巷》可以窥知一二:朱雀桥边野草花,乌衣巷口夕阳斜。旧时王谢堂前燕,飞入寻常百姓家。乌衣巷是三国东吴时的禁军驻地。由于当时的东吴禁军身着黑色军服,所以此地俗语称"乌衣巷"。东晋时以王导、谢安为代表的豪门家族都居住在乌衣巷,故乌衣巷已代表豪门,其子弟称为"乌衣郎"。诗人看到秦淮河上朱雀桥和乌衣巷野草丛生,荒凉不堪,不由得凭吊起东晋时的繁华鼎盛,因而感慨万千,含而不露地表达了世事沧桑巨变、没有长开不败之花的深刻寓意。

在唐朝之前,秦淮河虽然历史悠久,却没有名扬天下。唐朝诗人杜牧的一首《泊秦淮》让秦淮河开始广为天下知晓:烟笼寒水月笼沙,夜泊秦淮近酒家。商女不知亡国恨,隔江犹唱后庭花。这首诗是诗人夜泊秦淮时的触景感怀之作,前两句写秦淮夜景,后两句抒发情怀。全诗借南陈后主因荒淫无道纵情声色终至亡国的历史,讽刺那些醉生梦死的晚唐统治者,表达了诗人对国家命运的深切忧虑。

南宋时期,南京设立江南贡院,建成科举考场,成为中国南方地区开科取士之地。十里秦淮迎来再度繁荣,南京逐渐复苏为江南文化中心。明清两代,十里秦淮达到鼎盛时期。江南贡院经历代修缮扩建,建成中国古代最大规模的科举考场。清同治年间,仅考试号舍就有20644间,可同时接纳2万多名考生考试。从江南贡院落成直至晚清废除科举,江南贡院为国家输送了800余名状元、10万余名进士、上百万名举人,仅明清时期全国就有半数以上官员出自江南贡院。从江南贡院走出的名人有陈独秀、方苞、唐伯虎、郑板桥、吴敬梓、吴承恩等，林则徐、曾国藩等曾在江南贡院担任过主考官。一水之隔的河对岸，则是南部教坊名伎聚集之地——旧院、珠市。潇洒的文人学子，柔美的歌伎舞女，漂亮的金粉楼台，浪漫的画舫凌波，构成了一幅幅如梦如幻的美景奇观。秦淮八艳更是留下了一幕幕令人可歌可泣、辛酸悲怆的爱情与爱国故事。

三

"秦淮八艳"指的是明末清初江南地区南京秦淮河畔的八位才艺名伎。余怀的《板桥杂记》分别写了顾横波、董小宛、卞玉京、李香君、寇白门、马湘兰六人。后人又加入柳如是、陈圆圆，称为"秦淮八艳"。

秦淮八艳有什么特别之处？如果仅仅是名伎，后来的文人墨客就不会大书特书了。主要是因为她们才华绝世，国色天香，虽身处青楼却侠骨柔肠，有的与一些重大历史事件相联系，有的身上还有一种精神，一种民族气节，这种精神与气节甚至超过了那些饱读圣贤书的所谓正人君子。

先说一说柳如是。她是明清易代之际的著名歌伎才女，本名杨爱，因读辛弃疾词"我见青山多妩媚，料青山见我应如是"，故自号"如是"。由于她美艳绝代，才气过人，留下了不少轶事佳话和颇有文采的诗稿，遂成秦淮名伎。柳如是择婿要求很高。崇祯十四年，嫁给了年过半百的东林领袖、文名颇著的明末高官钱谦益。当崇祯皇帝自缢、清军占领北京后，南京建成了南明朝廷。柳如是支持钱谦益当了南明的礼部尚书。不久清军兵临城下，柳如是劝钱谦益与其一起投水殉国，他没有同意。柳如是"奋身欲沉池水中"，被钱谦益托住。钱谦益降清，做了清朝的礼部侍郎兼翰林学士，去了北京，柳如是留在南京没有去。后来钱谦益因案件株连，吃了官司。柳如是营救他出狱，并鼓励他与抗清的郑成功、张煌言等取得联系。柳如是尽全力资助抗清义军,表现出强烈的爱国民族气节。其文学艺术才华也非同一般,郁达夫称她为"秦淮八艳"之首。

陈圆圆与吴三桂的故事更是家喻户晓。她本为昆山歌妓,曾寓居秦淮,由于她色艺超群,更与重大历史事件相系,所以清人将她列入秦淮八艳之中。崇祯末年,李自成的农民起义军逼近京师,崇祯帝召吴三桂镇守山海关。外戚田畹设盛筵为吴三桂饯行,陈圆圆率歌队进厅堂表演。吴三桂见圆圆后,神驰心荡,收为己有。吴赴山海关,未带圆圆同行。李自成打进北京后,陈圆圆被李自成部下所掠。吴三桂怒发冲冠,高叫"大丈夫不能自保其室何生为?",于是投降了清军。这就是历史上著名的"恸哭六军俱缟素,冲冠一怒为红颜"的故事。后来,吴三桂找回陈圆圆,带至云南。圆圆失宠后对吴渐渐离心,削发为尼。

李香君,秦淮八艳之一。清初作家孔尚任撰写的《桃花扇》,描写的就是明末四公子之一、复社领袖侯方域与李香君的爱情故事,侧面反映了明亡清兴的历史背景。李香君虽是一位名妓,却对明朝的前途甚感忧心。崇祯十二年秋,年仅21岁的侯方域从河南商丘来到南京,与16岁的李香君相遇相爱。南明佞臣阮大铖报复陷害侯方域,侯方域无奈离开南京。这段短暂的爱情仓促地画上了句号。清军占领南京后,侯方域没有坚守住政治气节,于顺治八年被迫参加了清朝组织的科举考试,结果以失败告终。李香君病逝后,侯方域在痛苦与内疚中,为李香君立碑撰联:卿含恨而死,夫惭愧终生。

董小宛,名白,秦淮八艳之一。明末四才子之一的冒辟疆才华横溢、容貌俊美、风流倜傥,董小宛一见倾心,入冒家之门。小宛与辟疆常坐画苑书房中,赏花品茗,泼墨挥毫。最令人折服的是,小宛把琐碎的日常生活过得浪漫美丽,饶有情致。今天人们常吃的虎皮肉,叫"董肉",就是董小宛的发明,和"东坡肉"相映成趣。冒辟疆说,自己一生的清福都在和小宛共同生活的9年中享尽了。

卞玉京名赛,自号"玉京道人",也是秦淮八艳之一。卞玉京曾与明末清初著名诗人吴梅村有过一段姻缘。崇祯十四年春,吴梅村饯送胞兄吴志衍赴任成都知府,遇见前来送行的卞玉京,不由倾倒,相交感情愈深。后吴梅村惧于权势,凄然离卞玉京而去。卞玉京出家为道。卞玉京看到了吴梅村的《琴河感旧》四首诗,方知吴对她的思念。数月后二人终于相见。吴梅村感怀不已,写《听女道士卞玉京弹琴歌》赠之。吴梅村让卞玉京等了一生都未等到那句承诺的话,令人失望至极。

秦淮八艳之一寇白门的一生,充满了许多传奇色彩,人称"女侠"。崇祯十五年春,嫁保国公朱国弼。数月后朱国弼即将寇氏丢一边,依旧走马于章台柳巷之间。清军南下,朱国弼投降,被清廷软禁。朱国弼欲将连寇白门在内的歌伎婢女一起卖掉。寇氏说:"若卖妾所得不过数百金……若使妾南归,一月之间当得万金以报公。"朱国弼同意。寇氏筹集2万两银子将朱国弼赎释。朱国弼想重圆好梦,被寇氏拒绝。她说:"当年你用银子赎我脱籍,如今我也用银子将你赎回,当可了结。"随后寇白门回归金陵。

八艳之一的马湘兰,名守真,字湘兰,相貌虽不出众,但在绘画上造诣很高。当年曹雪芹的祖父曹寅曾接连三次为《马湘兰画兰长卷》题诗,共7句,记载在曹寅的《栋亭集》里。日本东京博物馆收藏着一幅中国明代的"墨兰图",就是出自马湘兰之手,被日本人视为珍品。

明末清初鼎鼎大名的秦淮八艳中,顾横波是地位最显赫的一位。曾受封"一品夫人"的顾横波才艺非同寻常,她通晓文史,工于诗画,尤其善画兰花,17岁时绘的《兰花图》扇面今藏于故宫博物院中。时人以其画风直追马湘兰,同时姿容胜之,推她为南曲第一。

四

码头上游船很多,我们乘坐的叫画舫,结合了北方马车和南方游船的特点。画舫的外面挂了一圈红色小彩灯,在夜晚来临之际,灯光闪烁,熠熠生辉。

上船坐定,开船。天渐渐黑下来,河畔的灯光都亮了起来。画舫在导游播音声中前行,讲述着秦淮河昔日的繁华与热闹,我们边听着故事,边欣赏秦淮河的风景。

秦淮河的船改成电动的了,桨声听不到了。灯改成电灯了,灯影还在。灯光照耀下,水波激滟,一闪一闪的。游船冲起的波浪发出阵阵哗哗声。岸上"夜泊秦淮"的灯笼亮了起来。红色的灯笼沿河岸向前延伸。

五

秦淮河上的桥有二十多座,这些桥叫什么名字,我们记不住。画舫穿过了一座又一座桥,广播讲了一个又一个故事。

秦淮河的两岸,秦淮河上的每一座桥,都有讲不完的故事。船上的广播一刻不停地讲述着。我们仔细地观赏着,静静地倾听着。目光所及,只有岸上的灯光、水上的游船、微波荡漾的河水和一座座造型别致的桥梁。耳朵所听,只有船上的广播声和波浪的拍击声。

夜色阑珊中,我们只记住了文源桥、文德桥、武定桥、朱雀桥等几座桥,听到了这几座桥的一些故事。

文源桥原名黄公桥,是后人为明初的著名义士黄观所建。相传明初建文朝时,黄观居住于秦淮河南的石坝街,在从秀才到状元的六次考试(县考、府考、院考、乡试、会试、殿试)中均名列第一,被建文帝重用。燕王朱棣攻陷金陵时,黄观反对朱棣,逃亡家乡安徽贵池。朱棣抓走黄观家人,其家人不甘受辱,逃奔至青溪淮青桥投河自尽。黄观闻之痛不欲生,在家乡面向金陵投河自尽,为建文帝殉难。后人为纪念黄观,建此桥。后改名白鹭桥。因桥北为古代科考文化重地夫子庙,代表着孔子创立的儒家文化源远流长,同时也为了桥的名称与西侧的文德桥相呼应,故于1997年再次更名为文源桥。

不远处的文德桥始建明朝万历年间,名字取自"文德以昭天下"之意。鉴于秦淮河北岸是儒家的江南贡院,南岸是歌舞升平的青楼妓院,为告诫士子们不要乱性,当时曾有"君子不过文德桥"一说。由于文德桥位置和结构比较特殊,在每年农历十一月十五日子时,月亮正好到子午线,文德桥桥影将河中明月一分为二,史称"文德分月"。与无锡锡惠公园的二泉映月、杭州西湖的三潭印月齐名,被称为三大奇观。每逢此时,观景者蜂拥而至,曾将木质桥栏挤断而落水,因而有"文德桥的栏杆——靠不住"的歇后语广为流传。

武定桥初建于南宋淳熙年间,原名瑞嘉浮桥。明初开国将军徐达的府邸后门正对此桥,因徐达谥号武宁,遂改名武宁桥。清道光年间,因避皇帝旻宁的名讳,改为武定桥,兼有"文能安邦武能定国"之意,与文德桥相呼应。

朱雀桥原址在中华门城堡前的镇淮桥处,始建于三国时东吴,称南津桥,南朝时改名朱雀桥,是金陵城中轴线上的重要建筑。隋朝时被毁。刘禹锡"朱雀桥边野草花,乌衣巷口夕阳斜"的诗句,说的就是这座朱雀桥。五代十国时期,在原址重建,取名镇淮桥。现在的朱雀桥,是新架于武定桥和镇淮桥之间的一座混凝土桥梁,连接秦淮河两岸的军师巷和马道街,早已不是唐朝诗人笔下的朱雀桥了。

六

我们从夫子庙上的船,先向东,到达东水关后返回,再从夫子庙向西南,到中华门后,折头返回。中华门的景色,我们没有看清楚,只看到灯火通明,五彩斑斓。

中华门位于明代南京城正南,洪武二年至洪武八年建成,因其面对聚宝山(今雨花台)而得名,始称聚宝门。门前后有内外秦淮河流过,是南京老城城南交通咽喉所在。中华门瓮城是中国现存最大的城堡式内瓮城城门,同时也是世界上保存最好、结构最复杂的古城堡式城门。建造聚宝门时,为保证城墙砖的质量,明王朝创立了质量追踪制度,要求每块砖的侧面都印上制砖工匠和监造官员的姓名,一旦发现不合格制品,立即追究责任。这是世界上首次采用质量追踪制度。二三百年后,欧洲工业革命才开始建立这一制度。

中华门之所以被明朝廷命名为聚宝门,还有一段故事。元末明初,大富豪沈万三拥有万贯家财,传说家中有一聚宝盆。明朝廷修建城墙时,沈万三为了讨好明太祖朱元璋,提出帮朝廷修建约十公里的城墙。明太祖虽然表面上满意,但内心想到自己刚刚建立政权,根基不稳,国库空虚,非常害怕沈万三会起兵造反。在建造聚宝门城门楼时,建造到一半突然地基下陷,于是又从头修起,修到一半地基仍然下陷。明太祖令谋士算卦说,城墙基有怪兽专门吃土吃城墙砖,需要在城下埋一聚宝盆镇压。朱元璋立刻下旨征收沈万三的聚宝盆,还假惺惺承诺说"三更借,五更还"。征收聚宝盆后,埋压在城门土层下面,保证了城墙没再倒塌。即使如此,明太祖还是不放心,以各种理由给沈万三制造了几条罪名,发配沈万三到云南边疆充军,财产充公。沈万三直到病死,才被运回。

七

秦淮河还是秦淮河,但秦淮河已不是昔日的秦淮河。桨声灯影里的秦淮河已经不再了。才子佳人已远去,秦淮河畔无旧事。桨声灯影名犹在,物是人非梦依稀。

我们慕名来到秦淮河,究竟看什么?看秦淮河的画舫吗?在朱自清先生那个年代,这样的画舫或许还有可以点评、夸耀的。但是,到了当今这个时代,各式各样的豪华游轮多如牛毛。这样的画舫已不值一提了。看秦淮河吗？秦淮河河道很窄，两岸都是民居，既没有瘦西湖的美景，也没有黄浦江的宽阔。看秦淮河的桥吗？秦淮河的桥既算不上雄伟，也算不上壮观。听别人讲秦淮河的故事吗？故事虽然精彩，却依旧只是故事。

我觉得，我们这些游客，更多的是在凭吊，凭吊古人。

端坐在游船上，品尝着夫子庙的小龙虾，倾听着歌手们美妙的歌声，欣赏着碧波荡漾的秦淮河，凭吊着远去的古人。这样的美景是不是会让前来游览秦淮河的文人雅士乘兴而来尽兴而归呢？

2016年4月

金陵美味

品尝美味是旅游的一项重要内容。每次出游之前,都要上网先查一查当地有什么美味。这次去南京,自然也不例外。早就听说南京的美味驰名中外,既然到了南京,品尝美味一定是重中之重。

抵达时天已经快黑了,我与女儿放下行李,出去吃晚饭。女儿说,她从网上查到,我们入住的宾馆附近有不少小吃,可以尝一尝。按照地图指示,我们在附近寻找。小吃不算很多,大部分与北京的差不多,有馄饨、煎饺、羊肉串、海鲜之类。肚子饿了,就不挑剔了。抬脚进了一家烧烤店,要了两份蒜香生蚝和十支烤羊肉串。大概是有些饿的缘故,我觉得蒜香生蚝的味道很好。生蚝很鲜,吃起来有淡淡的海水腥味,配上大蒜的清香,让我食欲大振。我喜欢海鲜的那种味道,更喜欢大蒜的那种味道。海鲜的鲜味,说的就是海水的腥味,吃海鲜,就吃那种味道。至于羊肉串,我觉得不太好吃,没有新疆羊肉的香味与嫩感。

走出烧烤店,我觉得肚子还有点空落落的,就来到不远处的一家生煎店。里面卖的是牛肉煎饺,我们点了一份。一刻钟时间,一盘香喷喷、黄澄澄的牛肉煎饺就端上了桌。轻轻咬一口,一股香味浓烈的汤汁儿涌入口中,味道甜甜的,略带一点咸味。我心中一阵惊喜。这味道,以前没有尝过,好极了。我知道女儿喜欢甜味,就问女儿,这煎饺的味道怎么样?女儿高兴地点了点头。没想到,这南京的牛肉煎饺竟这么好吃。此后几天,我们就把这牛肉煎饺作为早餐了。临离开南京之前,还专门要了两份,带回北京家中。

第二天傍晚,游览结束后,我们在莫愁湖公园附近找了一家饭店吃饭。女儿上网查询，这家饭店消费不高，还卖小龙虾。我们坐下，询问小龙虾的价格。服务员说，小龙虾298元一份，每份共20支小龙虾。我吃了一惊。北京的小龙虾在菜市场不过卖18元一斤，饭店里卖到几十元，甚至近百元，就已经够贵的了，想不到这里更贵。我看到菜单上有盐水鸭，没在意。女儿说，盐水鸭是南京的特产，可以尝一尝。我以前经常吃北京烤鸭，印象中觉得，天下的鸭子都是一个味道。既然女儿说尝尝，就点一个吧。我与女儿点了一个盐水鸭、一份桂花藕、一份豆花和4个扇贝。没想到，盐水鸭的味道不同凡响，入口松软轻柔，香味清淡，吃起来没有油腻感，与北京烤鸭是两种完全不同的味道。值得一提的是桂花藕，藕中充填糯米，但看不到桂花，夹一片闻一闻，散发着丝丝的桂花香味，送入口中，软而不蹋，香而不腻。这豆花端上来一看，就是豆腐脑。用小匙舀起来吃一口，也别有一番滋味。豆腐脑味道如何，靠的是汤，汤是什么味道，豆腐脑就是什么味道。北京的豆腐脑加的是卤，卤是淀粉熬制的，黏糊糊的，除了有点咸味外，基本没有什么味道，我很不爱吃。这南京的豆腐脑，汤应该是用排骨加许多香料熬制的，色香味俱全，既香气袭人又清淡爽口，完全没有北京豆腐脑那种黏的感觉。

第三天时近中午，我们乘公交车前往夫子庙。到达夫子庙附近后，走进一家小吃店吃午饭。女儿点了蟹黄灌汤包、小笼包，我点了鸭油烧饼、小龙虾和凉皮，基本都是南京名小吃。小吃店生意繁忙，座无虚席。等待片刻，新出锅的蟹黄灌汤包端了上来。我以前早有耳闻，因惧胆固醇高，未曾吃过。这包子皮薄有汤，一动笼屉，里面的汤顺势流动，皮的表面像是荡起一层层涟漪。吃时，插一根吸管，慢慢吸汤汁，吸完汁，再吃皮。我问女儿，味道如何？女儿边吃边说，味道好极了。我点的小龙虾38元一份，价格不贵，量也不大。我戴上一次性手套，一只一只地扒小龙虾的外壳。外壳已经敲裂，不很坚固，扒起来比较容易。大概是为了让香料的味道浸入肉中。夹起一只虾肉,放入嘴中,细细嚼动,香味中透着辣味,很不错啊。只是觉得这虾肉不够新鲜,应该是早就做好了泡在汤料中的。当顾客点菜时,捞出即可。我点的鸭油烧饼最后端上来,捧起一个,一口咬下,慢慢咀嚼,虽然香味缕缕,却谈不上好吃,与其名声不符。当然,也可能是这一家做得不好。

饭后,赶往夫子庙。经过夫子庙的北门牌楼,跟着游人向前走。今天看出来是放假了,也看出夫子庙的繁华了,人非常多,商铺林立,各种各样的商品令人眼花缭乱。我来到南京特产商店,临来之前,妻嘱咐我们给她买点云片糕。妻小时候在南京生活过,吃过云片糕,在她童年的记忆里,云片糕特好吃。这次我们来南京,妻因工作忙,来不了。我们把买云片糕作为一项重要任务,一定要实现妻的心愿。正好,这里卖云片糕。我挑来挑去,买了桂花味、香甜味和原味三种,顺便还买了一只盐水鸭。因为前几天刚吃过,觉得味道非常好,带一只回去给妻尝尝。

走出夫子庙,来到秦淮河畔,旁边的"秦淮小吃城",生意很不错。南京的小龙虾最出名,但一直没有吃到正宗的。中午吃的小龙虾也不够正宗。这里的小龙虾应该是正宗的了,我们一定要尝尝。看一下价格,比较适中,98元一份。时间不长,服务员端上来满满一盘小龙虾,通红通红的,数量真不少。我戴上手套,把小龙虾去壳去头,扒出白中透红的虾肉。这里的小龙虾也是把壳提前弄裂了,把滋味浸了进去。我把虾肉放进口中,一股浓烈的麻辣味瞬间冲出,感觉好过瘾。细细回味,好像与中午吃的差不多,也不是很新鲜。是不是南京的小龙虾都是这样呢?我也说不好。大概这里的小龙虾都是提前浸入了香料,虾壳里面的虾肉渗入了麻辣香味,所以觉得不新鲜。以前吃的小龙虾,只有外面的虾壳有麻辣香味,里面的虾肉没有什么味道,因此觉着新鲜。可能是这个原因吧。

我与女儿坐在秦淮河边品尝着麻辣小龙虾,不时俯看着秦淮河里往来穿梭的游船,抬头观望着热闹非凡的夫子庙和江南贡院,应该是一种人生的享受吧？南京的美味确实有特色,南京的美味着实很诱人。与女儿一起出行,在体味天伦之乐的同时,能够品尝这些美味,更令我回味无穷。

2016年5月

风

光

明孝陵

明孝陵是明太祖朱元璋与其皇后马氏的合葬陵墓,位于南京市玄武区紫金山南麓,属于钟山风景区。明孝陵的修建开始于洪武十四年,至永乐三年建成,用工10万,历时25年。作为明皇陵之首,明孝陵代表了明朝初年建筑艺术的最高成就。此后的明清两代帝王陵基本按照明孝陵的规制营建。

我们到达钟山风景区,持票进入。路旁的树木非常茂盛,树叶嫩绿中透着亮,看上去非常干净,一尘不染。这与江南多雨的天气有关。前一段时间,江南经常下雨,树叶自然干净。北京很少下雨,路边的树叶灰蒙蒙的,盖着一层灰尘。

沿着景区内的指示牌向前走。虽然太阳在天上挂着,却也分不清东南西北。我盯着太阳想了半天,好不容易找到北了,绕过几个弯,又糊涂了。这里的路拐来拐去,没有正南正北的,只好不再想方向的问题,只是顺着指示走。

走了好长一段路,来到明孝陵近前,好像找到了一点方向感。首先看到的是下马坊。这是一座二间柱的石牌坊,宽近5米,高近8米,上刻"诸司官员下马"6个楷书字,告之进入明孝陵的各级官员必须下马步行,以表示对明开国皇帝朱元璋的尊敬。下马坊西北700多米处是孝陵的第一道正南大门——大金门。据说原来是黄色琉璃瓦重檐式建筑,现存的则是砖石砌筑的墙壁,下面是石造须弥座,非常寒酸。大金门正北70米处,是建于明永乐年间的神功圣德碑及碑亭。碑亭因呈正方形,俗称四方城,内置明成祖朱棣为其父朱元璋所立的"大明孝陵神功圣德碑"。

从四方城向西北约100米就到了神道。明孝陵神道依地形山势修建，布局蜿蜒曲折，不同于其他帝陵的直线形神道。自东向西北，神道两旁依次排列着狮子、獬豸、骆驼、象、麒麟、马6种石兽，每种2对，两跪两立，好像在夹道迎接明太祖朱元璋，同时，也在迎接来到明孝陵的后人。这些石兽各有寓意：狮为百兽之王，显示帝王的威严；獬豸是一种秉性忠直、明辨是非的神兽，能用角抵有罪之人；骆驼是沙漠的象征，表示大明朝疆域辽阔；大象是兽中巨物，表示江山永固；麒麟是麟、龟、龙、凤之首，象征仁义、吉祥、光明；马是帝王南征北战、统一江山的坐骑。这6种石兽中，象最大，重达80吨，头对头站着，分列路旁，栩栩如生。6对石兽观看完毕，神道转弯折向正北，不远处是棂星门。神道旁边立着2根六棱柱形石望柱，上面雕刻着云龙纹。据说望柱一般放在神道最前面，可是，朱元璋偏偏把它放在神道中间。前面不远有体型巨大的石人各2对，共8尊，分别是武将、文臣。

走到神道中间时，看到了东吴孙权大帝纪念馆。我们暂时离开神道，先去孙权纪念馆。馆前立着孙权的雕塑，馆内是孙权生平介绍。孙权的功业，通过三国演义已经知道差不多了：18岁受命主政江东，与曹操、刘奋斗智斗勇，奠定三足鼎立的格局。曹操评价他，生子当如孙仲谋。当然，孙权的历史事迹与三国演义还是有出入的。比如，草船借箭，原型是孙权指挥舰船与曹操作战时所为，并非诸葛亮。

神道的尽头是石砌的御河桥。跨过桥就到了明孝陵的正门——文武方门。从远处看去，黄瓦、朱门、红墙立于绿树掩映之中，正门上方悬挂长方形门匾，竖书"文武方门"4个鎏金大字，颇有气势。听说，文武方门原为5个门洞，3大2小，殿顶是黄色琉璃瓦。清同治年间改建为一个门洞，上方嵌着清石门额，刻着楷书"明孝陵"3字。1999年重修，恢复了明代时原貌。看到这些红墙、金黄色琉璃瓦，我感觉好像又到了故宫附近，只有帝王的陵墓才有此物啊。门后的碑殿立有五座高大石碑。正中石碑下有驮碑龟趺，上书清康熙皇帝1699年第三次下江南谒陵时御题的"治隆唐宋"四个鎏金大字,意思是颂扬明太祖朱元璋的治国方略超过了唐太宗李世民和宋太祖赵匡胤。这是当时历史背景下康熙皇帝的策略。当然,也表示出康熙皇帝对朱元璋英雄相惜的意味。此碑是曹雪芹的祖父、当时的江宁织造曹寅奉命刻立的。

前面是一座殿宇,悬挂着明太祖朱元璋的遗像。两边是卖纪念品的柜台。殿宇也是红墙、琉璃瓦。四周建有龙子吐水的基座。由于年代久远,汉白玉雕成的龙嘴已破旧不堪。想当年,这里是明孝陵的主要建筑——孝陵殿,又名享殿,后毁于战火。现在的殿宇是清同治年间重建的,规模比原来的小了很多。不由得不令人感叹世事沧桑,斗转星移。

继续前行。不断沿台阶向山上走,最后来到一座气势恢宏的皇家殿宇前面,上书"孝陵"两个字。旁边的指示牌上则写着"明楼"。这明楼是什么?是明太祖朱元璋独创的陵墓。明楼下面的城墙名为方城,用巨型条石建成,长70多米,高15米多,底部为须弥座。方城正中是一个拱门,中通圆拱形门洞,内有54级台阶。拾阶而上,出了门洞,迎面是13层条石砌成的宝顶南墙。城墙上面的两层宫殿即是明楼。由于维修的时间不长,这两层宫殿看上去很新。只是下面方城的城墙颇为沧桑。石头下面的钟乳石都已经积累了很多,长长的,厚厚的。风雨的侵蚀留下了厚重的痕迹。

我们从方城门洞中穿过,沿两旁的通道爬到了明楼顶层,里面是朱元璋的一些生平介绍,还有无处不在的纪念品服务部。沿右边通道向下走,路边的一个指示牌写着"宝顶"的介绍。宝顶,是朱元璋和马皇后的地宫所在,处于由此向前不远处的山顶上,围着几公里长的围墙。女儿很想去看,我也想去看一看。我们就沿着山路向前走,先是爬了一段山,累得我们出了一身汗。终于来到一座小山顶上,以为就要到了,我们很兴奋。可是,什么也没看到。继续向前走,开始下山。走了很长一段路,来到一堵城墙前面。这城墙有五六人高,虽然很陈旧,但主体完好。我们沿着城墙向前走,以为就要到了。虽然挺累,还是加快了脚步。走了十几分钟,看到前面有像殿宇的建筑,非常高兴,终于到了。我们沿着城墙爬上殿宇,这才发现,这个殿宇就是我们刚才看过的"明楼"。我们从明楼的左边返回了明楼,等于是从右边出发,绕了一圈,又回到左边。

沿原路返回,想想今天所见所闻,感叹明孝陵真是与众不同!

2016年5月

南　京

南京的风景名胜很多。我们只有几天假期,开足马力,也不过参观了不多的几个地方。

南京长江大桥于20世纪60年代建造,70年代通车。在当时的条件下,建成这座大桥,称得上奇迹。四十多年了,桥依然用着。司机师傅说,今年年底大桥就要大修了。我和女儿走在桥上,看到长江在脚下滚滚东去,颇为感慨。在桥头堡望长江,还觉得江面不是很宽,江水不是很急。沿桥面向江中间走,越走越觉得江面宽阔,江流湍急。站在桥上,放眼望去,江面上驶着大小轮船,江南侧有一造船厂,江北侧耸立着高楼。桥的西侧,望江楼依稀可见。身旁,汽车的洪流飞快驶去。脚下,忽然一阵震动,是火车隆隆驶过。桥栏杆,历经岁月的沧桑,已经非常陈旧。桥头堡,阅尽人世的情怀,保持着昔日风采。时代的印记深深地镌刻在大桥的每一个角落。

玄武湖离大桥不远,我们从玄武门进入玄武湖。南京的玄武门在玄武湖的西侧,与唐朝玄武门兵变那个玄武门没有一点关系。玄武湖面积很大,湖中有四个岛,称为四个洲。这么大的地方,只靠步行是转不过来的。我们乘坐观光车游览湖内四洲。车走得很快,走马观花,半个小时就领略了四个洲的风景,观望了玄武湖的全貌。玄武湖中小舟点点,菱洲岛内百花争艳。古城墙畔歌舞连连,钟山脚下天上人间。观光完毕,与女儿租了一条游船,泛舟玄武湖。湖的水面有几千亩,我们只在西南侧游玩,这一侧的水面就比北京的北海大许多。碧波荡漾,微风徐徐,扁舟一叶,古城陪伴。

总统府是通俗的说法,这里最早是两江总督署,其次是洪秀全的天王府,再次是南京临时政府总统府,最后是南京国民政府总统府。进门首先是两江总督署史料展，里面有林则徐、张之洞等两江总督的画像。丧权辱国的中英南京条约就是两江总督耆英签订的。下一个是洪秀全的太平天国史料展。室内陈列着洪秀全的龙椅，挂着洪秀全和东王、西王、南王、北王、翼王等人的画像。记载着洪秀全建都天京后，一直到去世的故事。路的另一侧是太平湖，景色不错。府中有湖，不多见。湖边有孙中山先生用过的办公室和南京临时政府史料展。许多珍贵文档包括当时的电报、文件等陈列于此，供游人参观。其中有一份是袁世凯拍给孙中山的清帝退位诏书，还有一份刻在墙上的《中华民国临时约法》。最里面是南京国民政府的办公楼旧址，参观的游客非常多，拥挤不堪。总统府东面不远就是梅园新村。1946年8月至1947年3月，周总理率领中共代表团与国民党进行和谈时，就驻在梅园新村。

夫子庙在秦淮河一侧。今天正值假期，游人非常多。夫子庙前商铺林立，各种各样的东西令人眼花缭乱。看到卖云片糕的，我立即买了三种口味。妻小时候在南京生活过两年，吃过云片糕，在她童年的记忆里，云片糕特好吃。这次来南京，妻嘱咐我们给她买点云片糕，我先把这任务完成了。进入夫子庙，正前方路两旁是孔子八个弟子的汉白玉雕像，再向前台阶上面是孔子的雕塑。孔子像后面是大成殿，里面挂着孔子的巨幅画像，立着孔子的牌位，旁边悬挂着名人的题字，中间是"万世师表"四个大字。从大成殿后门出来，左边亭阁下立着状元鼓，右边亭阁下立着一口钟。正中院内有五位穿着长袍大袖的青年进行体育表演。他们一会儿闪展腾挪，一会儿翻跟头，一会儿表演太极，和着音乐，一板一眼，很有些古韵。

夫子庙大门东边是江南贡院。清朝时期两江三省的科学考试在此举行，曾出过许多著名人物。贡院里面有一个铸着两个龙头的铜门槛，跨过去，寓意是鲤鱼跳龙门，游客们纷纷跨一下，图个吉利。右上方悬挂着三个匾：中间是状元，两旁是榜眼和探花。下边，有几位老先生在写字作画。前面不远处有一长廊沿着秦淮河而建，是当年学子们报名时排队的地方,现在陈列着当年学子们的一些轶事。

瞻园是明代中山王徐达的府邸。当时,徐府面积很大,瞻园只占不到四分之一大。后来,成为太平天国东王杨秀清的王府。府内假山很多,亭台楼阁造型别致,不大的面积上建有几个小型湖泊。利用假山的山势,造了一处小型瀑布,园内的水活起来。导游给我们介绍,园内有一镇园之宝——天下第一"虎"字碑。我们在电视上、书法作品上见过那个"虎"字,但未见过碑。南有"虎",北有"福"。北方的"福"在原是和坤府的恭王府,南方的"虎"就在这里。

秦淮河自古曾是"风华烟月之区,金粉荟萃之所"。由于秦淮河名气大,更由于朱自清等文人墨客的名气大,想来夜游秦淮河的人很多很多。我们吃完晚饭,走到秦淮河码头,天还没黑,码头上已是人山人海。大家一个挨着一个,慢慢向船上走。河对岸的灯光已经亮起来,两条黄色的巨龙悬在河对岸的墙上,左边"秦淮人家"的字样分外耀眼。游船很多,我们乘坐的叫画舫,结合了北方马车和南方游船的特点。画舫的外面挂了一圈红色小灯,在夜晚来临之际,灯光闪烁,熠熠生辉。天渐渐黑下来,河畔的灯光都亮起来。画舫在导游播音声中前行,讲述着秦淮河昔日的繁华与热闹。我们边听着故事,边欣赏秦淮河的风景。灯光照耀下,水波潋滟,一闪一闪,游船冲起的波浪发出阵阵哗哗声,岸上"夜泊秦淮"的灯笼亮了起来,红色的灯笼沿河岸向前延伸。秦淮河的两岸,秦淮河上的每一座桥,都有讲不完的故事。船上的广播一刻不停地讲述着。我们仔细地观赏着,静静地倾听着。目光所及,只有岸上的灯光、水上的游船、微波荡漾的河水和一座座造型别致的桥梁。耳朵所听,只有船上的广播声和波浪的拍击声。

秦淮河还是秦淮河,但秦淮河已不是昔日的秦淮河。桨声灯影里的秦淮河已经不再了。才子佳人已远去,秦淮河畔无旧事。桨声灯影名犹在,物是人非梦依稀。

2016年5月

旅　途

香港的夜景

我们经常从电视、电影中看到,香港高楼大厦林立,繁花似锦,尤其是晚上,整个香港灯火通明,耀目璀璨,美不胜收。这一幕幕如诗如画的景色,在众多国人心头留下了无法抹去的印痕,让人心生憧憬。我也是其中的一位。

前几次出差,由于工作繁忙,没有机会洞观香港的全貌。这次出差,我利用工作间歇,去尖沙咀观赏了香港的夜景。

先步行两站路,由坚尼地城走到中环码头。正值六月,天很热,没有一丝风,不多会儿,额头就已经冒汗了,身上的衣服也潮乎乎的,汗水都浸透了。

沿着走廊,一路走来。到了国际金融中心,空调吹着,真是太舒服了。我未久留,穿过大堂,走到码头边。

一排码头沿维多利亚港畔展开,一直编号到7。我不知道到底哪个码头的船到对面的尖沙咀,一位小伙子告诉我是7号码头。这次问询比较顺利,小伙子不仅懂中文,而且懂普通话,不像前几次问询一样,人家不懂中文,根本听不懂我的话,或者人家只懂粤语,不懂普通话,我干着急没办法。

到7号码头,买了船票,我乘渡轮到尖沙咀的天兴码头。一开始,我以为渡轮是小船,就像我们在内地乘坐的小船一样,可以载几十人。得出这一想法,是因为我在酒店楼上观看维多利亚港湾时看到了来往船只的大小,那些渡轮小小的,速度不快不慢,来往穿梭着。当来到船边我才发现,这渡轮一点也不小,能容纳300人以上。我在楼上看港内的渡轮,觉得船挺小,坐不了几十个人,那是因为楼层很高,离着渡轮很远。更让我觉得诧异的是维多利亚港的宽度。

199

在楼上看时,觉得港口不宽,好像一条窄窄的河道。渡轮开动后,走到港口中间,凉爽的海风吹来,翻腾的海浪摇晃着船体,我前后左右观望着,才体会到港口的宽阔,才体会到大海的律动。

应当说,此时是风平浪静的,特别是港口本身就很少有大海的凶险,我却依然能感受到大海的气息。无风也起浪,这就是大海。

渡轮快速行驶着,八分钟左右,横穿维多利亚港,到达了尖沙咀的天兴码头。这次泛舟维多利亚港湾,正值夜幕降临,港岛灯火通明的美景让我注目良久。这时候,香港才显出大都市的风采来。

朋友告诉我,晚上8点整,维多利亚港上演"幻彩咏香江"大型灯光表演,届时,我站在尖沙咀,可以看到港岛上的那些著名建筑,可以看到香港岛的全貌。

幸亏我赶得及时,还差5分钟时,我乘坐的渡轮抵达了天兴码头。随着川流不息的人流,我来到了岸边的钟楼附近,登上了钟楼一侧的天桥。天桥的对面就是维多利亚港的全景,也是港岛的全景。天桥上已经积聚了许多人,大家都在等灯光表演。

今晚的天气特别好,月亮清澈明净地悬挂在天空,旁边有几颗星星眨着眼,几块白云像锦缎一样飘在天上。

对面港岛上一片灯火阑珊。从左到右,延伸开来。由于楼的高度各不相同,楼的形状千奇百怪,楼上的灯光或明或暗,整个港岛绘出了一幅绚丽多彩的巨幅画面。

8点整。灯光表演开始。伴随着音乐的旋律,解说员一一介绍着从左到右的各幢高楼的名字。因为说的快,也是我记忆力不好,我记不住这些名字,只听到了中信大厦、三星集团、恒大集团、中银大厦、国际金融中心二期,等等。能知道这些名字,部分是因为这些高楼楼顶上的灯光照耀着它们的巨幅招牌,或者因为有的楼的形状早已熟悉,不用介绍也知道。其中,国际金融中心二期虽然没有招牌,但是它最为显眼,因为它是香港第一高楼,矗立在那里,鹤立鸡群。每介绍一幢大厦,大厦上面的灯光就亮起美丽的图案,颜色有绿的、蓝的、紫的、红的,当然还有白的。几道绿色的激光从楼顶射出,刺破浩瀚的夜空,音乐伴随着图案,把港岛装饰得美丽非凡,将维多利亚港映衬得婀娜多姿。

大家都举着手机,一刻不停地拍着,唯恐错过了这流光溢彩的夜景。这尖沙咀真是个观景的好地方,视野开阔,一览无余,相机的角度一点不受限制。许多人嘴里发出并不刺耳的尖叫声、啧啧称奇声、夸耀声,既怕干扰了别人,又难以掩饰自己激动的心情。我猜想,这观光的人群中,有很大一部分应该是内地来的游客。因为,正在进行的灯光表演每晚都举行,大部分香港人应该早就看过了。现在来看的,应该不是香港的居民或者长期在香港居住的人,主要是外地游客。

这迷人的景象,让人不由得心生爱恋。香港,真美,不愧为东方之珠,这景象多么灿烂辉煌。

当然,人们现在看到的是香港繁华的一面,其实,香港也有久经风雨颇显陈旧的地方,比如上环。我们白天看到的那些住宅商铺,在海风的劲吹下,在雨水的侵袭下,长满了岁月的斑痕。一道道印迹,像时间老人脸上的皱纹,深深的,长长的。我记得十年前来这里时就是这样,现在还是这样。不过,这些陈旧,这些斑痕,并不能掩盖住香港的繁华,相反,在这炫目的灯光下,那些久经风雨的住宅商铺倒不怎么引人注意了。

然而,不引人注意,并不意味着不存在。来香港,看香港繁华的同时,不要忽略了那些陈旧。

15分钟后,灯光表演结束。跳跃在各幢大厦上的五彩灯光停歇了,只留下亮如白昼的灯光持续到黎明。

美丽的香港,美丽的夜景。

2017年6月

香港的早晨

不知几点钟,五光十色的灯光熄灭了,香港睡着了。

清晨,我走出酒店,到海边去看睡梦中的香港。

马路上非常清静,偶尔有几辆车飞驰而过。有一些店铺门口停着货车,许多人在忙着卸货。看来,是这些店铺在为今天的生意准备货物。

我走过天桥,来到位于维多利亚港岸边的中山纪念公园。一进公园,就看到有一群中老年妇女在跳广场舞。广场舞传播速度真快,不仅在内地风行一时,也传到香港来了。这些女士们排着整齐的队形,跟随着简洁明快的音乐旋律,乐此不疲地重复着一套简单的动作,跳得非常起劲。

公园内的树木大部分是阔叶植物,非常茂盛,属典型的南方风情。虽然已经是冬天,但香港的气温始终维持在零度以上,树木的叶子没有凋落。放眼过去,每一片树叶都干干净净的,没有笼罩上灰尘。那满眼的绿色,有点垂涎欲滴的感觉,特诱人。眼睛平日里被玻璃和水泥刺激的很不好受,看到这美丽的绿色,感觉舒服极了。

这时,跑过来几个晨练的人,有的穿着裤头背心,有的穿着运动服。我站在海边,感觉海风吹过来时凉飕飕的,心想,那几位穿着裤头背心的晨练者真不怕冷。我正感叹着,又跑过来一位外国人,这位先生胸大肌特别发达,好像练过健美,周围有几个人频频抬头看他,大概是欣赏他的肌肉吧。

我边看边走,旁边有几位老先生在扭腰,还有几个年轻人在压腿,大家各忙各的,谁也不与谁说话。

旁边的树丛中不时传来清脆的鸟鸣,此起彼伏,忽高忽低。我循声音望去,大树枝叶繁茂,我虽看不到鸟儿,但能感觉到鸟儿很快乐。

公园内有三座不大的银白色雕塑,三座雕塑的不远处矗立着孙中山先生的青铜塑像。

我站在海边,向远处驻足观望。维多利亚港两岸的高楼一片静谧,香港还在睡梦中,完全没有了夜晚的喧哗与热闹。一层薄薄的晨雾笼罩在这些高楼大厦的上方。港岛上的国际金融中心二期与西九龙的环球贸易广场高高耸立着,像哼哈二将,守卫着维多利亚港。

维多利亚港内波涛汹涌。我看到的海水不是蓝色,而是深绿色,略微有些混浊。从远处看港内时,看到的是风平浪静,风和日丽,来到海边,才发现港内的波浪汹涌澎湃,因为距离远的缘故,看不清那些波浪,才发生错觉。大海就是这样,无风也起三尺浪。这波涛汹涌的广阔海面给我的第一感觉是震撼,我虽在陆地,却已经感受到了大海的雄威。我的心随着波浪在起伏,随着波浪在加速跳动。

海面就在我脚下十几米的地方,隔着防护栏,我看不到海浪冲击岸边的景象,只听到了海浪有节奏的拍打声。我看到了一些白色的塑料袋、彩色的矿泉水瓶和泡沫塑料在海面上漂浮。这些杂物被海浪推到了岸边。虽然不多,却不环保,也有碍风景。

一群一群的小鱼在海面上游嬉,忽而冲上水面,忽而钻入水中,有的穿梭在那些杂物中间,追来逐去。鱼儿不喜欢杂物,却也不得不与这些杂物为伍。

港内,有几艘客轮疾驰而过,我猜想,那应该是赶往澳门或内地的班轮。轮船速度很快,劈波斩浪,冲向远方,身后留下一条条长长的白色带子,那是轮船冲击水面留下的浪花。远处,货运码头清晰可见。塔吊好像正忙着从货轮上卸下一个个的集装箱,大概码头上的工作是轮班制吧,码头上的工作一刻不停。隔着维多利亚港,距离太远,我看不清楚,只能作此想象。

沿着海边前行,两岸鳞次栉比的高楼错落有致,高楼旁边、高楼后边是数量庞大的普通楼房。我几次来香港,去的地方比较多,既看到了这些庞然大物,也看到了那些旧的矮的普通楼房。我想香港有这么多的高楼,主要是因为香港地方小,寸土寸金,不盖高楼不行,只有把楼往高里建,才能满足需要。

大多数香港普通居民住在普通楼房中,能住豪宅的,毕竟只是少数人。不知道那些普通居民的生活怎么样,我虽然多次来香港,却始终没有机会到普通香港居民家中去看一看。我转到生活超市和菜市场看了看,菠菜、芹菜等蔬菜价格虽贵,但很新鲜。

边走边看,不知不觉沿海边走出很远。天渐渐亮起来了,太阳从云层中露出脸,香港的高楼大厦披上了一层美丽的金黄色,马路上的车辆多起来,马达的轰鸣声震耳欲聋。

香港睡醒了,开始了一天的忙碌。

2017年12月

香港的餐馆

在香港工作这段时间,吃饭问题自行解决。有时候与同事一起吃饭,有时候自己找地方吃,住处周围的餐馆几乎吃了个遍,有的餐馆还去过好多次。不厌烦吗?不会的。每次去,我都点不同的饭,如果没有想吃的饭了,就换一家餐馆。十几天下来,我感觉香港的餐馆有几个特点。

餐馆的餐位非常拥挤。不管是小餐馆,还是大餐馆,里面的桌椅布置拥挤不堪,像我这样一般身材的人,刚好能坐到座位上,胳膊、腿没有任何伸展的空间。人就像一颗螺丝钉,被紧紧地嵌在椅子上,一动也不能动。坐好了,这张餐桌就是自己的了吧?不是的,不要以为这张桌子就坐你与朋友两个人,只要有一点空间,餐馆的服务员就会安排其他人挨着你坐下。用一个专业术语来说,叫"拼桌",这一点,在香港非常普遍。由于桌子很小又很窄,对着面吃饭的两个人头与头之间的距离很近。当然,也有餐位不拥挤的地方,那就是档次高一些的酒店,大家围桌而坐,在那里面就感觉比较舒服了。这样的地方,花费较高。

饭菜的味道一般般。去餐馆吃饭,不要追求味美,餐馆出售的饭菜,都是一般的饭菜,大众口味,谈不上好吃,也谈不上难吃,吃饱就可以了。香港距广东很近,饭菜口味接近粤菜,北方人大多吃不习惯。有朋友推荐了一种堡仔饭,说如何如何好吃,每次经过店门口时,总看到有许多人在门口排队,我们也被吸引了,这么好吃,无论如何也得尝一尝。有一次,同事排队占了座位,我们随后赶到,把自己的身体塞进座位中,勉勉强强坐下了。首先点的就是堡仔饭,堡仔饭是现吃现做的,需要40分钟左右。我们耐心地等着。既然想

205

吃美味,就要沉住气。半个多小时过后,堡仔饭上来了,我们每人盛了一些。闻着挺香,激起了食欲,也有些饿了,我立即吃起来。吃了第一口,就觉得味道不怎么好,慢慢地,我吃出来了,所谓堡仔饭,就是米饭蒸腊肉。不知道别人的感觉怎么样,反正,我不喜欢。尽管不喜欢吃,已盛的饭也勉强吃完了,不能浪费。人的口味不同,别人喜欢吃的,你未必喜欢。吃饭不能人云亦云,得找到适合自己的口味。

饭菜肉多菜少。我吃过许多餐馆,也换过许多饭菜,总起来说,货真价实。老板舍得放肉,放海鲜,但不舍得放青菜。即使有青菜,也主要是芥蓝。这芥蓝,茎秆粗粗的,嚼起来硬硬的,一点也不好吃。想吃点白菜也很困难。有一次,我与一位同事去吃饭,看到菜单上有一例炒白菜,大喜,连忙招呼老板,"来一份炒白菜"。不多会儿,菜端上来了。我们一看,傻眼了,不是白菜,是奶白菜。我们光顾着高兴了,忘了问是什么白菜了。北京不也是这样吗?把卷心菜叫圆白菜,与大白菜的味道差别大了。我用筷子夹了一口,苦兮兮的,真难吃。不仅仅是原料的问题,做法也不行。老板不是炒的,而是焯的,就是用白水煮的,这是英国人的做法,去年去英国时就吃尽了这种做菜方法的苦头。

饭菜的价格不是很贵。我到的这些餐馆,吃碗米线或者吃份炒饭,一般在港币40元左右,有时候需要港币50元。也就是说,花港币50元可以吃饱。饭后,我到旁边的菜市场去转了转。不看不知道,一看吓一跳。菠菜、芹菜、韭菜港币12元一斤,芥蓝港币6元一斤,猪肉港币30元一斤,那么多的菜,属芥蓝最便宜。我一下子明白了为什么餐馆不舍得放青菜,即使放青菜,也是放芥蓝。内地很普通的蔬菜,如菠菜、芹菜,这里吃饭时很少见到,就是因为太贵了。在北京,这些菜才二三元人民币一斤。我不喜欢吃这么多海鲜和肉,想吃青菜,这些餐馆却不做这些青菜,要吃只能到大一些的酒店去吃,那花费就不是几十元能解决的了。有一位朋友告诉我,香港本地人很少在家里做饭，而是到餐馆去吃，因为他们算过账，在餐馆吃比自己做要便宜。自己做，需要买菜、买肉、买鱼、买油，需要用电、用煤气，等等，合算下来，比餐馆的饭菜还要贵。当然，这是他们喜欢餐馆口味的情况，如果他们不喜欢餐馆的口味，像我这样的，该怎么办？即使做饭贵一些，也要自己做，要不然难以下咽。

饭菜的卫生状况还可以。到餐馆吃饭，我没有见到苍蝇。香港的冬天在10℃左右，苍蝇应该冻不死，但餐馆里外都没有见到。这一点做的挺好。餐桌上也很干净，前面的客人刚走，服务生马上过来打扫干净，以备下一拨客人使用。餐馆的地面始终保持清洁，没有垃圾。饭菜端上来，看着很干净，我吃过这些天，从没有闹过肚子。但是，有一件事，让我印象非常深刻。我在一家餐馆，要了一份虾酱空菜饭。服务生端上来，我就开始吃，刚吃了几口，菜里露出一截塑料绳。显然，这是厨房师傅洗菜、做菜时漏到菜里面的。我把服务生叫过来，指给他看，服务生连说对不起，把菜端了回去重做。等了十几分钟，饭菜重新端上来，这次没再出现塑料绳。不知道是重做的，还是直接把塑料绳取出来又给我端上来的，眼不见为净，要相信人家。

以上是我在香港餐馆吃饭的感受。由于口味不同，视角不同，人们各有各的看法。有朋友会说，你的感受不对，我就觉得味道挺好。那也是对的，因为人与人不一样。生活本就是个万花筒。

2017年12月

香港的楼

　　我一开始知道香港,是从电视画面上看到的。那一幢幢雄伟高大的楼,矗立在维多利亚港两岸,多么气派,多么辉煌。我一直以为,整个香港全是这样的,直到我来到香港,有时间转转看看,我才知道,那景象只是香港的一角、香港的面子而已,香港的楼并不都是那样的。下面,我聊一聊我看到的香港的楼。

　　香港的楼很高。人们常看到的高楼大厦,如国际金融中心二期、中银大厦等,都位于港岛中环。这些高楼动辄五六十层,有的七八十层,甚至更高,直入云霄,与位于港岛对面尖沙咀的环球贸易广场等建筑遥相呼应,共同构造了香港的繁荣景象。内地的高楼,楼与楼之间的距离一般比较远,中间有一些低层建筑。香港的高楼却比较集中,一座挨着一座,形成了高楼建筑群,看上去非常壮观。不过,这些高楼全是商务楼,隶属于一个一个的集团、公司。在这些楼的后面或者远处,还有许多低一些的楼,里面有商务楼,也有住宅楼,住宅楼居多。虽然与商务楼相比,住宅楼相对较低矮,但这些楼的绝对高度也不矮,一般在四五十层,比北京的楼高多了。北京的楼一般也就二三十层高。香港的楼为什么建这么高?一是为了追求繁华,二是因为香港岛的面积太小,三是因为香港的人口相比土地面积而言过于稠密,四是因为香港的经济非常繁荣,公司、企业非常多。

　　香港的楼很密。无论是在港岛,还是在九龙半岛,楼层一座挨着一座,密得很,楼与楼之间只隔着一条条双车道的马路。从这座楼上伸出一个梯子,就可以搭到对面的楼上。走在马路上,除非昂起头直直向上看,能看到"一线天",否则视力所及之处,全是钢筋水泥的森林和玻璃的世界。我穿行在这些高楼大厦中间,感觉非常压抑,压得人喘不过气来。为什么楼层这么密?这也与香港的地域狭小有密切关系。这么多的公司、企业,这么多的人,如果要容得下,楼层除了向高处建造,越建越高之外,就只能往密里建造。可是,当我路过大屿山时却发现,那么多的地方全是公园,没有开发。朋友说,香港人宁肯在港岛、九龙住得非常拥挤,也要留下公园,不是没有地方,而是舍不得用。挣钱很重要,有休闲的地方更重要。

香港的楼有新有旧。我们在电视上看到的那些楼,座座富丽堂皇。但是,这只是香港的脸面,在这些楼的下面或者后面,却是一座座已经非常陈旧的商务楼、住宅楼。在风雨的吹打、冲刷之下,岁月的痕迹非常明显。有的楼表面锈迹斑斑,有的看上去半新半旧,九龙半岛上的建筑尤其明显。香港是一座发展较早的城市,许多楼层都是20世纪高速发展时期建造的。随着时光的推移,这些楼越来越旧了,香港由一座新的城市变成了一座旧的城市。虽然港岛上也在建造几座新的建筑,但少量的新楼改变不了香港整体的"老"相。不知道为什么,我看到香港这些楼,想到的是旧,是破,但在英国伦敦和纽卡斯尔看到的那些18世纪的建筑,想到的却是历史的厚重感。思来想去,唯一的答案是"文化"。没有文化的旧楼,就是旧楼,具有文化的旧楼就是历史古迹。

香港的楼面积很奇怪。我们步入那些高楼大厦,看到里面非常宽敞,楼层的高度很高,一点压抑感也没有。楼里面的商场也相当大气,有几百平方米的,有上千平方米的,还有更大的。这与楼外的狭窄空间形成了鲜明对比。我不明白,为什么香港人把楼里面建的这么宽敞,却把楼外面建的这么狭窄拥挤?我想到的答案是,"利益"二字作祟。当然,这说的是商务楼,至于住宅楼,则是另外一番情况。听朋友说,香港的住宅非常紧张,住宅的面积普遍很小,并且有一半以上的香港居民住在政府提供的公租房内。在香港,如果能买一套建筑面积40平方米以上的公寓,就称得上是豪宅了。建筑面积40平方米，是什么概念？一个室，一个厅，一个卫生间，一个厨房，室和厅，刚刚容得下一张床而已。即使是这样的房子，也只有少数人才能拥有，一半以上的人连这样的房子也拥有不了。这也可以解释为什么香港的住宅楼要建那么高那么小了。

香港的楼价格很高。香港一半以上的居民住公租房，主要原因就是房价太贵。香港居民的收入虽然高，但一般人的收入与房价相比，还是差得太远。至于商务楼，价格更不用说了。

香港的楼有好多，不是只有港岛、尖沙咀那几十座。香港人住的楼，不一定有你住的舒适。

2017年12月

珠江口

香港的工作完成以后,我们乘船赴澳门。

随着人流来到船前,拉着箱子上船。船身摇晃着,伴随着波浪一起一伏。海面上没有大的波浪,好像风平浪静,可即使在港内,即使没有风,那拍打着码头的浪头一刻也没停。我小心地登上船舷,努力控制着重心,防止摔倒。幸亏我不晕船,要不然,很快就会吐了。

坐在座位上,环顾四周。这是一艘大船,一层乘坐300多人,二层乘坐200多人,船上的座位差不多坐满了。看来,到澳门的人不少。船东是喷射飞航公司,听这名字,应该可以猜到船的速度。

果不其然,船开动了,速度很快。说劈波斩浪,好像并不为过。船身有节奏地左右晃动着,一点不耽误前进速度。

211

旁边的乘客大都闭上了眼睛,利用这航行的时间睡一觉。我想看看一路的风景,就来了精神头,左右交替观看。由于位置的原因,我只能看到船的左右,看不到前,更看不到后。

我们是从香港到澳门,香港在珠江口的东侧,澳门在珠江口的西侧,船只横跨珠江口,船的右侧是靠近陆地的一方,船的左侧是靠近海洋的一侧。

船离开了维多利亚港,飞快地前进,左右两侧的水面飞速后退着。本来我以为,马上就会看到右侧的陆地、左侧的海洋,没想到,一个个的岛屿出现在视野中。右侧的岛屿不是很多,不多久,就只看到起伏的山峦了。这应该是陆地上的山脉,不高,长满了绿色植物。从远处看,好像是一座座小岛相连。左侧的岛屿非常多,远的近的,大的小的,连续不断。回想一下地图,这些应该是万山群岛。

由于这些岛屿的存在,我感觉,我们好像是航行在一个大的湖泊中,像千岛湖那样的湖泊。

走了不到半小时,右侧的山峦、陆地不见了,左侧的岛屿也不多了,只有很远处还有几个岛的影子。眼前是一片苍茫的水面。我惊奇地发现,水不知从什么时候起,由蓝色变成了绿色。海水是蓝的,怎么变成了绿的? 这应该就是珠江口了。珠江水汇入大海,河水的汇入使海水的颜色形成了绿色。

珠江口与我们的近代史联系密切。林则徐虎门销烟就是在珠江口;第一次鸦片战争开始,也是在珠江口。珠江口外就是零丁洋。光说珠江口,更多是一种地理上的概念,说起零丁洋,就会令人想起南宋名臣文天祥。

坐在船上,望着宽阔的珠江口,心中不禁感慨万千。遥想文天祥当年,受命于危难之际,面对敌强我弱的形势,明知不可为而为之,将个人生死置之度外,收拾残兵败将,殊死抵抗。兵败后,在五坡岭被俘,宁死不屈。当元兵劝降时,作《过零丁洋》诗一首进行回答:"辛苦遭逢起一经,干戈寥落四周星。山河破碎风飘絮,身世浮沉雨打萍。惶恐滩头说惶恐,零丁洋里叹零丁。人生自古谁无死,留取丹心照汗青。"何其悲壮! 他展现的民族气节,令无数人为之落泪,令无数人受到鼓舞。林则徐面对中华民族的深重灾难,毅然决然主张禁止鸦片,组织军民与装备现代武器的英军作战,后虽被罢官充军伊犁,为国赴难的雄心壮志始终未改。在西安与家人分别时,作诗一首以明志:"力微任重久神疲,再竭衰庸定不支。苟利国家生死以,岂因祸福避趋之! 谪居正是君恩厚,养拙刚于戍卒宜。戏与山妻谈故事,试吟断送老头皮。"多少中华民族的英雄儿女,慷慨赴死,勇救国难,用实际行动践行了"人生自古谁无死,留取丹心照汗青"的民族精神。多少中华民族的仁人志士,不计较个人的利益得失,不在乎自己的荣辱祸福,用铮铮铁骨实践了"苟利国家生死以,岂因祸福避趋之"的先贤教诲。我们国家强大了,我们民族正在走向复兴。但是，我们仍然不能忘记曾经的千般劫难，仍然不能忘记先人的警世格言。

珠江口很宽，轮船迅速地穿越。正行进间，我看到右侧水面上出现了一条长龙，好像一节一节竹子似的浮在水面上。我忽然想起来，这应该就是正在建造中的港珠澳大桥。"竹子"的上面一道线是桥身，下面一道线是水面，"竹节"是一个个的桥墩。

大桥靠近香港一侧时没有了踪迹，因为在珠江口中间的某处，大桥钻入地下，成为海底隧道了，只在靠近澳门珠海一侧建起了大桥。珠江口跨度大，大桥修得很长，约有29公里。海底隧道长约6.75公里。港珠澳大桥，包括所有路面在内，共长约50公里。

我们快速地靠近澳门。港珠澳大桥一直伴随着，由远及近，也来到澳门。蜿蜒曲折的大桥，确实像一条巨龙，将香港、澳门与内地紧密地联结在一起。

船驶入澳门外港码头。澳门到了。

2017年6月

澳门塔

澳门塔,当地习惯称为观光塔,是澳门的标志性建筑,也是澳门的制高点,高338米,比法国埃菲尔铁塔高14米。主观光层离地面223米,站在上面,澳门的全景一览无余。

以前几次到澳门,在工作之余,逛过商店,看过景色。到过新葡京,到过威尼斯人商场,到过大三巴牌坊,到过妈祖庙,路过洋观音,路过澳门塔,路过莲花广场,路过原葡萄牙总督府。但是,由于一直在楼宇之间穿行,或者上车下车,或者上楼下楼,始终分不清方向,不知道东西南北。大家都说澳门地方小,几个小时就能全部看完,我却迷迷糊糊的,不知道澳门什么样,不知道澳门有多大。

曾经听说过澳门塔,知道这地方可以观看整个澳门,但没有机会登上去看看。这次终于找到机会了。

我乘电梯登上澳门塔。电梯的速度很快,几十秒钟,就到了顶层,我感觉耳膜嗡嗡地响。电梯上升过程中,透过几处玻璃墙面,看到地面被远远地抛在下面,好像有些眩晕。

电梯到达60层。聪明的澳门人在这一层开了一个旋转餐厅。我没来过这里,不知道旋转餐厅是什么样子。我的想象中,旋转餐厅应该是自己在餐厅内走一圈,就可以把澳门看全了。

餐厅是自助餐,菜在塔的中间部分,围着塔中央,一份一份地摆着,有中式,有西式。这地方生意火爆,需要提前预订,如果晚了,就订不上座位了。来澳门旅游的人,都想到这里观看一下澳门的全景,吃饭倒是其次。

这时,我站的地方正对着澳门的凼仔岛和珠海的横琴岛。凼仔岛上高楼林立,由于我们所处位置太高,那些高楼都像低矮的建筑一样,趴在那里,显不出威风。有三条长长的白色带子从我们脚下伸出去,连着我们脚下和氹仔岛,直直的,这是澳门本岛与氹仔岛之间的三座高架桥。氹仔岛与横琴岛被窄窄的水面隔开。朋友说,横琴岛靠近氹仔岛一侧那群建筑就是澳门大学新校区,澳门修建了地下隧道,把澳门大学与氹仔岛连接起来。

我走到观光塔的玻璃窗前观看,忽然感觉一阵眩晕,好像要站不稳的样子。难道自己恐高?我赶紧找座位坐下。一坐下,就没事了。怎么回事?我又走到窗前,又出现同样的感觉。正纳闷,一低头,我看到顾客坐的位置在慢慢转动,这才想起来,这就是旋转餐厅。吃饭的桌子、椅子所在区域是一个环形,绕着塔中间缓慢地移动,约一个半小时转一圈。吃饭的客人坐在座位上不用走动,就可以随着环形地带的转动,观看360度范围的景致。我刚才的眩晕不是错觉,的确是由于旋转,出现了晃动。

我找个地方稍坐,随着餐厅的转动,观看澳门的景色。

澳门本岛的对面是珠海。珠海的建设飞快,一栋栋高楼拔地而起。澳门与珠海之间隔着一条河,他们开玩笑说,从澳门到珠海游泳不超过十分钟就游过去了。

澳门本岛东侧较为平坦,各种建筑星罗棋布。我看到了澳门的标志性建筑——新葡京,看到了原葡萄牙总督府——一栋粉红色的小别墅,看到了葡萄牙领事馆,等等。澳门岛的东面,有一片没有建筑的土地,听游客说,这是澳门填海新造出的土地,那片土地面积不小,对缓解澳门的土地紧张会发挥很大作用。岛的东边缘延伸出一条长龙,就是正在建设中的港珠澳大桥。澳门岛西侧是一座小山,山顶建有一座天主教堂,小山的西侧好像是妈祖庙的位置。小山的南侧与我所在的澳门塔之间,有一个不大的湖泊。听旁边一位顾客说,今年五月,这里曾举行龙舟比赛,场面非常热烈。澳门地方本来不大,没有什么湖泊。这个湖泊是填海造地形成的。

参观完毕,乘电梯下塔。看参观说明,知道还有两处可以看一看，因为这两处与餐厅不是一层，不能直接到达，于是我下到底又乘电梯返回塔顶。

先到最顶层——第61层的室外观光廊。如果不在旋转餐厅观光，在观光廊中绕行一圈，也可以阅尽澳门的全部风光。我已在餐厅看过，就没细看了。值得一提的是，这里设有蹦极的地方。我们看到，有一些极富冒险精神的年轻人穿戴好保险装置，纵身从塔顶跳下。这项极限运动，不是随便谁就能做的，参加蹦极的人，需要非凡的勇气和胆量。我们站在一旁观看一番后，不禁被这些年轻人的精神所震撼。

又到了第58层——观光层。这一层的挑战之处在于，外围靠近护栏处脚下的玻璃是悬空的。站在玻璃上，悬在距地面200多米的高空，心中是十分恐惧的。虽然自己知道，玻璃很牢固，不会破，但还是会很害怕。只有理智战胜了直觉，才敢站在玻璃上面。我克服了恐惧，战战兢兢地站在玻璃上面，向脚下望去，地面的建筑很小很小，悬在高空，心里不停地打战，说不害怕是假的。

澳门塔很有特点，如果有机会到澳门来，澳门塔还是要登一下的。一个最主要的收获，就是对澳门有了一个整体的概念，空中俯瞰与在高楼中间穿梭，或在地面上前行，感觉不大一样。

2017年6月

北　　海

一看到"北海"二字,你可不要以为是北京的北海。北京的北海是一个小型湖泊,或者说,是一个大一些的池塘。此北海非彼北海。这里说的北海是大不列颠岛北部的大海。

现在,我们有机会来到英国,有机会来到纽卡斯尔,北海近在咫尺。周末,我们驱车十几公里到大不列颠岛的北边观赏北海的风光。

北海岸边有一座小镇,与其他经过的小镇一样,非常安静,非常整洁。一幢幢别墅样的民居错落有致,屋顶、砖墙、篱笆、草坪饱含着艺术美感。

穿过小镇的街道,来到北海岸边。一下车,猛烈的海风扑面而来,我们的衣服瞬间随风飘扬,我们的头发立刻凌乱不堪,一阵阵寒意侵入肌肤。虽然出发前已经穿上了备用的衣服,但仍然难以抵挡北海的寒冷。现在是七月,正值夏季,这里却感觉不到一丝一毫夏季的炎热。

今天没有太阳,我们分辨不出东西南北,不过,我们的视野相当开阔。北海广袤无垠的水面映入眼帘,岸边有一片片绿色的草坪,草坪前边不远处有一座石头垒成的古堡,规模非常大,墙很高,样式与英国其他地方的古堡一样,典型的欧洲中世纪建筑。

我们想进去看一看,感受一下古堡的历史沧桑。看门口的介绍,知道这是11世纪左右修建的军事要塞,是扼守北海的重要门户。来到第一道门里边,进不去了,前面拦着围栏,仔细阅读说明,方知需要买票才能进去参观。票价52英镑,太贵了,考虑再三,我们放弃了进去参观的打算。

217

　　我们离开古堡，沿着公路走到海边。北海海面宽阔无比，远处，水天一色，分不出哪儿是水、哪儿是天。风很大，吹起的波浪拍打着岩石，发出阵阵轰鸣。一条长长的防波堤伸向海中，防波堤的尽头是一座高高的灯塔。我们本想到防波堤上去看看灯塔，却被围墙挡住了，为了安全起见，防波堤不让游人上去。

　　防波堤一旁有一处观海平台，我们沿着防波堤的围墙，爬到观海平台上。几十只海鸥在上空翱翔，不时飞到筑在平台上方崖壁上的巢中小憩。海风使劲地刮着，耳边能听到狂风的"呼呼"声。大海的深处，有一艘远洋巨轮停泊在那里。我们只能看到巨轮那模糊的轮廓。海面很宽，很远，却没有看到其他的东西，见不到一艘渔船，也没有什么海水养殖场，除了海水，没有其他。大概由于水面宽广的缘故，我们看大海，却看不到它的波涛汹涌，看起来挺平静的样子。

　　观海平台旁有一条石阶小路通到海边，我走下去，来到距离海水四五米远的地方，感受大海的气息。这里离着海边虽然近，但前面有一排岩石作掩护，比较安全。海水一阵阵地击打着岩石，像大海的脉搏在跳动。只有在这么近的距离上，才能看清大海那此起彼伏的波涛，才能听清大海那忽高忽低的轰鸣。我在上边听到的轰鸣，是有海风的呼呼声伴奏的轰鸣。我在脚下的海滩上左挑右选，找到一块鸡蛋大小的鹅卵石，准备带回去，作为北海之行的纪念。

　　北海是英国的北部边界。在这边界周围，我没有看到守卫疆土的士兵。那城堡是古代的，曾经是守卫疆土的要塞，但现在成了一个旅游景点。

　　北海的风好强劲。

2016年6月

购　物

　　经常看到国内游客在境外疯狂购物的新闻，感到有些不理解，特别是听说有人跑到日本去买马桶盖，对此更是嗤之以鼻。同样的东西，为什么要到境外去买？尤其是那马桶盖，明明是中国生产的，为什么还是跑到日本去买？可是，无论人们怎么评说，消费者还是跑到国外去买东西。那些出不了国的，没有办法出去买国外商品的，只能看着那些出国购物的人提着大包小包，一脸得意地回来，眼中的羡慕是少不了的，说的话也带着一股吃不着葡萄说葡萄酸的味道。我也是其中的一个。

　　现在，我有出国的机会了，要到英国进行半个多月的培训。我也可以买外国的商品带回来了。虽然如此，我的心里还是抱有一种满不在乎的想法。我一直在想，外国的东西能好到哪里去？外国的东西能便宜到哪里去？

　　临行前，听同事介绍情况，了解到英国的皮鞋非常便宜，比如克拉克皮鞋，只有几十英镑一双，国内要卖一千多元人民币，可以多买几双。其他的许多商品也很便宜，一些著名品牌的商品要比国内便宜好几倍。"大家千万别犹豫，能购买尽量购买，过了这个村就没这个店了。"听了这一番介绍，大家心里购物的欲望增强了。我这个满不在乎的人，也盘算着给家人，给朋友，给自己买些什么东西。为此，还专门上网查询，列出购物清单，做好充分准备。

　　到了英国，到了纽卡斯尔，工作之余，前去购物。我们找到了传说中的克拉克皮鞋店。皮鞋确实便宜，有30英镑的，也有45英镑、60英镑等不同价位的。我们试来试去，挑来挑去，根据自己的打算，买了皮鞋。有的同事前后买了十几双，我本来想多买几双，但试了以后，觉得不合适，就只买了一双。虽然价格只有45英镑，但一换算，也够可以了，一英镑约合10元人民币。400多元一双，在国内这个价格也算中等了，当然，买这个牌子要花一千多元人民币。这样算起来，还是便宜。

我按照购物清单，买了LUSH洗发皂。听起来不贵，一块5.95英镑，一换算，约合55元人民币，一块香皂近60元钱，也不便宜了。同事说，你不能总想着换算成人民币多少钱，这样什么东西都贵。人家英国人的1镑就相当于咱们的1元。不到6镑一块香皂，不算贵。你要按照英国的心理价位去买。我说，你这样想也对。但是，到月末信用卡还款的时候，你就知道了。信用卡还款可是要折算成人民币，用人民币还款的。乘以十，计算一下，不心疼才怪呢。（后来，我到香港和澳门，询问了同样的LUSH洗发皂的价格，竟是英国价格的一倍多。）

看到同行的各位都敞开了买，大手大脚地花钱，我狠了狠心，比照购物清单，也开始了疯狂购物。大家说，东西越多，价格越高，赚的便宜就越多，这些东西在国内的价位更高。在这种说法的激励下，压了压心疼的想法，挑选着早已计划好的商品。

由于英国有一个离境退税的规定，我就去询问售货员达到多少钱可以开退税证明。我拿出早已准备好的退税申请，请售货员过目。售货员说了一大通标准的英语，我只听懂了英镑的数字，在克拉克鞋店是30英镑，在LUSH店是50英镑。我买的那一双鞋就够了，但LUSH香皂却不够，为了凑够退税要求的金额，我又多买了两块香皂。开完退税单，我一看退5英镑，挺高兴，好像自己赚了多大便宜似的。出了店门，我转念一想，光这些洗发用的东西花了50英镑，约合500元人民币，也不便宜啊。

尽管如此，东西还得买。我通过微信与家里保持联系。微信真方便,临行前在淘宝网上花90元买的英国手机卡,订购了套餐,微信有4个吉(G)的流量,一般联系足够用了。打电话也便宜,每分钟合人民币2毛多钱。我把要买的东西的照片发回去,征求家里的意见,然后决定买什么款式。能买多少买多少吧,因为能来英国的机会不多,按照同事的说法,过了这个村就没这个店了。抓住机会,果断出手。

就这样,我买了不少东西,装满了旅行箱。如果不是航空公司有规定,行李不能超过23公斤,我还会买很多。到了机场,美滋滋地去英国海关办理退税。工作人员说,要交手续费。交就交吧! 我心里想,手续费1块2块的,有什么大不了的。等算完账,我觉得少了二十多英镑。我用不熟练的英语问办理退税的工作人员怎么回事,那位工作人员把退税清单递过来,我一看,顿时吃了一惊。英国海关的手续费是这样计算的:不管每张退税单的退税金额大小,每一张退税单收手续费3.5英镑。如果退税数额小,不够手续费,就不能办理现金退税,只能办理信用卡退税,但信用卡退税经常收不到。我几张不到10英镑的退税单,每张扣掉3.5英镑手续费,剩不了多少。只有大额购物的退税单,才能退回10%~20%的费用。

回国以后,静下心来总结一下,消费者愿意到国外购物还是有一番道理的。首先是商品的质量有保证,特别是那些名牌商品,基本不会出现质量问题。其次是商品的价格真便宜。那些名牌商品,动辄比国内便宜一倍左右,甚至更多,便宜30%的,都算是少的。

想不到,我这个对国外购物满不在乎的人,也加入了疯狂购物的行列,是不是有点好笑? 不管怎么说,这次购物还是带给了我一种特别的人生经历。

2016年6月

伦　敦

　　伦敦是世界著名的旅游胜地,是英国的政治、经济、文化和金融中心。这次行程的后半段就安排在伦敦,我可以亲眼看一看伦敦的景色了,看一看驰名世界的白金汉宫、威斯敏斯特宫了。

　　汽车穿过一个个城镇,向伦敦驶去。这些城镇的建筑大多没有特别之处,都是普通的楼房。当我们来到伦敦时,一开始看到的也是普通的楼房,与国内的高楼大厦没有多大区别,只是更加整齐干净一些,所以,我们没有感觉到已经到了伦敦。如果不是司机师傅告诉我们,还以为到了某个普通城市。这就是伦敦给我的最初印象。

　　后来几天,我们到了伦敦的中心,看到了泰晤士河,看到了伦敦眼,看到了白金汉宫,看到了威斯敏斯特宫……那古色古香的建筑,那浓厚的历史印迹,让我感觉好像穿越到了18世纪。这时,我才领略到伦敦的特色,明白了伦敦为什么会享誉世界。

　　伦敦眼位于泰晤士河边,是一个巨型的摩天轮。游客乘上摩天轮的轿厢,慢慢升到制高点,可以一睹全伦敦的风光。我们走近摩天轮,仔细看了看摩天轮的模样,与国内的没有什么不同,也就打消了坐一坐的念头。想拍张全景照片,因为距离太近,摩天轮太大,拍不到,只好沿着河边向远处走,一边走一边看手机中相机的镜头,一直走到西边不远处一座桥附近,才能取全景。桥的对面河边就是威斯敏斯特宫——英国议会所在地,整齐排列的一队中世纪古建筑。接近桥头的地方矗立着一座钟楼——大本钟。我走到桥上,拍完照片后俯视泰晤士河,河面很宽,河水非常浑浊,流速很快,浊浪翻腾,滚滚东去。河水虽然浑浊,但是非常干净,没有一点垃圾。几艘船在河水中慢慢行驶,有的逆流而上,有的顺流而下。放眼向远方望去,伦敦眼在蓝天白云下慢悠悠地转动着,川流不息地车辆从桥上飞快驶过。耸立着的伦敦新老建筑非常醒目,好像一个新伦敦与一个旧伦敦紧挨在一起。

穿过大桥,不远处就是唐宁街10号——英国首相官邸。我们在电视里经常看到的画面是,黑色的门上镶嵌着白色的阿拉伯数字10,英国首相站在门前发表讲话。由于安全原因,我们看不到唐宁街10号的门,稍不注意,很容易错过,或者根本不知道这是唐宁街10号。

唐宁街旁边是英国王室的公园。公园门口两旁各有一位身着鲜亮盔甲的骑警,骑着一匹非常漂亮的黑色高头大马在一个专门的值勤室中站岗。骏马不停地抬腿换蹄,摆动着脑袋。花园对公众开放。草地上有许多大雁、野鸭、鸽子来回踱步,不时地咬几口青草。几只松鼠跑过来,靠近我们,好像是跟我们要吃的,很遗憾,我们都没带食物,只能冲它们摆摆手,逗一逗。

白金汉宫就在附近。宫殿前面有一个巨大的雕塑,正面中间是维多利亚女王的雕像,雕像上方是一位全身金黄色长着一双翅膀的天使。这个天使是镀金的,金光灿灿,耀眼夺目。三扇黑色的铁栅栏大门关着,大门上面嵌挂着英国国徽,里面的宫殿是一栋浅白色的石质楼房,有四五层楼高,楼顶上有一根旗杆,悬挂着英国国旗,正随风飘扬。我们到时铁栅栏门前站满了人,大家都在等着观看皇家卫队换岗仪式。不多会儿,一阵打击乐器的声音传来,皇家卫队开始换岗。就像电视上曾经看过的一样,军乐队成员头戴黑色毛茸茸的大帽子,身着大红色的上衣、黑色的裤子,手捧乐器,演奏着走在马路中间,一队士兵身穿黑色军服,扛着长枪,迈着正步,跟在后面,两名警察骑着马在两旁警卫。过了不多久,又一阵军乐声传来,一队士兵从雕像另一侧绕过来,吹吹打打,回营地去了。如此这般走了几队,我也分不清有多少了。

　　大英博物馆久负盛名，以馆藏真品多且珍贵蜚声中外。我们抱着很大的期待来到这里，希望可以一睹许多中国珍贵文物的真面目。我们先后参观了古希腊的雕像，又看了古埃及的木乃伊、古罗马的文物，等等。最后来到陈列中国文物的地方，很遗憾没有看到我们听说的那些珍贵文物，比如敦煌经卷。

　　伦敦塔建在泰晤士河中间，伦敦桥通过伦敦塔把两岸连接起来。说是塔，更像是两座古老的塔楼，建在河中的两个巨型桥墩上，铁桥架在桥墩上，直通两岸。从远处看，铁桥像是几条浅蓝色的丝带搭在塔楼和两岸的桥头堡之间。慢慢走近，那几条浅蓝色的丝带愈来愈宽，到桥上才看清，那是粗厚的钢板，外面涂了一层浅蓝色。大桥的中间有一条细细的缝隙，必要的时候，伦敦桥可以打开，缝隙两侧的桥面能够竖立起来，可能是为了河上通行比较大的船舶才作此设计的。

　　格林尼治小镇离伦敦不远，坐船沿泰晤士河行进不到半小时就到了。这个小镇因为东半球与西半球的分界线——本初子午线而著名。既然到此，就一定要看一看本初子午线才行。我们排了十几分钟的队，终于可以一睹芳容了。这个子午线在一堵二米左右高的墙上，墙的一旁是树与铁栏杆，树与墙之间的宽度不超过两米。在这条狭窄的通道中，有一条锃亮的金属线，从墙上延伸到地面。那条窄窄的金属线，就是东西两半球的分界线。如果不是别人介绍，或是仔细询问，你根本不知道这就是本初子午线。你也不知道你一伸脚就横跨东西半球。

　　伦敦的名胜还有很多，受时间所限，不能一一观赏，不过能有这一次机会，看一看伦敦这些著名的景致，已经很满足了。伦敦，尤其是旧伦敦，真有特色啊！

2016年6月

伦敦地铁

　　北京的地铁非常方便舒适,冬暖夏凉,票价也不贵;英国是发达国家,伦敦是著名的国际大都市,伦敦的地铁应该更好,至少不会比北京地铁差。但这只是我的个人想象,等到乘坐过伦敦地铁以后,才知道最初的想象是不对的。

　　伦敦地铁的票价很贵。记得那一天工作结束后,我与两位同事乘地铁去考文垂公园附近买东西,那是我第一次乘坐伦敦地铁。来到自动售票机前,排队买票。自动售票机有简体中文,我们按照指示选好目的地,输入购票数。机器显示要求投硬币,我们三人三张票,每人4.9英镑,共14.7英镑。那段距离不算远,这个价格也不低了。刚买完三张票,一位英国人对我们说乘地铁要买 Oyster 卡,能便宜不少。后来,我到路边的商店里买了这种交通卡,试着坐了几次地铁,那位英国人说的很对,大约便宜一半。

　　伦敦地铁的设施陈旧。我们最初去的站口一共有四台售票机,其中一台可以用纸币的已经坏了,只剩下用硬币的,我们只好选用信用卡付款。先插入我的信用卡,却显示金额不够,不能用,只好退卡,同事又插入他的信用卡,还是不能用。我们只好暂且离开,让别人购票。

　　一位同事打电话询问朋友,能否叫一辆出租车,朋友回答说不行,因为外面正下雨,没有司机愿意出来。伦敦的出租车司机真牛气。我准备出地铁去换一下硬币,另一位同事摸了摸兜,又找出几个硬币,总算凑够了。我们买了票进站,按照事先查好的线路和站名,来到红线。伦敦地铁没有1号线、2号线之类的编号,而是用不同颜色代表不同的地铁线路,各种线路取了名字,红线叫中央线

（Central Line）。我们找到红线,查了下一站的名字,按指示到站台候车。如果不查下一站的名字,就有可能坐反了方向。来到站台,等候列车的时间,我环顾了一下地铁的状况。里面的墙壁非常陈旧,路面也已经使用多年,而且比较狭窄,不知道多少年没有维修过了。当列车来到后,我们登上列车,发现地铁列车内部也不宽敞,座位、扶手也已经很旧,大概用过好多年了。

伦敦地铁没有空调,或者说,空调系统没有运行。我们到达站台等车时,感觉非常热,与外面街上的温度差不多。一开始,我以为是走路走得急,出汗了,等了一会儿,还是不见凉爽。习惯了凉爽的北京地铁,到了这里,还真不习惯。后来才明白,原来伦敦地铁没开空调,或者空调开得很小,这让我非常吃惊。要说没有装备空调,实不可能。因为现在空调不贵,已经普及了,不可能不装。我心里想,站台不开空调,车内总该开了吧?等上了车,发现车内也很热,空调也不行。

伦敦地铁的乘车秩序非常好。当列车驶来停稳,乘客们开始有秩序地上下车,先是乘客下车,正对车门的位置中间有一条通道留给下车的乘客;乘客下完了,上车的乘客依次上车。虽然人很多,却没有拥挤的,秩序非常好。车上人满了,后面的乘客就自动停下,等候下一辆,没有拼命往车上挤的。我们排着队,顺利上了列车。时间不长,我们就下车倒换到深蓝线上,名称叫皮卡迪利线（Piccadilly Line）。按指示沿着楼梯向下走。楼梯是环形的,我们转了一圈又一圈,也不知道转了多少圈,总算走到了下面,找到下一站的方向,到另一站台候车。几站就到达了目的地,下车出地铁。看到许多人在等电梯,我们也过去等。这里的电梯是升降梯,不是扶梯,电梯容量很大,一次可容纳50人。我们乘电梯出地铁,就一会儿的事情,刚才换乘的时候不知道乘电梯,走楼梯累得够呛。

由于我们早已查好商店的位置,到了那里很快就买好了东西,即刻返回。有了刚才的经验,这次走起来就熟练多了。我们乘坐蓝线,到一个换乘站换乘灰线,名字叫Jubilee,可以直达我们的目的地。坐下后,想起来应该给同事打个电话,告诉他们我们要晚到一会儿,免得他们担心。拿出手机一看,手机没有信号,真是没有办法。行走间,忽然天亮了,列车驶出隧道,来到地面。手机有信号了,赶紧拨通同事电话。几站后,列车停下来。所有乘客都下车了,我们挺高兴,这不成了我们的专列了吗?正高兴着,一位女乘务员过来告诉我们,要下车等候另一辆车,这辆车已经到终点站了。我们赶紧下车,到旁边等候。不多会儿来了一辆列车,载着我们很快到达目的地。

伦敦地铁之所以陈旧,是因为它与地面建筑类似,已经有悠久历史了。毕竟,伦敦地铁修建于1856年,1863年正式投入运营,已经一个半世纪。但是,现在它还在运行。所以,我们不能要求它像新修建的地铁一样。可能过不了多少年,伦敦地铁就会旧貌换新颜。届时,它将会像北京地铁一样,又舒适又方便。最好,它的价格能够更便宜一些。

2016年6月

伦敦火警

据英国警方公布,2016年6月14日凌晨发生在英国首都伦敦西部一栋高层居民楼的火灾已造成30人死亡,另有58人失踪或已遇难。从起火公寓楼的照片来看,事故现场已成废墟,满目疮痍。

我看到这一消息,既感到非常痛心又感到非常疑惑。30条鲜活的生命,就这么被熊熊大火吞噬了,真让人难以接受。现在的居民楼都是钢筋水泥建造的,本身并不易燃,居民楼的火为什么能烧那么大? 在大火燃烧之际,救援力量在哪里? 后来有消息报道,在救火时,火势猛烈的高层水压不够,消防员不得不临时电话通知供水公司加大水压;云梯消防车在一个半小时以后才到达火场,那时火势已经上蹿了几十米,等英国唯一有70米高云梯的消防车到达,大火已经燃烧了几个小时。伦敦的消防力量这么薄弱,有点出乎意料。

在为那些不幸的人们感到痛心的同时,我想起了去年这个时候到英国学习时遭遇火警的情形。

那时,我们住在一家宾馆中,我住在四层,宾馆的装修布置与国内的一样,都是木地板上铺着厚厚的地毯。如果发生火灾,住在低层楼房的能够跑出来,住在高层楼房的就不好说。

那天早晨6点多一点,我还在睡梦中,室内传出火警的报警声音,凌厉而急促,一遍接一遍不停地重复。我的英语听力不好,只能听出开头两个字是"fire emergency",即火警,后面的听不懂。凭这两个字,我也明白了是怎么回事,赶紧穿衣,抓起包跑出门。

前一天晚上睡觉时,贵重物品都放在衣服兜内没有取出,不需要专门收拾,穿衣就行,所以没有耽搁。这是我出门时的一个习惯,贵重东西平时都带在身上或放在手提包内，即使晚上休息，也不取出来。想出门时，穿上外衣，抓起包就可以走，省下了收拾东西的时间。发生火警时，速度迅速，利于逃生。这不是我未卜先知，而是准备工作做得好，平时就这么准备着，没想到，关键时候发挥了作用。

因为情况紧急，出门时，脸也没顾得洗一洗。楼道内拥满了住宿的旅客。火警时，不允许乘坐电梯，只能从楼梯逃生。大家速度很慢地向楼下移动。我不知道为什么大家都那么沉得住气？火警，不是一般的情况，是事关身家性命的事情，怎么能如此速度？我在人群中穿插行进，尽最快速度跑出楼外。由于我在四楼，不算高，从楼梯上走下来，没费多长时间。

到了楼下，草坪上已经站满了逃出的旅客，有的穿着睡衣，有的披着被子，有的裹着床单，也有穿戴整齐的。大家惊魂未定，互相询问是怎么回事，但没有人能说得清。我们同行的几个聚在一起，互相打听着，是否看到其他人下来了。不多会儿，同行的人员到齐了，大家这才长出一口气，放下心来。

警报还在尖叫着，住在楼上高层的人还在不断地从楼梯口出来。

我们只顾逃生了，没有在意发生了什么事情，现在想起来了，纷纷仰起头找寻起火的地方。看来看去，没有看到起火的迹象，也没有看到滚滚的浓烟，别说浓烟了，连一点烟雾也没有。

用眼睛扫了一下这黑压压的一群人，我发现有三分之二是中国人，大家虽然不认识，但听得见那熟悉的汉语。宾馆取出一部分保暖纸，像镀了锡一样，亮亮的，发给没来得及穿厚衣服的人。别看伦敦已近7月，但早晨的天气仍然很凉，这薄薄的一层纸关键时候也能起保暖作用。由于纸张有限，不够用，大家互相谦让着，先让给女士们和孩子们。

我看了看表，发生火警已经二十多分钟了，还没看到救援力量到达。难道路上堵车了，或者路途很远？

一位同事提议说,我们的人都下来了,就别在这儿等着了,去附近的公园转一转,也暖和暖和。

于是,我们几个人一起走去公园。公园离着宾馆不远,不一会儿就到了。这个公园面积不算大,绕一圈约有1.5公里。公园内人很少,除了我们几个,看不到其他人。公园内没有山石,没有湖泊,只有大树和草坪,我们围着草坪转圈走。

走到一半时,接到同事电话,火警已经解除,可以回房间了。我们调头走回宾馆,本想再睡一觉,但时间已经不早了,不可能再睡了。我收拾一下东西,洗漱完毕,吃早饭,开始一天的活动。

来英国遭遇的这一场火警,着实令我难忘。如果当时那场火警真的发生了大火,真不知道会发生多大灾难。如果想不发生这样的灾难,最好的办法是预防。希望那些专业人士认真吸取教训,吃一堑长一智,避免悲剧重演。

愿那些火灾遇难者的灵魂安息!

2016年6月

纽卡斯尔

　　纽卡斯尔是英格兰北部的政治、商业和文化中心,位于伦敦以北450公里的东海岸,现有人口约30万。19世纪时,乔治和罗伯特·史蒂文森造出了蒸汽机,约瑟夫·斯万改进了电灯泡,纽卡斯尔因而被称为"活力之城"。我知道纽卡斯尔,始于英超豪门纽卡斯尔联队。这个俱乐部成立于1881年,拥有众多球迷,其主场是著名的圣詹姆斯公园球场。我不是球迷,只不过有时候看一看足球比赛,所以知道了纽卡斯尔联队,也知道了纽卡斯尔这个城市。我们这次英国学习的第一站就是纽卡斯尔,上课的地方在纽卡斯尔大学。

　　我们乘坐的飞机飞行十个小时后降落在伦敦,已经是当地时间夜里11点多,通关后,没有在伦敦停留,立即转机去纽卡斯尔。到达时,天下着小雨,我们立即住进宾馆休息。由于飞行时间太长,大家都很累,躺下就睡着了。

　　第二天早晨醒来,天还阴着。纽卡斯尔的纬度较高,夜很短,晚上10点多才黑天,早晨4点多天就发亮了。我们走出宾馆,去看纽卡斯尔的市容市貌。

　　纽卡斯尔的建筑很具有年代感,估计得有一二百年以上历史了,看上去古朴典雅。路面非常干净整洁。有些楼的红砖裸露着,但砖的排列、造型非常别致。这些砖砌成的墙,不像是盖楼,而像是精心打造的艺术品。

　　我走到了纽卡斯尔联队的主场——圣詹姆斯公园球场。纽卡斯尔联队的球衣是黑白条的,球队因此被球迷亲切地称为"喜鹊"。我们来的这个时间不是比赛时间,球场非常安静,没有比赛,当然也没有球迷。圣詹姆斯公园位于纽卡斯尔联队体育场后边。园内绿草如茵,树木郁郁葱葱。与公园外的马路一样,公园内的道路湿湿的,非常干净。公园内有一处小型湖泊,远远地,望见有一只白天鹅站在湖边,旁边有一群大雁在慢慢踱步,不远处的湖面上,还有两只白天鹅在水中游来游去,几对鸳鸯来回穿梭。

泰恩河穿市而过。河上一共有七座大桥,我们看到了四座,一座石头的,三座钢铁的。石头大桥的桥头处有一古城堡,保存还比较完整,但岁月的刀剑已经把古堡的石墙雕刻得凹凸不平,有些石头被雨水冲刷出了深深地痕迹。古堡的下面立有一块石碑,刻着纽卡斯尔的故事从此开始的字样。纽卡斯尔的英文是 Newcastle,英语 new 是新的意思,castle 是城堡的意思,Newcastle 就是新城堡的意思。纽卡斯尔的悠久历史最早可追溯到罗马帝国时期。这里是罗马帝国不列颠行省的最北端,由此往南是被罗马帝国征服的"文明世界",由此往北是未开化的"野蛮部落"。为了抵御野蛮部落的入侵,罗马人沿着泰恩河修筑了一道长达数百里的城墙,用当时罗马帝国的皇帝哈德良(Hadrian)的名字命名为"哈德良长城"。长城上有一座名为"旁斯埃理"的堡垒,就是我们看到的古堡,是纽卡斯尔的原址。纽卡斯尔这个城市的名字则来源于英王"征服者"威廉的长子罗伯特 1080 年在此地修建的一座诺曼底式巨型城堡——CASTLE KEEP。

有一天,上课的一位女教授带我们参观市档案馆,我们看到了几百年前的文件资料,外面的羊皮封面都已经非常陈旧。其中,有一张用羊皮纸制作的英王詹姆斯一世授予纽卡斯尔地区许多权利的特许状,文字书写得非常工整,好像铅印的一样,时间是 17 世纪初,下面还有国王的印,是用蜡制成的。行走在这些几百年前的历史文献中间,抚摸这些封面,打开查看文献的内容,几百年前的事情清清楚楚地记在上面,一种历史的厚重感油然而生。

校方安排我们参观了纽卡斯尔市议会。市议会与市政府是一套机构,在一处办公。市长是荣誉性职务,一年一选,不能连选连任,决定事情的是议员们。接待我们的是市长的女助理,我们参观了市长办公室、议事大厅、宴会厅。市长办公室约有17平方米,一张写字台,一台电脑,非常简单。外面是会客室,约有30平方米,摆着沙发、茶几,茶几上有一幅中国的"荣华富贵"牡丹刺绣。议事大厅是议员们开会辩论的地方,每个座位一旁有话筒、表决器,仔细看,每个座位的皮质已经非常陈旧。宴会厅正在准备英国脱欧公投,非常凌乱。

纽卡斯尔大学是我们学习的地方。该大学创建于1834年,是世界一流研究型大学,英国著名的罗素大学集团成员,长久以来被认为是英国最好的20所大学之一。我们到老校区转了转,看了看这所学校的外貌。学校是开放的,随便进。走进老校区,一栋栋老建筑呈现在眼前,每一栋楼都有一种造型,各式各样。与先前看到的古堡一样,雨水的多年冲刷也留下了深深的痕迹,红砖已经渐渐泛出了黑色,置身其中,历史的沧桑感分外明显。这里的每一栋楼几乎都有一百多年历史,有的已经有几百年了,文化的积淀异常深厚。纽卡斯尔大学没有围墙,也没有大门,但大学的气息无处不在。

离纽卡斯尔不远的杜伦小镇,有一座驰名中外的杜伦大教堂。这座大教堂建于1072年,是英国第一座完全用石头盖顶的教堂,气势宏大,规模震撼。虽历经近千年,仍然在使用。电影《哈利·波特》中的许多场景就是在这座教堂拍摄的。教堂从内部看有30米高左右,中间有几排石柱支撑,窗户全是圆拱尖顶样式的,玻璃上画着宗教人物的彩色画像。走在大教堂内,所有的一切都给人一种静默和肃穆的感觉。

纽卡斯尔很美,如果不是了解它的历史,我根本想不到这里曾经是煤矿,是英国的煤炭中心。如今这里变成了国际性都市,成了人们向往的旅游胜地。这其中付出了多少艰辛,大概只有纽卡斯尔人说得清楚。

2016年6月

天　鹅

　　英国地处高纬度地区,不仅气候凉爽,而且昼长夜短。纽卡斯尔位于英国北部,更是如此。晚上10点多才黑天,早晨4点多天就亮了。我们时差还没倒过来,早上4点多就醒来睡不着了,勉强熬到6点起来,与几位同伴一起出去转转看看。

　　我们来到纽卡斯尔联队体育场后边的圣詹姆斯公园。园内绿草如茵,树木郁郁葱葱,与公园外的马路一样,公园内的道路湿湿的,非常干净。以前经常听人说,有的地方穿皮鞋走路,一周不用擦鞋,皮鞋仍然很亮,一点儿灰尘也没有,我有点不太相信。这次,我相信了。路面一点儿尘土也没有。

234

　　公园内有一处小型湖泊。远远地,我望见有一只白天鹅站在湖边,旁边有一群大雁慢慢踱着步,不远处的湖面上,还有两只白天鹅在水中游来游去,几只鸳鸯来回穿梭。如此美景,岂能错过,我打开手机摄像,记录下这美丽的风景。

　　这里的天鹅是自然状态的,来去自由。原来只在动物园里看天鹅,这次如此近距离地观赏野生状态下的天鹅,机会难得,我要好好欣赏一番。天鹅卧在岸边,长颈不停地变换姿势,黑色的嘴巴来来回回梳理着自己的羽毛,发出一阵阵的"哦哦哦"声,一双巨大的翅膀不时伸展开来,呼呼地扇着周围的空气,像是伸了个懒腰。旁边的灰色大雁优哉游哉地走着,步履蹒跚,犹如晚饭后在公园散步的绅士。我沉醉于美景之中,入神地观看着。突然,有一个穿着短裤与T恤衫的金发小姑娘跑过来。看得出来,这个小姑娘是正在晨练,沿着湖边跑步。现在,她跑到了天鹅旁边。

　　我猛然一阵紧张,心想,这下坏了,天鹅受了惊吓,会飞走了。

正可惜着,奇怪的一幕发生了。小姑娘从天鹅身边跑过去了,天鹅却没有飞走,仍在自由自在地梳理着自己的羽毛,丝毫不理会这个小姑娘。太神奇了,这里的天鹅竟然不怕人。

发现这一情况后,我产生了试一试的念头,想走到天鹅跟前,近距离观赏天鹅,拍摄天鹅。于是,我沿着岸边走过去,慢慢地靠近天鹅。这只白色的天鹅仍在自娱自乐,"哦哦"声听得越来越清楚,白色的羽毛看得越来越清晰,天鹅的嘴巴、眼睛也看得清清楚楚了。我仍在担心天鹅会走开了,虽然不会飞走,至少也会进入水中游走。但是,没有,天鹅没有一丝受惊扰的意思。我已经走到了天鹅的身边,离它也就二三米的样子,我看到它的眼睛在看我,一副信任的眼神。一伸手就可以抚摸到天鹅了,但是我没有,我怕天鹅受到惊吓,不再信任人们了。天鹅看了看我,没有挪动地方,继续整理自己的羽毛。我仔仔细细地观赏着天鹅的每一部分,尽情地享受着大自然的美景。

这里的天鹅真幸福,想什么时候来,就什么时候来,想什么时候走,就什么时候走,没有人拦着它们,也没有人伤害它们,不用担心被抓住,关进笼网,成为人类的玩物,更不用担心被套住,丢了性命,成为人类的美食。

英国人在生态保护方面走在了世界的前面。他们是怎么做到呢?

生态保护离不开经济的支撑。英国经济发达,非常富有,英国人不用因为吃饭问题发愁。他们有雄厚的经济基础去追求生态保护。当一个社会分化为贫穷与富裕两个阶层时,只有富裕的那一部分人生活水平提高了,吃饱穿暖了,由这部分人去追求生态保护,生态保护的目标肯定实现不了,因为这个社会还有许多人吃不饱,穿不暖,基本生活得不到保障。这些人看到天鹅的时候,想到的恐怕不是天鹅的美丽,天鹅的楚楚动人,而是怎么抓住天鹅做成一顿美餐,填饱自己的肚子。只有全体社会成员都摆脱了贫困,起码都能吃饱穿暖了,社会才会把生态保护放在更加重要的位置。这不是个人素质的问题,这是如何生存的问题。

生态保护需要社会达成共识,需要文化形成氛围。曾经的雾都,给英国人造成了莫大的伤害。这让英国人认识到,在生态危害面前,没有任何社会成员能够幸免。不管你是达官贵人,还是普通百姓,不管你是富人,还是平民,生态危害对大家都是一样的,环境是公共的,是大家共有的,无法截然分开。所以,社会对生态保护达成了共识。但是,只形成共识还不够,还需要文化发生转变。比如,有许多人虽然富裕,不缺吃穿,却总想吃野生动物,总想尝一尝天鹅肉。天鹅肉营养价值高吗?不是。可是,在某种文化氛围中,总认为野生的营养价值高。如果要实行生态保护,这样的文化需要改变。

生态保护需要法律的强有力保障。英国人为了保护生态,制定的法律是很严的,处罚也是很厉害的。这些法律措施是以经济的支撑为后盾的。如果没有经济实力保障人们的生活需要,纵然法律再严,在人的生存这一根本问题面前,也是无济于事的。当国家富裕了,人们的生活水平提高了,不用为吃饱穿暖的事绞尽脑汁了,生态保护的法律就能够有效发挥作用了。

天鹅信任人不容易,人尊重和保护天鹅也不容易。

2016年6月

威斯敏斯特宫

2016年6月23日,是英国脱欧公投的时间,也是在这一天,我们被安排参观英国议会。这真是一种百年不遇的巧合。

早晨出门,汽车在伦敦的大街小巷上行驶。伦敦的道路不像北京的,多数是正南正北的,而这里是弯弯曲曲,绕来绕去的。我们也分辨不出方向,更何况今天又是阴天。汽车不停地变换方向,不一会儿就把我们绕晕了。

行走间,忽然看到周围的古建筑多起来,一栋连着一栋,西方的建筑风格非常明显,尖尖的楼顶,上圆下方的长窗,独特的墙面浮雕,年代久远的砖与石墙。这景致,充分体现了伦敦的特色。如果不是街上的行人与汽车,会让人以为回到了18世纪。我注意到,伦敦的街上没有大小不同、风格迥异的广告牌,没有缠来缠去、密密麻麻的像蜘蛛网似的电线。

很快到达了威斯敏斯特宫。这里是英国议会所在地。以前在电视上见过,当来到宫殿跟前时,尽管早有心理准备,但看到建筑的精美与宏大,还是很有感触。宫殿沿泰晤士河建造,典型的哥特式,非常高大。宫殿顶部排列着大量小型塔楼,主轴线上高高耸立着高104米的维多利亚塔和高98米的大本钟塔。大本钟由4个直径9米的钟盘构成,得名于一位叫本杰明·霍尔的公共事务大臣,2012年6月,大本钟更名为伊丽莎白塔。当大本钟鸣响报时时,钟声通过英国广播公司(BBC)的电台响彻四方。宫殿墙体由尖拱窗、飞檐和优美的浮雕构成。每一扇窗户、每一块墙面,都经过精心设计,到处镶嵌着浮雕,大小不一、形状各异。漫长岁月的痕迹渗透在建筑的每一块石头、每一个角落。古老是它的底色。前面右侧有理查德国王的雕塑,向左一转,是克伦威尔的雕塑。据说,当夜幕降临时,宫殿的众多塔楼和针塔般的尖顶在探照灯照射下闪闪发光,像王冠一样美丽。

宫殿外三十米左右围着一道铁栏杆,里面有几个警察在值勤。此刻正值上班时间,一批又一批的英国人急匆匆地从栏杆外面的人行道上走过。我们在门口排队。与我们一同排队等候过安检的有许多英国人,他们也是来参观议会的。进去参观不售票,是免费的。

英国议会派了一名女工作人员带我们参观。女士介绍说,威斯特敏斯特宫现在是英国议会所在地。这所宫殿建于11世纪,后来历经数次大火毁坏,数次进行了修复。最近一次大规模修复是1834年。第二次世界大战期间也曾遭到轰炸,战后作了修复。宫殿包括1100个房间、100座楼梯和4.8公里长的走廊。共分四层,一层是办公室、餐厅和雅座间,二层是议会厅、议会休息室和图书厅,包括更衣室、皇家画廊、王子厅、上议院、贵族厅、中央室、议员堂和下议院等。

这位女士先带我们进入一个大厅,里面非常宽敞,屋顶很高,是木质构造,环顾四周,墙壁是石质构造,非常陈旧。厅内只有几张桌子和几十个人,显得空空荡荡的。女士说,这个大厅叫威斯敏斯特厅,是威斯敏斯特宫现存最为古老的部分,始建于1097年,是中世纪英格兰屋顶净跨度最大的建筑,长73.2米,跨度20.7米。这个大厅曾有许多用途。历史上英国最重要的三个法庭——王座法庭、民诉法院和大法官法院设置在此,1882年迁入皇家法院后离开这里。一些重大案件的审判,如对查理一世和威廉·华莱士、托马斯·莫尔、约翰·费舍尔、盖伊·福克斯、第一任爱尔兰总督托马斯·温特沃斯等的审判曾在此举行。从12世纪到19世纪,这里是王室加冕典礼举办场所,后来因为花费过高而取消。该厅还曾用于国葬前追悼会的遗体陈列,一般适用于君主逝世,偶尔也非皇室成员享受此荣誉,如弗雷德里克·罗伯茨、温斯顿·丘吉尔。女士说,现在这个大厅平常不使用,也没有暖气,非常阴冷。由于年代久远,如果长时间不使用就会更陈旧,所以还是开放供游人参观。

穿过大厅,进入里面,是一个画廊,挂着许多人物油画。这个大概就是皇家画廊。画上的这些人物主要是国王本人、妻子、儿女和英国历史上的重要人物。

女士带我们来到英国议会上议院。以前在电视上看过几个镜头,这次到了现场,得以看个仔细。上议院的议事厅并不大,宽13.7米,长24.4米,上方四壁装饰着彩色玻璃和六幅具有宗教寓意、骑士风格的壁画。厅内中间上首是女王的宝座,装饰得金碧辉煌。女王宝座的两侧各一个座位,分别是女王的丈夫和儿子的座位。女王虽然可以在任何时候前来参加会议,但长期以来女王只列席议会开幕式。女王宝座正前方几米远的地方就是上议院议长的座位,是红色皮面的座椅,再向前有一张桌子和几个座椅,是给书记官坐的。厅内左右两侧各是五排呈阶梯状分布的红色皮面的长座椅,每一排有三个长座椅首尾相连,座椅中间是窄窄的通道。用女士的话说,只要一进去看到满眼的红色,就知道到了上议院。

女士分别介绍了各排座位坐哪些人。英国上议院有800名议员,由首相提名,女王任命,非选举产生。早些年曾经是1500名,后来裁减至800名。整个议事厅最多只能容纳420人左右,有一些议员不来议事。即使如此,议事厅也是挤得满满的。左右两侧是固定的,右侧是执政党,左侧是在野党。但座位是不固定的,谁早来谁坐下。

接着,女士带我们来到下议院议事大厅。大厅门口两侧立着两个全身雕塑,其中一个是丘吉尔。丘吉尔对面是撒切尔夫人的全身雕塑。旁边还有一些首相的头像雕塑。大厅长20.7米,宽14米,结构与上议院相同。里面的布局与上议院基本一样,也是两侧各有五排呈阶梯状分布的长座椅,但座椅的皮面是绿色的。中间正面有一个高的座椅,是下议院议长的座位。这里没有女王的座位。按照传统,国王不会进入下议院议事厅。不过,历史上曾发生过一次这种情况。那是1642年,国王查理一世以重大叛国为理由进入下议院议事厅搜捕五位议员。当他询问议长威廉·伦索尔五位议员的去向时,议长回答:"尊敬的国王陛下,我既无眼睛可看,也无舌头可说,下院指引着我,我是这儿的仆从。"议长的这句话从此流传后世。议事厅内两侧分别是执政党和在野党。室内装饰非常简朴,与上议院明显不同。用女士的话说,一进门看到满眼的绿色,就知道到了下议院,不会走错地方。女士指着最下一排中间一点的位置说,这是首相坐的地方,开会时首相就坐在这儿,与议员们挤在一起,没有专门座位。他的对面是在野党党魁坐的地方。下议院共有650名议员,议员们都没有固定的座位。议事大厅与上议院一样,最多容纳420人左右,如果想参加会议,也得早来。

英国议会历史上曾发生过一个重要事件。1605年,盖伊·福克斯等人在威斯敏斯特宫下面挖了一个地洞,安放了火药,准备在召开会议时把国王和议员一起炸死。后来,阴谋败露,这些人被处死。从那时起的每年11月5日,皇家卫队都手持信号灯和剑戟搜查宫殿的所有地下室和小巷。虽然宫殿是在这次阴谋之后250年才重新修建的,但是这一惯例一直保持着。

这就是英国议会大厦——威斯敏斯特宫。

2016年6月

一日三餐在英国

来英国之前,听说英国的饭菜很特别,不适合中国人的胃口,我有点不大相信。不就是那些青菜、那些鱼肉蛋奶嘛,再加上酸甜苦辣咸五味,还能差到哪里去? 所以没有做好充分准备,在朋友的劝说下,才带了几包海带丝和榨菜。

来到英国以后,几天下来,我后悔了,后悔带食品带少了。英国的饭菜是令人想不到得那么难吃,一日三餐令我感到头疼。

早上七点,用早餐。我第一天时,盛了牛奶,放了两勺麦片,端起碗喝了一口,冰凉冰凉的,牛奶是冷的。后来听同伴说,旁边有微波炉,可以加热一下。第二天,我看到有卡布其诺,就盛了一碗。端起来喝了一口,差一点吐出来,苦得要命。我强忍着,咽下喝到嘴里的这一口,感觉比中药还难喝。后来,我打开巧克力味的开关,盛了一碗牛奶巧克力,加上几勺麦片,用勺子盛一点,尝一尝,还可以接受,虽然甜得发腻。此后,我就每天早晨喝这一样了。另外,烤面包也还可以,只是没什么滋味,要是有点咸菜就好了。这里的早餐没有调味品,仅有的黄豆瓣西红柿酱还是甜的,我吃了以后,胃里总觉得泛酸水,只好就点海带丝或榨菜下肚。至于烤肠,我一点兴趣也没有。十几天下来,我一直靠带来的海带丝和榨菜度日。每天早晨,挤出一点海带丝或者榨菜,夹在烤热的面包片里吃。每次不敢多吃,因为带的很少,一包海带丝或榨菜分成三次吃完,吃三个早晨。平常在家,一餐一袋都不宽敞。我每天的早餐就是这样度过的。

午餐稍好一些。第一周时,我们在学校上课,订购了中餐馆的中餐,送到学校。我们觉得在异国他乡,还能吃上炒土豆丝、水煮鱼

241

等家常菜,虽然其味道有点不正宗,但与国内没有多大差别,因此还比较满意。早餐不好吃,午餐可以补一下。晚餐,我们改吃西餐,用大家的说法是尝一尝英国风味。第二周、第三周时,改为晚餐吃中餐,午餐吃西餐。因为,我们的工作访问比较多,都安排在后期,没有时间回到驻地附近去吃中餐,只好吃一下英国的快餐。虽然每天只吃一顿西餐,还是让人难以忘怀。

记得有一次,上午结束工作访问后,我们在苏格兰某机构餐厅用午餐。每人一个汉堡包,一杯饮料。汉堡包是两片面包夹着一片西红柿、两个菜叶子、两片奶酪。既无香味,也无咸味,更无甜味,吃起来有点像嚼蜡。奶酪有黏性,咬下一口,一下子粘在上颚上,掉不下来了,没办法,只好伸出手指,用力把奶酪抠下来,再忍着把之嚼碎,咽下。什么味也没有,就这么干嚼,味道可想而知。

下午会谈结束,返回纽卡斯尔。途中,在一餐厅吃晚饭。这次是自助餐,有选择的余地。牛肉、猪肉、火腿、火鸡四种肉,只能选一次,青菜可以重复选。四种肉我各要一份,盛了豆角、洋葱、菜花、胡萝卜四种青菜,又加了一些调味汁,要了一杯冷饮。想来,即使厨师的手艺再差,也不可能差到哪里去。炒豆角、炒洋葱、炒菜花、炒胡萝卜,你可不要这样理解,如果这样想,就大错特错了。英国菜里没有"炒"这一说。青菜,英国人的做法就是水煮,什么也不放。这次,我吃到了有生以来吃过的最难吃的青菜:水煮豆角、菜花、胡萝卜。什么味也没有。还有一种做法就是烤,烤洋葱、烤西红柿,也是什么也不放。调料自己去取,根据自己的需要想放多少放多少。按说这样挺好,免得口味重的嫌淡,口味轻的嫌咸。这样一想,肯定又想错了。英国人的调料不是中国说的调料,除了盐之外,其他的基本都不相同。也不知道英国人从哪里弄来的调料,味道很怪,本来想蘸一蘸,一尝味,不敢蘸了,又尝了尝其他几种调料,也是味道怪怪的。没办法,只好在菜上洒了点盐,将就着吃。幸亏要了点肉,还有点味,凑合着吃下去了。本来,这几天吃肉多了,想吃点青菜,没承想青菜是这样。无语了。

同样都是人，同样都有一套神经系统，同样都有一副肠胃，差别咋就这么大呢？中国人与英国人确实不同啊。

当然，英国人的饭菜并非都那么不好吃，烤牛排的味道就不错。在国内经常听人讲，英国的烤牛排是道名菜，味道很好。这次去英国，我们品尝了一番，确实不错，名不虚传。

记得那是一天晚上，英国朋友邀请我们一起共进晚餐，我们按照地址，来到一所教堂模样的建筑前。这是一座典型的哥特式建筑，外面墙壁上刻着各种样式的浮雕，墙皮的颜色已经非常陈旧，很有历史感。我们以为走错了，来到了教堂，英国朋友从里面出来迎接我们，我们这才明白，这是一所酒店。

进入酒店，上二层。酒店的玻璃上画着宗教人物的彩色绘画，餐厅室内有壁炉样的装饰，一侧屋顶覆盖着深色的壁毯，两盏吊灯的灯光或明或暗，闪烁在每位顾客的脸上。长条桌两侧放着两排摆放整齐的刀叉、盘子和餐巾，悠扬的音乐轻轻地在耳旁回荡。英国的情调自在其中。

晚餐开始。英国朋友起身站立，致欢迎辞。翻译立即译成汉语，讲给我们听。我们听完后，鼓掌。我方代表作了回应，对英国朋友的邀请表示感谢。这个程序与国内一样，没有差别。在大家互相寒暄的过程中，英国的服务员跑前跑后，忙着上菜、端水。

这里的菜与中国的完全不一样。先是上了一小盘油炸大虾，我们每四人一组，一人吃了一只。又上了一盘油炸鸡翅，每人不到两支。不多会儿，上了主菜——烤牛排。按照朋友的推荐，我们大部分人选择的是八分熟的牛排。每人一盘，盘中放着烤好的一大片牛排、一份炸薯条、一份烤蘑菇、半个烤西红柿。我拿起刀叉，很不熟练地切牛肉。我切的块挺大，用叉子叉起一块塞进嘴里，大嚼起来。期待已久的烤牛排终于吃上了，赶紧体验一下美味吧。

嚼了一阵子，感觉有些柴，除了嚼起来有点费力外，没什么特别味道，缺少那种牛肉烤熟时的香味，也没有盐味，这才想起没加调料。我吃完这块牛肉，给下面的牛肉洒了一点盐，蘸了蘸调料，再吃就有滋味了。英国的烤牛排是名菜，我们也是慕名而来。一大块牛肉下肚，我感觉已经很饱了，吃不下别的东西了。可是，其他的都剩下，太可惜了，坚持着品尝了一下其他几样。当然，品尝烤牛排，自然少不了红酒相配。这里的红葡萄酒味道不错，甜甜的。与牛排的味道合在一起，冲击着味蕾和鼻黏膜。

最后，服务员端上冰激凌和水果。大部分朋友已经吃不下了，我还是品尝了一番。冰激凌的味道非常不错，刚吃完牛排，用冰激凌来解一解油腻，还是挺合适的。

英国菜就是这个样子。总起来说，英国菜与中国菜相比，显得简单多了，菜的品种、味道也差不少。当然，英国人的口味与我们不一样，饮食文化也不一样。

2016年6月

一堂课

牛津大学为英语世界中最古老的大学,也是世界上现存第二古老的高等教育机构。先后涌现出一批引领时代的科学巨匠,培养了大量开创纪元的艺术大师以及国家元首,包括27位英国首相、64位诺贝尔奖得主以及数十位世界各国元首和政商界领袖。这些成就为牛津大学奠定了世界近现代学术文化中心的地位,其在数学、物理、医学、法学、商学等多个领域拥有崇高的学术地位及广泛的影响力,被公认为是当今世界最顶尖的高等教育机构之一。

按照计划,我们要去牛津大学上一堂课。能到这所世界知名学府听一次课,我们心中充满期待。

由于牛津大学位于伦敦郊外,距离我们住的宾馆较远,为了赶时间,我们很早就出发了。天还黑着,大家都靠在座位上打盹。一觉醒来,已到了牛津大学。透过车窗的玻璃,看到天正下着小雨,周围是一排排的低层楼房,大约为二层或者三层,没有高的建筑,也没有围墙,更没有大门,与国内大学很不同。没有任何标志,也没有任何标志性的建筑,但牛津大学却是令人瞩目的。

下车,打开伞,慢慢打量周围的楼房。楼顶都是尖的,上面覆盖着一片片小瓦。瓦的造型是方形,与国内的屋瓦不同。这里的楼房都是尖顶,大概与伦敦多雨有关。建筑的墙体颜色有些深,一看就不是新的,不知有多少年了,很有历史厚重感。路边的草坪修剪得非常整齐,楼前的大树根深叶茂。

我们跟在老师后面,来到牛津大学社会政策与干预学院。学院是一幢三层建筑,墙砖透出古老的气息。学院的牌子很小,挂在门旁边,一点儿也不起眼。进入一层教室,早已等候在此的一男一女两位教授与大家见面问好。女教授逐个给我们发名片,发到我时,名片没有了,女教授报以歉意的微笑。

教室内还有一位东方面孔的小伙子在忙东忙西,一问,原来他是中国留学生,复旦大学毕业后来牛津大学上研究生。远在异国他乡,见到同胞,大家都非常激动,互相问寒问暖。小伙子的优秀表现,引来同事们的阵阵赞叹。我们非常羡慕这位小伙子,能够到牛津大学读研究生,这可不是哪个人都能得到的机会。

上课开始。两位教授分别讲授了英国的议会、立法程序、立法听证、立法评估和社会保障制度。内容是按照我们的要求准备的,一定程度上满足了大家的需要。由于授课内容很多,而时间有限,所以,教授讲得比较粗,点到为止。

教授讲完后,已经是中午12点。英国人是下午1点吃午饭,但是,教授了解中国人就餐的时间,问我们什么时候吃午饭,我们领队回答,先提问题,请教授作答,午饭延后,两位教授点头同意。几位同事抓紧提问,教授一一作答。教授的知识确实渊博,回答问题信手拈来、条理清楚。这一问,一直问到下午2点才结束。如果不是对方对上课时间有规定,我们还会继续问下去。

结束授课,男教授带我们参观他们的学院。他们的学院很大,在各式各样的楼房间绕来绕去,走了好长一段路,教授告诉我们,这是他们学院的一部分。教授自豪地说,牛津大学一共有38个学院,每个学院都历史悠久、成就非凡。它们和学校的关系是联邦制,就像美国中央政府与地方政府的关系那样,每一所学院都由各种学术领域的专家进行管理。牛津大学共有104个图书馆,其中最大的博德利图书馆是英国第二大图书馆(仅次于大不列颠图书馆),现有藏书600多万册。

参观完学院,教授说他不能陪我们了,他的爱人预产期到了,准备生宝宝了,他要赶到医院去。我们赶紧与他告别,并送上我们诚挚的祝福。

教授急匆匆地走了。趁时间还早,我们一行人在毛毛细雨中慢慢参观。

行走在牛津大学教学楼、宿舍楼、生活区的街道上,感受着牛津大学优美的环境,回味着牛津大学教授的精彩授课,令人不由得思考,牛津大学何以成为世界最著名的学府之一? 其实,牛津大学出名,不是它的楼建得多好、多阔,不是它的草坪多美、多绿、多净,更不是它的校庆搞得多么宏大,也不是多少政要名人来这里演讲,而是它的学生,是它培养的学生在全世界、在许多领域取得了非凡的成就。这些学生成就了牛津大学的盛名,成就了牛津大学的辉煌。

牛津大学的学生因何取得这样的成就,能够使母校在近千年的世界历史中傲视群雄? 这与牛津大学的精神密不可分。英国牛津大学校长安德鲁·汉密尔顿说:"我认为大学精神的核心有两点:第一是在每件事情上对卓越的追求,第二是自由而公开的辩论。"

2016年6月